I0635408

Ex libris G. de Mandre

LES PARISIENNES

A PARIS

Paris. — Typographie Monnis et Ce, rue Amelot, 64.

LE DIABLE A PARIS

LES

PARISIENNES

A PARIS

— Alfred de Musset — de Balzac —
G. Sand — Ch. Nodier — P. J. Stahl — Léon Gozlan
— Taxile Delord —
Laurent Jan — Eugène Guinot

PARIS

MICHEL LÉVY FRÈRES, LIBRAIRES ÉDITEURS
RUE VIVIENNE, 2 BIS.

1857

LES

PARISIENNES A PARIS

CE QUE C'EST QU'UNE PARISIENNE.

OPINION DE LA MÈRE D'UNE PARISIENNE SUR SA FILLE.

C'est un ange de douceur, un démon d'esprit, un trésor en ménage, une perfection en tout. L'homme qui l'épousera, quel qu'il soit, ne mérite pas le bonheur qui l'attend.

OPINION D'UN JEUNE ÉTUDIANT EN MÉDECINE SUR LA PARISIENNE.

Elle est la meilleure valseuse du Prado et de la Chaumière, la femme sans pareille pour souper toute la nuit ou se coucher sans souper; l'être qui résiste le plus longtemps quand il est plongé dans la fumée du tabac; la créature qui retire le plus facilement trois choses : ses gants, son châle et son cœur.

1

OPINION DES ÉTRANGERS, ET PARTICULIÈREMENT DES RUSSES, SUR LA PARISIENNE.

C'est un composé d'esprit et de sensibilité; une intarissable source de séductions ; la justification éclatante de la supériorité de la France sur les autres nations; la femme qu'on rêve à seize ans, et la seule dont on se souvienne à soixante.

OPINION DES DAMES ANGLAISES SUR LA PARISIENNE.

Impossible de la reproduire. Les lois de la décence et celles de septembre s'y opposent.

OPINIONS DE QUELQUES MARIS SUR LEURS FEMMES PARISIENNES.

Compagnes sans cœur, n'aimant que la frivolité et le plaisir; ravaudeuses de chiffons; n'ayant pas l'ombre du sens·moral; infidèles sans passions, mères sans prudence.

OPINION DU GOUVERNEMENT SUR LES PARISIENNES.

Quand la loi du divorce fut agitée, on remarqua avec un certain étonnement que la commune de Paris était celle qui offrait le moins grand nombre de pétitionnaires.

OPINION SUPÉRIEURE ET PRÉFÉRABLE A TOUTES LES OPINIONS, OU HISTOIRE DE LA PARISIENNE.

On suppose assez généralement qu'elle est née à Paris; c'est là une première erreur. Paris est d'abord la ville de tout le monde, et ensuite, quand il y a de la place, la ville des Parisiens. Ce gracieux type de la civilisation, cette femme exquise entre toutes les femmes, celle dont on cite l'esprit à Saint-Pétersbourg et dont on imite les manières à Kanton; celle qui n'a pas un caprice qui ne devienne une loi dans tous les endroits de la terre où se trouve un salon, la Parisienne, enfin, prend naissance non à Paris, mais sur un des milliers de points de cette vaste contrée qu'on appelle, pour ne pas blesser la Belgique et le royaume de Saxe, le département de Seine-et-Oise. Naître à Mantes, à Versailles, à Rambouillet, et même à Fontainebleau, ce n'est pas, à la rigueur, ne pas être de Paris, dans l'opinion de beaucoup de femmes, jalouses de se ranger sous la dénomination de Parisiennes. C'est là une vérité si peu contestable, contrairement à la plupart des vérités, qu'il n'existe pas une Parisienne qui n'ait un oncle, un grand-père, ou tout au moins un cousin germain, soit à Étampes, soit à Corbeil, soit dans l'une de ces innombrables communes semées autour de Paris. On doit peut-être attribuer à cette violation d'une exacte nationalité le goût déterminé de la Parisienne pour la campagne, surtout pendant l'été, quand la violette bleuit la bordure des jardins, et que la fraise court le long des coteaux de Marly et de Meudon. Dans son cœur, si peu primitif, il reste toujours un coin où fleurit l'idylle.

A peine née, on la roule dans du linge et on l'envoie, à la grâce de Dieu, aussi loin que possible, chez une

nourrice qui l'accroche à un clou pendant le jour, et
l'étouffe sous des couvertures pendant la nuit, pour ne
pas l'entendre crier, et on n'y pense plus. Un beau
jour, au bout de dix-huit mois, deux ans, le père dit :
« Nous avons pourtant une fille en nourrice ! —
Chère enfant ! répond la maman, il serait bien temps
de la retirer. J'écrirai un de ces jours à la nourrice. »

En effet, la semaine suivante, une paysanne rapporte dans ses bras, entre un gros bouquet de fleurs
des champs et un fromage rond, une petite fille sauvage qui appelle son véritable père vilain, et qui détourne la tête quand sa maman veut l'embrasser. Telle
est l'entrée dans le monde de cette merveille qu'on
aurait tort, on le voit, de croire bercée par les Grâces,
et éveillée au son des instruments. La nature fait
presque tout pour la Parisienne ; enfant, elle lui donne
cet air pâle et rose, cet air de santé et de distinction
que n'ont pas les enfants étrangers, pas même les enfants anglais ; jeune fille, elle lui souffle cet esprit
précoce dont la pénétration et la gentillesse sont un
sujet d'ébahissement et souvent d'effroi pour les bons
provinciaux. Elle est curieuse, fine, spirituelle, à huit
ans, et sensée, si l'occasion l'exige, comme on ne
l'est pas, et comme elle ne l'est plus elle-même à
vingt ans. Il y a là un point de ressemblance à remarquer entre elle et la créole : on dirait que le soleil
hâtif de la civilisation produit exactement les mêmes
effets que le soleil trop fécond des colonies. Le fruit

n'est jamais aussi doux que la fleur est belle chez la
Parisienne comme chez la créole. L'enfance et la
vieillesse sont, je crois, les deux époques les plus ca-
ractéristiques de la vie d'une Parisienne. Elle a prodigieusement de l'esprit lorsque sa beauté n'est pas encore mûre; et, quand tout son esprit lui revient avec
la fermeté de l'expérience, la variété des épisodes
qu'elle a parcourus, elle a perdu toute sa beauté. Cela
équivaudrait à dire que l'âge intermédiaire chez elle
n'est pas celui où elle a le plus d'esprit, si c'est celui
où elle a le plus de grâce.

UNE OBSERVATION QUI SE PLACE NATURELLEMENT ICI, ET QUI PROUVE UNE GRANDE DÉLICATESSE DE GOUT CHEZ LES PARISIENNES.

Depuis un temps immémorial, il est d'usage à Paris
de donner aux jeunes filles les noms portés par les hé-
roïnes des ouvrages qui ont la vogue. Ainsi lorsque
Racine fit *Esther*, les dames de la cour s'empressèrent
d'appeler de ce nom, fort peu chrétien pourtant, la
plupart des filles dont elles furent mères. De là cette
prodigieuse quantité de marquises Esther de..., de
comtesses Esther de..., qu'on rencontre dans les mémoires du temps. Rousseau popularisa, avec sa *Nouvelle Héloïse*, les noms de Julie et de Claire. Au dix-
huitième siècle, une première fille s'appelait Julie, la
seconde Claire. Baculard Arnauld eut la gloire de répandre, à la faveur de ses mauvais romans, qui joui-
rent d'une célébrité phénoménale, comme la plupart
des mauvais romans, les noms de Batilde et d'Ursule.

C'est à la Harpe qu'on doit toutes les Mélanie parisiennes. Madame Cottin mit les Mathilde à la mode,
et M. de Chateaubriand eut le triste privilége de bap-
tiser du nom d'Atala les filles de portiers.

Cette petite monographie des noms portés par les
Parisiennes nous conduit à raconter une histoire
qui s'y rattache, et qui la complétera. Je commence
par prévenir qu'elle est fort courte.

COURTE HISTOIRE.

En parcourant, il y a quelques années, les campagnes de la Picardie, je m'arrêtai pour déjeuner dans
un de ces villages où l'on ne trouve rien, pas même le
village souvent, tant il est enfoui sous le chaume, en-
foncé dans la boue et perdu loin de toute route. J'at-
tendais que Dieu, qui envoie la pâture aux petits des
oiseaux, voulût bien qu'on me traitât en fils de caille
ou de perdrix rouge, lorsqu'un nom vint frapper mon
oreille. Je crois avoir mal entendu : j'écoute mieux.
Ce n'est point une erreur. On a prononcé le nom de
Philoxène. Qui donc peut s'appeler Philoxène, en Picardie, à huit lieues de Beauvais? Je cours à la porte
de la chaumière, je vois une grosse paysanne, tenant
en laisse deux vaches noires, et causant avec trois
autres églogues de sa façon, chaussées comme elle,
en sabots. « C'est vous qu'on appelle Philoxène?

— Oui, monsieur.

— Et moi, Oriane.

— Et moi, Philaminte.

— Et moi, Célanire.

— Mais ce sont, m'écriai-je, quatre noms pris aux romans de mademoiselle de Scudéri !

— Nous ne connaissons pas mademoiselle de Scudéri, me répondirent ces braves femmes. Demandez au bureau de poste.

— Ce sont là vos noms ? vos véritables noms ?

— Dame ! oui ; ils nous ont été donnés par nos père et mère.

— Voudriez-vous me dire les noms de quelques autres de vos connaissances ?

— Volontiers. Nous avons ici Arsinoé Postel, Ismérie Boitron, Télamire Jacquart...

— Encore des noms créés par mademoiselle de Scudéri ! C'est bien, leur dis-je, je vous remercie. »

Il est fou, durent penser ces bonnes vachères en me voyant écrire leurs noms sur mon calepin et tomber ensuite dans de longues réflexions.

Il était bien étrange, en effet, on en conviendra, que tous ces noms, empruntés à cette série d'ouvrages créés par cette grande imagination appelée mademoiselle de Scudéri, se retrouvassent, un siècle et demi après, au fond d'un village de la Picardie, et s'échangeassent entre la femme du bouvier et la fille du bûcheron.

Je ne tiens pas le moins du monde à devenir roi, mais je tenais beaucoup à deviner cette énigme. Je cherchais un sphinx, dût-il me dévorer. Mais pas de sphinx !

Décidé à ne quitter cet horrible village qu'autant que j'aurais satisfait ma curiosité, je m'adressai à un vigneron occupé à planter des échalas au bord d'une immense propriété dont j'apercevais le château.

« Comment vous nommez vous? lui demandai-je d'abord.

— Caloandre, » me répond-il.

J'en était sûr.

« Qui vous a donné ce nom? »

Le brave Caloandre dut s'imaginer que j'appartenais à la police.

« C'est mon grand-père, qui s'appelait aussi Caloandre.

— Et que faisait votre grand-père?

— Il était vigneron, comme nous, chez le grand-père de notre seigneur, M. le duc de C....., à qui appartient le château. »

En Picardie le paysan appelle encore le propriétaire, seigneur.

J'étais dans la gueule du sphinx.

« Très-bien, mon brave homme. Et à qui appartenait ce château avant d'être à M. le duc de C.....?

— Ah! monsieur, il n'est pas sorti de cette ancienne famille depuis plus de trois cents ans. Ce sont de si braves gens! Tous ces villages que vous voyez là-bas, là-bas!... leur appartenaient aussi autrefois; mais la révolution!... Ils étaient nos seigneurs, mais bien plus nos seigneurs qu'aujourd'hui. Nous étions leurs enfants; nous vivions chez eux, autant dire. »

J'écoutais religieusement les divagations rétrospectives de Caloandre, qui continua :

« Nous allions faire cuire le pain chez eux ; ils nous gardaient notre vin. Nous leur demandions la permission de nous marier ; puis ils baptisaient nos enfants...»

J'étais roi ! j'avais deviné l'énigme ; j'arrêtai Caloandre sur son dernier membre de phrase. Il est hors de doute que j'étais dans une localité seigneuriale, dans le domaine d'un château possédé jadis par des admirateurs enthousiastes des romans de mademoiselle de Scudéri, et par des admirateurs qui, par une fantaisie parfaitement parisienne, avaient donné à tous leurs vassaux et vassales, à mesure qu'ils naissaient, les noms qui sont dans la *Clélie*, l'*Astrée* et les romans de chevalerie : noms, on le sait, sous lesquels se cachaient autrefois Louis XIV, le prince de Condé, le dauphin, le duc de Vendôme, madame Henriette, le Brun, Bossuet, Molière, Boileau, la Fontaine, Fouquet, enfin tout ce que le dix-septième siècle offrait de grand, de remarquable, d'illustre dans les armes, les lettres, la finance. Ces braves Picards, ainsi baptisés, avaient transmis ces noms avec la même bonhomie, les prenant sans doute pour des noms de saints et de saintes ; et voilà comment ils sont arrivés jusqu'à nous et se conserveront longtemps dans un village de la Picardie.

LA COQUETTERIE PARISIENNE.

Grande discussion élevée à ce sujet entre un jésuite et un ministre
du commerce.

Pendant la Restauration un prédicateur fort élo-
quent, un missionnaire, un jésuite enfin, vint prêcher
la mission à Paris. Une grande affluence attestait son
succès; et non-seulement on admirait ce qu'il disait
en chaire, mais on commençait, chose rare partout, à
suivre ses préceptes de rigoureuse morale.

Elle était des plus rigides. Il attaquait, avec une
frénétique colère, la coiffure des femmes, le luxe de
leurs chapeaux, la frivolité damnable de leurs rubans,
l'épouvantable richesse de leurs étoffes de soie, la
ruineuse élégance de leurs chaussures. Il avait déjà
réussi à émonder considérablement l'arbre immense
des superfluités, lorsqu'il disparut tout à coup, au milieu de sa gloire et au grand étonnement de tous ceux
qui couraient en foule recueillir sa parole. La chaire
resta vide et muette. Qu'était devenu le fameux prédicateur? Pourquoi, comment, murmurait-on dans le
monde, dans les salons, dans les rues, avait-il quitté
si brusquement Paris? Questions qui restèrent sans
réponse jusqu'à l'événement de juillet 1830. On sut
alors le motif de cette soudaine disparition.

Le ministre du commerce avait fait prier le prédicateur de passer à son hôtel, et il lui avait dit avec
tous les ménagements dus à un homme revêtu d'un
caractère religieux : « Monsieur, au moyen âge, les
peuples ne vivaient que de religion, et je ne les en

blâme pas dans ma pensée; mais, depuis cette époque, le travail a pris la place de la méditation, et
nous vivons beaucoup maintenant d'industrie et de
commerce. L'industrie ne se soutient, ne s'augmente,
que par l'exportation. C'est ici, monsieur, que je vous
prie de m'accorder votre meilleure attention. Les
Parisiens, que vous avez édifiés par votre éloquence,
expédient pour cent millions de marchandises environ
dans les pays étrangers. En général, ces marchandises entrent dans la catégorie de ces innombrables
superfluités que vous avez condamnées avec une si
haute raison. Suivez-moi bien, monsieur. Les étrangers n'ont du goût pour ces épingles dorées, ces
peignes d'écaille, ces rubans de soie, ces éventails de
dentelle, ces étoffes suavement diaprées, ces mou-
choirs délicats, ces chaussures élégantes, que parce
que les Parisiennes les ont portés et leur ont donné la
consécration du goût, le baptême de la mode. Du jour
où vous aurez réussi à les faire renoncer à se parer
de ces objets si odieux au point de vue de la religion,
mais malheureusement si utiles au point de vue du
commerce, vous aurez réussi pareillement à faire que
les deux Amériques, les deux Indes, toutes les capi-
tales du monde, même celle du monde religieux, ne
les demanderont plus à l'industrie parisienne, au commerce parisien, qui, par là, aura perdu cent millions
sur ses exportations à l'étranger. »

Le missionnaire écoutait profondément.

« Comme chrétien, je suis de votre avis : ce luxe

est un péché; comme ministre du commerce, je suis
forcé de vous montrer toutes les pétitions qui me sont
journellement adressées contre vous par le grand et
le petit commerce de Paris, l'un et l'autre effrayés
de votre influence. J'ajoute que, comme chrétien, je
ne voudrais pas retrancher un mot de vos anathè-
mes contre la mode, mais que, comme ministre, je
donnerais cent mille francs à celui qui inventerait
une frivolité de plus, capable d'augmenter notre industrie et nos exportations. Enfin je termine par
vous dire, toujours comme ministre du commerce,
que je ne puis vous autoriser, d'accord avec mes con-
frères les autres ministres, à prêcher dans le même
esprit sur le même sujet. »

Le missionnaire salua le ministre du commerce, et
ne remonta plus en chaire.

Un mois après, le ministre fut destitué.

PROGRÈS DANS L'ÉDUCATION DES PARISIENNES.

Sous l'ancien régime, il n'y avait pas une Parisienne sur cent qui sût écrire; cela s'explique : les
pensionnats, institution impériale, n'existaient pas,
et les filles de la noblesse et de la riche bourgeoisie
seules allaient au couvent, où elles ne recevaient
qu'une éducation barbare. Vint la révolution. Dès
lors chaque famille, chaque foyer, prenant une part
personnelle aux affaires publiques, la lecture devint
une nécessité, une condition d'existence. Quand chacun fut intéressé à savoir si l'ennemi menaçait Ver-

dun ou Metz, chacun eut besoin de lire, avant de se coucher, les papiers publics. L'Empire et ses effrayantes levées d'hommes propagèrent ce besoin de connaître par la voie de l'impression les crises dévorantes du moment, les incidents de la guerre, les progrès de la conquête. Quelle Parisienne n'eut pas à s'enquérir du sort ou d'un père, ou d'un frère, ou d'un fiancé attaché à l'armée d'Italie ou d'Égypte? Les bulletins de la grande armée ont plus fait pour l'éducation des Parisiennes que tous les livres où les philosophes et les philanthropes du dix-huitième siècle leur recommandent l'instruction. Napoléon a appris à lire aux Parisiennes. Le professeur leur a coûté cher.

JUSQU'OU EST ALLÉ CE PROGRÈS.

Ce beau mouvement s'étant continué sous la Restauration, les Parisiennes apprirent à écrire assez correctement. Elles bronchaient bien encore devant l'accord des participes, devant l'imparfait du subjonctif, devant l'orthographe de certains mots; mais enfin elles en savaient beaucoup plus que leurs mères, dont les lettres d'amour, surprises à la dérobée dans quelque coin, les faisaient sourire par leur grande naïveté grammaticale.

STYLE D'UNE PARISIENNE EN 1844.

Album de la fille d'une portière.

« Le bonheur est partout, dit-on. Pensée juste,

expression fausse. Il est dans le cœur, c'est-à-dire un organe qu'on porte partout. »

« J'ai lu Byron et Paul de Kock ; je ne relirai jamais Paul de Kock, quoique je serais fâchée de ne pas l'avoir pas lu. Les grands écrivains sont donc ceux qu'on voudrait relire ? »

« J'ai bien souvent, en riant, tiré le cordon à de jolies et riches locataires qui me le demandaient en pleurant. Auraient-elles voulu être à ma place ? Je ne le crois pas. Ai-je souhaité d'être à leur place ? Peut-être. Il y a donc des félicités inutiles et des malheurs auxquels on tient ? »

« J'ai toujours senti battre mon cœur en voyant le facteur déposer une lettre sur la table. C'est bien peu .de chose, mais c'est un mystère ; il n'y en a pas de petit pour une femme. »

« Je voudrais bien savoir pourquoi je suis portière, et pourquoi la femme d'un prince royal n'aurait pas pu être à ma place. »

« La fatigue n'est jamais dans le corps, mais dans l'esprit. Quand j'ai monté le premier étage pour remettre une lettre au valet de chambre qui m'ouvre, je suis déjà lasse ; quand j'arrive au second et au troisième étage pour donner une carte de visite ou un journal, je suis brisée ; mais je n'éprouve plus aucune lassitude pour monter jusqu'au septième étage, où m'attend le jeune peintre auquel je fais les commissions du matin. Je ne l'aime pas, mais il me trouve jolie. »

« Du matin au soir j'entends sous ma croisée, qui est presque au niveau de la rue, la musique des orgues de Barbarie ; j'avoue qu'elle me jette dans une rêverie délicieuse. Pourquoi est-il de bon goût de se moquer de ces instruments ? Serait-ce parce qu'ils nous procurent du plaisir sans difficulté ? Je suis portée à le croire depuis que je vois les gens s'extasier devant la dame de l'entresol lorsqu'elle joue de la harpe. On m'a assuré qu'une harpe coûtait trois mille francs, et qu'il fallait étudier dix ans pour en pincer médiocrement. C'est un instrument affreux à entendre. Une harpe me fait l'effet d'une guitare hydropique. Si les harpes coûtaient dix mille francs, et qu'il fût nécessaire de s'exercer vingt ans pour en jouer, on les vanterait encore davantage. J'ai donc raison. On ne méprise les orgues de Barbarie que parce que pour deux sous on peut se donner le plaisir de les entendre jouer pendant une heure. »

« La locataire du premier reçoit son journal la

veille; elle est censée par conséquent savoir les nouvelles douze ou quinze heures avant l'avoué logé au
second étage, qui ne reçoit le sien que le matin; le
tailleur du quatrième n'a *le Siècle* que le lendemain;
et la ravaudeuse qui occupe la mansarde et qui loue
son journal au cabinet de lecture de la rue Coque-
nard, ne le lit que huit jours après sa publication.
Pourtant aucun de ces quatre locataires ne sait avant
l'autre ce qui se passe à Paris; et même c'est souvent
la ravaudeuse qui en est instruite la première. Les
journaux serviraient donc à vous apprendre ce qu'on
sait déjà? »

———

« Autrefois un portier était logé un peu moins mal
qu'un chien de ferme; aujourd'hui nous avons dans
notre loge un tapis, deux pendules de quatre cents
francs, trois tableaux peints par Roqueplan, Belloc
et Verdier, des fauteuils en palissandre ; maman ne
sort jamais à pied. Encore quelques années, et l'on
dira avec importance : Il épouse la fille d'un portier ! »

———

« Je me demande si l'on est dans une position inférieure parce qu'au lieu d'avoir affaire à un homme
qui vous dit : Monsieur, faites-moi une procuration,
ce qui est l'emploi du notaire, on a affaire à quelqu'un
de poli qui vous dit : Le cordon s'il vous plaît? »

———

« La police de Paris n'est presque faite que par les

domestiques; presque tous les domestiques sont des
voleurs ou des espions. Les plus vieux sont plus voleurs et plus espions, voilà tout. Le plus honnête
d'entre eux, homme ou femme, vole tous les jours,
au moins, dix sous à ses maîtres. J'excepterai pourtant les domestiques qui ont nourri leurs maîtres pendant vingt ans, —*avec le fruit de leurs épargnes.*»

« Hier j'ai assisté pour la première fois à la repré-
sentation d'une tragédie. Dieu! que j'ai ri! J'étouffais
pour ne pas causer du scandale autour de moi. On
jouait *Iphigénie en Aulide*. Comme cette pauvre fille
se démène à froid pour prouver qu'elle aime Achille,
le plus grotesque des amoureux! un amoureux qui
ne parle jamais que de lui. Et cette mère qui en dit,
qui en dit pendant une heure, au lieu de prendre sa
fille par le bras et de lui dire : Je suis votre mère, et
l'on ne touchera pas à un cheveu de votre tête. Est-ce
que j'avais besoin de la colère d'Achille pour être
sûre qu'il n'arriverait rien à Iphigénie? Sa mère n'était-
elle pas là? On dit que c'est bien écrit. Il ne manque-
rait plus que ce fût mal écrit. On m'avait beaucoup
vanté l'actrice qui jouait le rôle d'Iphigénie. »

« La vie est un songe, mais un songe souvent in-
terrompu par le coup de sonnette du maître qui rentre
après minuit. »

2

« J'ai fait une remarque, je ne sais si elle est juste :
il ne naît plus de blondes, tout le monde est brun. »

———

« Je n'ai pas encore vu un vieillard à Paris. A
quelle heure sortent-ils? »

———

« Une femme bien conservée, grand Dieu! Comment serait-elle si elle était mal conservée? »

———

AUTRE XEMPLE DU STYLE D'UNE PARISIENNE EN 1844.

Style de la Parisienne des rues du Helder, Pinon, Lepelletier, Houssaye,
Joubert.

*De la maîtresse de M. le comte de la Mi... à la maî-
tresse de M. le Marquis de D...*

« Chère adorée,

» Tu veux savoir ce que je fais au fond de mon
appartement, et sur la chaise longue où le docteur
m'oblige à rester couchée sous peine de voir ma pos-
térité anéantie dans la personne de M. Louis ou de
mademoiselle Marie qui est à naître. Je pense à trois
choses qui n'existent pas au moment où je t'écris.
Naturellement à mon cher comte, qui est en Italie, à
son fils ou à sa fille, qui n'a encore vu ni le jour ni
la nuit, et à toi, qui dors d'un profond sommeil à la
suite du dernier bal. Jules, d'ailleurs, m'a laissé en
partant beaucoup d'affaires à mettre en ordre, et je
suis obligée d'écrire à son avocat, à son notaire pour

la succession de son oncle, à plusieurs députés dont les visites me pèsent plus pourtant que la correspondance que j'ai avec eux. Quelles étranges gens, ma bonne amie ! parce que le comte, leur ami, me donne deux mille francs par mois, ils s'imaginent que je dois les prendre sur le marché.

» Il faut voir avec quel aplomb ils parlent d'eux-mêmes, avec quelle assurance ils risquent leurs galanteries, avec quelle infaillibilité ils se proposent... Est-ce que vous me prenez pour madame votre épouse ? ai-je dit à l'un d'eux, qui se croyait tout permis parce que je l'avais autorisé à me baiser le bout du pied toutes les fois qu'il n'aurait pas parlé à la Chambre des députés.

» Crois-tu que la fameuse loi passera cette fois-ci ? Marianne a parié avec moi un dîner. Moi, je dis qu'elle ne passera pas ; elle prétend le contraire. Ton avis, bonne amie ? Là, peux-tu croire que des gens qui ne sont pas tout à fait marchands d'habits, marchands de verre cassé, consentent à cette auguste niaiserie ? Je me figure moi demandant à mon cher comte, outre les deux mille francs par mois de liste civile qu'il me donne, dix sous de dotation pour les allumettes chimiques que je consomme.

» Tu as promis de venir me voir sous le costume de *bohémienne de Paris* que tu t'es fait faire exprès pour le dernier grand bal de l'Opéra. Viens donc, je te montrerai en échange la layette de mon futur arlequin ou de ma pierrette future. Du reste, ton marquis a dû te dire qu'il m'avait trouvée l'autre jour occupée à marquer des brassières.

» Ne sois pas jalouse, mais il est charmant, ton marquis. Vois-tu, bonne amie, il faut toujours en revenir à ces gens-là en fait de distinction, comme il faut toujours en revenir à nous en fait d'amour. Ils coûtent cher à attirer, et nous coûtons cher à retenir.

» Comme ils sont amusants ! comme ils sont simples ! comme ils ont de l'esprit, du goût, sans effort, sans tomber dans le fossé de la bouffonnerie, sans rouler dans celui du prétentieux !

» As-tu porté quelque chose à la caisse d'épargne le mois dernier ? Voyons, ne me mens pas. Tu n'as rien porté. C'est mal. Je vais mettre opposition entre les mains de ton marquis pour deux cents francs, afin que le mois prochain je n'aie pas le même reproche à t'adresser. Vois-tu, bonne, moi je mettrais le maire de mon arrondissement à la caisse d'épargne. Tu sais que les fonds ont monté avant-hier. Je gagne six mille francs, six amours de mille francs que je placerai sur la tête de celui dont je n'ai peut-être pas encore fait la tête. Place, ma chère, place ; nous grossissons : et grossir c'est vieillir, a dit le spirituel Bequet.

» Connais-tu les derniers vers de Théophile Gautier sur l'oreille de Forster ? Procure-toi-les ; ils sont divins. Quel charmant poëte ! Que ne peut-on vivre pendant trois mois en concubinage avec l'esprit des gens qu'on aime ! Quelle Aspasie je ferais !

» Adieu, le tiers de mon âme! je ne puis plus dire la moitié. Un tiers est à celui qui est en Italie, un second tiers est à celui ou à celle que j'ai sous la main, l'autre tiers est à toi. Rien pour moi, puisque je vis par vous trois.

» TA BÉRÉNICE. »

AVANT-DERNIER EXEMPLE DU STYLE, ET UN PEU DES MŒURS D'UNE PARISIENNE EN 1844.

D'une femme honnête à une femme honnête.

« Chère Anaïs,

» Mon ours est parti, nous pouvons donc nous amuser à ciel ouvert. Dieu soit loué! je suis libre. Pour comble de bonheur, mes deux gendarmes de filles sont rentrées en pension ce matin. Sais-tu que ce n'est pas toujours gai d'avoir à côté de soi, partout où l'on va, deux grands actes de naissance qui font dire : « Oui, la maman doit avoir de trente à trente-cinq ans. — Je vous dis, moi, ajoute quelque âme charitable, qu'elle en a trente-sept. Calculez! elle s'est mariée à vingt-quatre ans... » Pour couper court à tous ces assassinats, j'ai cloîtré ces deux demoiselles. C'est encore un an de gagné.

» Le premier usage que je veux faire de ma liberté, c'est de lire ce roman dont on parle tant depuis six mois. A force de me dire : « Je vous défends de le lire, il est stupide, il est immoral, » mon mari a excité en moi une envie extraordinaire de le connaître. C'est

l'histoire, dit-on, d'une jeune femme enlevée et conduite à une petite maison de campagne au milieu de
la nuit ; on dit que c'est intéressant, passionné, quelquefois indécent... on m'a assuré qu'il y avait beaucoup de points. Je suis folle des livres où l'on trouve
beaucoup de points. Je rêve, je m'émeus, je m'exalte
quand j'en vois... Mais je vais enfin le lire, ce fameux
roman. Je te dirai s'il y a beaucoup de points.

» C'est à présent, ou jamais, que nous pourrons
aller voir jouer les drames des boulevards, autre anti-
pathie de mon ours.

» Prends une loge pour demain, je t'en supplie.
Voyons ensemble *les Bohémiens de Paris.* J'ai lu
dans mon journal le compte rendu de ce drame. Il
paraît, ma chère, qu'il est rempli de voleurs, de forçats, de gens qui en font disparaître d'autres par des
trappes. Tâche d'avoir une loge d'avant-scène.

» Tu me demandais l'autre jour, dans un accès de
mauvaise humeur, en quoi je fais consister le bonheur sur la terre. Je t'ai comprise, chère Anaïs : le
bonheur bien souvent est moins de posséder ce qu'on
n'a pas que de cesser d'avoir ce qu'on possède. Le
bonheur, pour toi, serait peut-être, ô misère ! d'être
veuve. Je ne dis pas que tu souhaites la mort de ton
mari ; ce n'est pas plus ton vœu que le mien, quoique
nos positions se ressemblent beaucoup ; mais nous
devinons, toi et moi, le bonheur d'être libres avec
l'expérience que nous avons acquise. Dieu ! comme
on doit respirer à pleine poitrine en sortant des pri-

sons de la communauté conjugale pour entrer dans
le paradis du veuvage! Veuve! veuve! mais on va où
l'on veut, mais on voit qui l'on veut, mais on sort
quand on veut, mais on rentre si l'on veut! N'est-ce
pas, chère Anaïs, que telle est pour une femme la
position sociale qu'elle peut appeler à bon droit le
bonheur?

» Patience, bonne amie; en attendant, prenons
tout le plaisir que nous permettent de prendre l'absence de mon mari, un excellent homme au fond, et
dont je n'ai pas à me plaindre, et la maladie du tien,
qui est bien long, je trouve, dans sa maladie. Dis-lui
mille choses aimables de ma part.

» Adieu! vite ce roman et cette loge de spectacle!

» Ta fidèle,

» JULIE VOL.....»

DERNIER ÉCHANTILLON DU STYLE D'UNE PARISIENNE EN 1844.

Mémoires d'une jeune et honnête femme mariée à
un marchand de couleurs de la rue de la Verrerie.

« Je suis mariée depuis le 20 janvier 1844, c'est-
à-dire depuis quinze jours environ. Mon Dieu! que
ce peu de temps écoulé a apporté de changements
dans mes idées! Est-ce moi qui ai tort, est-ce le mariage? Je ne sais. Voici mes impressions; plaise au
ciel que je ne sois pas dérangée en les fixant sur le
papier, afin de pouvoir me juger un jour avec im-
partialité!

» Le mariage, m'avaient dit mes bonnes compagnes du pensionnat, est la réalisation de nos rêves les plus poétiques. Les tendres frémissements ressentis à la vue d'un jeune homme, les inquiétudes que nous éprouvons au retour du printemps, au lever de la lune derrière les acacias, les besoins de pleurer qui nous prennent sans motif, me disaient-elles encore, s'expliquent en se mariant. L'âme a deviné le mot de l'énigme. Et je sortis de pension.

» Je me disais, sans être tout à fait aussi romanesque que mes jeunes camarades : Il n'est pas possible que mes parents m'aient gardée dix ans en pension, qu'ils m'aient fait enseigner l'italien, l'allemand, l'anglais, la musique, le chant, le dessin, la peinture, la littérature, la danse, pour me marier avec un homme qui n'aimerait pas les arts.

» Le lendemain de ma sortie du pensionnat, ma mère me dit : « Vous épousez un riche marchand de couleurs de la rue de la Verrerie. » Ma première question fut celle-ci : « Sait-il la musique? — Je vous dis que c'est un marchand de couleurs, » répliqua ma mère.

» Huit jours après on me conduisit à la mairie et à l'église...

» J'interromps ma rédaction pour répondre à un correspondant de mon mari, qui me demande, savoir :

» Cent kilogrammes de noir animal.

» Une barrique de vert-de-gris.

» Deux tonneaux de colle.

» Vingt kilogrammes de soude.

» Deux paquets d'assa fœtida.

» Après m'être lavé vingt fois les mains sans succès, je reprends la plume de mes Mémoires.

» Dieu ! quelle triste chose à écrire !... En se couchant il a mis des bas de laine et un bonnet de coton.

» Je m'y habituerai...

« Mon ami, lui ai-je dit il y a huit jours, m'achèterez-vous un piano? — Pourquoi faire ? m'a-t-il demandé. Qu'est-ce que cela coûte ? — Douze cents francs. — Douze cents francs! s'est-il écrié. Avec cet argent j'aime mieux acheter des huiles de baleine et attendre la hausse. D'ailleurs une femme mariée ne touche pas du piano. »

» Je me soumettrai.

» Encore une interruption : mon mari entre.

. . . .

» Je reprends.

» Quelle science!... « Que lisez-vous là? m'a-t-il dit avec humeur; est-ce qu'on lit dans un magasin? Il y a toujours quelque chose à faire ici. Mettez des étiquettes, empaquetez, mesurez, pesez... — Tout est fait, mon ami, ai-je répondu. — Quel est ce livre? — *The Poems of Ossián, The Son of Fingál.* — Vous savez donc l'anglais? — Oui, mon ami. — Mais vous savez donc tout! » Il m'a tourné le dos en ricanant.

2.

» Je me résignerai.

» Habitude, soumission, résignation, ce sont là, je le sais, les trois grâces, les trois vertus théologales du mariage.

« Je parviendrai sûrement à faire si bien mon devoir, que je plairai à mon mari; mais je me demande pourquoi on enseigne aux jeunes filles tant de choses qui ne serviront qu'à leur inspirer plus tard le regret de les avoir apprises; ou pourquoi on ne les élève pas spécialement pour être des femmes de marchands de couleurs, d'épiciers, d'agents de change, etc.... »

RÉFLEXION DE L'AUTEUR.

Dans un an, nous dirons au lecteur si la femme du marchand de couleurs de la rue de la Verrerie est parvenue au degré de résignation qu'elle désirait pour être aimée de son mari.

PARLONS DE LA LÉGÈRETÉ DE LA PARISIENNE.

J'ai dit quelque part que le peuple français, le plus léger de la terre, au dire de lui-même et des autres nations, avait inventé la guillotine, la roue, le vers alexandrin, le poëme épique, la tragédie classique, les robes à panier, le bouilli de bœuf, le cheval de roulier, et tout ce qu'il y a de plus calotte de plomb au monde. C'est lui, ce même peuple français, qui a laissé s'accréditer l'opinion que la Parisienne avait la légèreté de l'hirondelle et la subtilité d'un parfum.

La Parisienne est très-légère en dansant, c'est vrai, mais elle ne danse pas toujours. Quand elle aime, par exemple, elle ne se résout pas à chaque instant en fumée d'encens ou de myrrhe. Elle est sérieuse comme la passion quand la passion l'étreint et la domine; alors il n'y a ni Espagnole au teint bruni, ni Italienne au poignard de carton, à lui comparer.

Que de Parisiennes ont suivi en Égypte, en Italie, en Russie, ces nuées d'officiers à qui elles avaient donné leurs cœurs à quelque bal champêtre, sous l'époque consulaire ou impériale! Ni les sables du désert, ni les glaces de la Bérésina, ne les ont arrêtées sur le chemin de leur dévouement. Elles ont nettoyé le fusil, lavé le linge, pansé la blessure, salé la soupe, égayé la marche de leurs héroïques maris. Il n'est aucun point du globe où l'on ne retrouve la Parisienne sous les traits de modiste, de limonadière, de maîtresse d'hôtel garni. Je suis sûr qu'elle est déjà établie en Chine, domiciliée à Hong-Kong avec cette très-mirifique enseigne :

Au Sonneur de Saint-Paul.

Mme DUHAMEL, MARCHANDE DE NOUVEAUTÉS DE PARIS.

Et partout elle étale cette grâce particulière, elle prodigue cet accent charmant et ces manières engageantes, avec lesquelles elle parviendrait à vendre mille francs ce qui vaut trois sous.

ENCORE UN MOT SUR CETTE LÉGÈRETÉ ET SUR CE QUE NOUS LUI DEVONS.

Les enfants croient, en général, que les morues nagent au fond de la mer, dans la forme sèche, coriace et aplatie où ils les voient sur l'étal de l'épicier.

Beaucoup de nos honorables compatriotes en sont là en matière d'observation sociale. Notre littérature, que, par légèreté sans doute, ils mettent au-dessus, beaucoup au-dessus des autres littératures, leur semble un produit naturel, spontané, simple, du sol français. A les en croire, un peuple aussi fameux que le nôtre n'avait pas le droit de ne pas être grand en littérature. Sans cesser d'être spirituels et Français, tâchons d'être raisonnables ; voulez-vous ?

Qui donc a posé devant Racine, Molière, Marivaux, Beaumarchais, le Sage et de Balzac, aussi grand qu'eux tous peut-être, pour que de Balzac, le Sage, Beaumarchais, Marivaux, Molière et Racine, celui-là dans ses admirables romans, les autres dans leurs belles comédies et leurs tragédies, pussent peindre cette prodigieuse variété de femmes ? Qui donc leur a fourni tant de portraits à faire, tant de caractères à analyser, tant de sentiments délicats, vifs, originaux, simples, compliqués, subtils jusqu'au

paradoxe, profonds jusqu'à la douleur? Qui donc leur a
révélé ces drames de famille enfermés entre les quatre
murs d'un salon, et ces combats du cœur avec le cœur,
ces comédies de l'âme où elle se montre à nu, toute
cette histoire de l'humanité, dont les feuillets sont
froissés par le rire ou tachés par les larmes? n'est-ce
pas la femme par excellence, la Parisienne? Ils n'ont
pas inventé, on n'invente que le mensonge; ils ont
copié : et ce sont les mœurs, la physionomie, les
goûts, les caprices de la femme parisienne, qu'ils
ont pris pour modèles. On s'adresse à l'arbre pour
avoir le fruit. Esther, Junie, Bérénice, Iphigénie,
Phèdre même, Célimène, Dorine et toutes ces femmes sorties du riche cerveau de Molière, et du non
moins riche cerveau de Balzac, sont nées, ont vécu,
ont régné à Paris, les unes à la cour de Louis XIV,
les autres à l'hôtel Rambouillet, celles-ci à la place
Royale et dans la rue des Tournelles, celles-là dans
le faubourg Saint-Germain.

Sans la femme parisienne, la littérature française
serait donc aussi nulle que le serait la littérature
grecque sans Hélène et Clytemnestre.

Je recommande cette observation aux critiques de
profession, eux qui ont tant d'idées, de goût, et surtout de style.

La Parisienne est-elle belle? comment est-elle belle?
l'est-elle longtemps?

On répond par un conte de fée.

LA FÉE BLEUE.

Un jour la fée bleue descendit sur la terre dans l'intention courtoise de distribuer à toutes ses filles, les habitantes des divers pays, les trésors de faveurs qu'elle portait avec elle.

Son nain amarante sonna du cor, et aussitôt une jeune femme de chaque nation se présenta au pied du trône de la fée bleue. Toutes ces unités finirent, on l'imagine, par former une foule assez considérable. Ceci se passait longtemps avant la Révolution de juillet 1830.

La bonne fée bleue dit à toutes ses amies : « Je désire qu'aucune de vous n'ait à se plaindre du don que je vais lui faire. Il n'est pas en mon pouvoir de vous donner à chacune la même chose ; mais une telle uniformité dans mes largesses n'en ôterait-elle pas tout le mérite ? Comme le temps est précieux aux fées, elles parlent peu. La fée bleue borna là son discours, et commença la distribution de ses présents. Personne n'en parut fâché.

Elle donna à la jeune femme qui représentait toutes les Castilles des cheveux si noirs et si longs, qu'elle pouvait s'en faire une mantille.

A l'Italienne, elle donna des yeux vifs et ardents comme une éruption du Vésuve au milieu de la nuit.

A la Turque, un embonpoint rond comme la lune et doux comme la plume de l'eider.

A l'Anglaise, une auréole boréale pour se teindre les joues, les lèvres et les épaules.

A une Allemande, des dents comme elle en avait elle-même, et, ce qui ne vaut pas mieux que de belles dents, mais qui a son prix, un cœur sensible et profondément disposé à aimer.

A une Russe, la distinction d'une reine.

Puis, passant aux détails, elle mit la gaieté sur les lèvres d'une Napolitaine, l'esprit dans la tête d'une Irlandaise, le bon sens dans le cœur d'une Flamande, et, quand il ne lui resta plus rien à donner, elle se leva pour reprendre son vol.

« Et moi? lui dit la Parisienne en la retenant par les bords flottants de sa tunique bleue.

— Je vous avais oubliée?

— Entièrement oubliée, madame.

— Vous étiez trop près de moi, et je ne vous ai pas vue. Mais que puis-je maintenant? Le sac aux largesses est épuisé. »

La fée réfléchit un instant, puis, rappelant d'un signe toutes ses charmantes obligées, elle leur dit : « Vous êtes bonnes, puisque vous êtes belles. Il vous appartient de réparer un tort très-grave de ma part : dans ma distribution j'ai oublié votre sœur de Paris. Que chacune de vous, je l'en prie, détache une partie du présent que je lui ai fait, et en gratifie notre Parisienne. Vous perdrez peu et vous réparerez beaucoup. »

Comment refuser à une fée, surtout à la fée bleue?

Avec la grâce qu'ont toujours les gens heureux, ces dames s'approchèrent tour à tour de la Parisienne, et lui jetèrent en passant, l'une un peu de ses beaux cheveux noirs, l'autre un peu du rose de son teint, celle-ci quelques rayons de sa gaieté, celle-là ce qu'elle put de sa sensibilité; et il se fit ainsi que la Parisienne, d'abord fort pauvre, fort obscure, très-effacée, se trouva en un instant, par cet acte de partage, beaucoup plus riche et beaucoup mieux dotée qu'aucune de ses compagnes.

La fée bleue était déjà remontée au ciel en souriant.

Ceci prouve... Je n'ai rien à prouver.

———

DISONS MAINTENANT SI LA PARISIENNE EST LONGTEMPS BELLE.

Si la définition que nous avons donnée de la beauté de la Parisienne n'est pas erronée, si la fiction de la fée bleue cache un sens vrai, cette beauté, assez semblable à une riche mosaïque, ne saurait périr d'un seul coup. La beauté trop unie de l'Espagnole, la beauté trop absolue de l'Italienne, n'ont pas, par exemple, de fin ménagée, d'extinction douce, d'agonie paisible. Ce genre de beauté s'écroule tout à coup comme un monument. Une maladie emporte la superbe, la belle femme, et laisse une sorcière; et cette horrible catastrophe arrive toujours de bonne heure dans les pays chauds. La Parisienne triomphe

indéfiniment de la maladie, de l'âge, de toutes les infirmités possibles, et la mort ne la prend guère qu'à
l'état d'ouvreuse de loges. Perd-elle son gracieux embonpoint, il lui reste ses cheveux ; perd-elle ses cheveux, elle se rabat sur ses dents ; perd-elle ses dents,
il lui reste ses yeux, longtemps fins et moqueurs,
miroirs conservateurs de tout ce qu'ils ont vu ; l'éclat
de ses yeux s'évanouit-il, il lui reste son sourire qui
garde tant de choses dans ses plis ; enfin, a-t-elle tout
perdu, il lui reste encore son esprit ; elle s'y plonge
tout entière, et la voilà rajeunie.

L'ESPRIT D'UNE PARISIENNE ET SON IMMORTALITÉ.

Je ne veux pas dire à quel âge une Parisienne est
vieille : une vérité est déjà une chose si triste qu'il
faut se garder de la rendre offensante ; mais dès
qu'une Parisienne a l'indulgence de se croire vieille,
elle conquiert à l'instant même une jeunesse qui ne
passe plus. Quel inépuisable trésor que sa mémoire !
quel livre que ses souvenirs ! quelle profondeur dans
ses conseils ! quelle fermeté ! quelle durée dans ses
affections ! quel guide dans la vie !

Tout homme d'État, tout philosophe, tout artiste,
tout poëte, tout homme enfin qui n'a pas passé quelques années dans l'intimité des vieilles femmes parisiennes, a manqué son éducation du monde. Sa vie
entière se ressentira de ce tort, on pourrait dire de ce
malheur.

Consultez les mémoires des hommes illustres des
temps passés ; interrogez les souvenirs de ceux qui
occupent aujourd'hui le premier rang dans l'opinion publique : tous, s'ils sont sincères, vous di-
ront qu'ils doivent en grande partie à la société des
vieilles femmes parisiennes d'avoir pu faire quelque
chose de grand dans leur vie, et particulièrement
d'avoir pu éviter d'énormes fautes et d'énormes
sottises.

Le secret de leur immense supériorité s'explique :
en arrivant à l'âge de la vieillesse, elles gardent la délicatesse de la femme, et acquièrent le bon sens de
l'homme. Comme ce vin dont parle Homère, elles
deviennent miel par la vertu des ans. Vivantes par la
raison, elles sont mortes pour les passions. On ne les
trompe pas. Comment les tromperait-on ? Il n'y a plus
rien à courtiser en elles.

Quand on aura cessé d'élever des statues à tous ces
imbéciles couronnés, à la lèvre autrichienne et au nez
espagnol, on songera peut-être à en dresser une, magnifique type de la raison, de la sagesse moderne, qui
représentera une vieille femme parisienne, soutenant
d'une main un vieillard, tendant l'autre à un jeune
homme prêt à entrer dans la vie.

CONCLUSION.

Une Parisienne est une adorable maîtresse, une épouse presque impossible, une amie parfaite.

FIN.

Elle meurt dans sa religion à laquelle elle n'a jamais pensé.

LÉON GOZLAN.

FLAMMÈCHE ET BAPTISTE.

CONVERSATION ET CONSULTATION.

I

Flammèche était un diable de bonne foi, et qui ne tenait pas d'ailleurs à s'en faire accroire à lui-même ; — il avait donc bientôt reconnu que sa mission n'était point aussi facile à remplir qu'il se l'était imaginé. Le peu qu'il avait vu et entendu l'avait tout d'abord convaincu que, pour avoir été le secrétaire intime de Satan, et le diable le mieux instruit des secrets de l'autre monde, il n'en était pas moins dans le nôtre fort neuf en toutes choses.

Aussi, après avoir considéré dans le premier moment Paris avec la curiosité banale d'un entomologiste examinant sous le verre de sa loupe une fourmilière quelconque, s'était-il bientôt senti intéressé par la singularité du spectacle qu'il avait sous les yeux. Dans ces mouvements, en apparence si désor-

donnés, il avait fini par distinguer une certaine symé-
trie ; et dans ces bruits, d'abord si confus, des voix et
des discours qui ne manquaient pas absolument de
sens et d'harmonie. La scène n'avait pas grandi, mais
les acteurs, mais la pièce, avaient pris des proportions
raisonnables. Un mathématicien lui avait prouvé, par
A + B, que l'infini étant partout et dans tout, dans
l'unité comme dans le nombre, un est aussi parfait
que cent mille, et que la terre, par conséquent, est,
sinon aussi grosse, au moins aussi digne de l'attention de l'observateur que toute autre partie plus considérable de l'univers, — ce qui revient à dire, avec
raison peut-être, qu'un ciron vaut un éléphant, — et
Flammèche avait trouvé sans réplique cette théorie
de l'infini. Un métaphysicien lui avait démontré que
les plus grandes choses sont contenues dans les plus
petites, *maxima in minimis;* et un gamin, à qui il
avait fait une question probablement par trop naïve,
lui avait demandé, avec beaucoup de sang-froid, —
s'il revenait de son village.

Bref, Flammèche en était arrivé à s'avouer ingénu-
ment, ce qui était encore une naïveté—qu'il avait
tout à apprendre avant de pouvoir rien critiquer.

II

Son parti avait été bientôt pris.

« J'apprendrai, se dit-il, fût-ce à mes dépens ! »

Et Flammèche, qui était intrépide, commença bravement, non par le plus difficile, mais à coup sûr par

le plus dangereux, puisque tout d'abord, ainsi que nous l'avons dit, il était devenu amoureux.

L'Amour est un maître qui ne fait grâce à personne.

III

UNE CONSULTATION.

La lecture du véridique et spirituel document qu'on vient de lire sous cette rubrique : « *Ce que c'est qu'une Parisienne*, » confondit tellement toutes les idées que Flammèche amoureux s'était faites des femmes en général, et de la Parisienne en particulier, et le jeta dans de telles perplexités, que, voulant s'en tirer à tout prix :

« Baptiste, dit-il en s'adressant en dépit de cause à son valet de chambre, réponds-moi : Que penses-tu des femmes?

— Mais, monsieur... dit Baptiste de l'air d'un homme pris au dépourvu.

— Dis toujours, reprit Flammèche; que penses-tu des femmes?

— Dame, monsieur, dit enfin Baptiste, — c'est selon. »

Et il fut impossible de tirer de la bouche du sage Baptiste un mot de plus.

« Au fait, pensa Flammèche, ce garçon a raison, et sa réponse en vaut une autre.

» Baptiste, je n'ai plus de cigares, » dit Flammèche.

IV

OPINION DÉFINITIVE DE BAPTISTE SUR LES FEMMES.

Baptiste, qui était sorti un instant pour aller chercher des cigares, venait de rentrer.

« Que diable ! lui dit encore Flammèche, qui avait fini par trouver que la réponse de son valet de chambre laissait quelque chose à désirer, que diable ! Baptiste, tu as dû être joli garçon ; il n'est pas possible que tu n'aies rien de mieux à répondre à ma question que les deux mots que tu viens d'articuler tout à l'heure. »

Et comme Baptiste, pour ne pas répondre *c'est selon,* ne répondait rien du tout :

« Mais enfin, lui dit Flammèche, tu as été amoureux ?

— J'ai été si jeune !... dit Baptiste.

— Eh quoi ! dit Flammèche, te repentirais-tu d'avoir aimé ? »

Baptiste hésita un instant.

« Il y a femme et femme, dit-il enfin.

— Comme il y a fagot et fagot, » dit en riant Flammèche, que le laconisme de Baptiste mit en bonne humeur.

Baptiste, qui avait respectueusement baissé les yeux pendant que son maître l'interrogeait, et qui les avait même fermés tout à fait, sans doute pour se mieux recueillir quand il avait eu à lui répondre, Baptiste l'entendant rire et ne comprenant rien à cette subite

gaieté, se hasarda alors à lever la tête pour en savoir
le motif. Mais les regards de Baptiste ne rencontrè-
rent que le fauteuil vide de Flammèche.

Quant à Flammèche lui-même, il avait disparu !

V

Un autre que Baptiste eût été intrigué de cette incroyable disparition, car la porte n'avait point été ouverte, les fenêtres n'avaient point cessé d'être fermées,
et l'appartement que Flammèche occupait dans l'hôtel
des Princes, où il était descendu, avait toujours passé
pour être parfaitement clos : un autre aurait cherché
sous les tables, sous le lit, derrière les rideaux, partout enfin, si peu probable qu'il pût être qu'un ambassadeur s'y fût caché dans le seul but de causer
une surprise à son valet de chambre. Mais Baptiste
était un serviteur trop discret pour s'inquiéter jamais
de ce que pouvait faire son maître, et pour scruter
ses actions. Il se contenta de replacer le fauteuil
dans un des coins du salon, de fermer le secrétaire,
de ranger les papiers et de descendre à l'office.

Le lendemain Flammèche n'avait point reparu.

Un autre que Baptiste se serait dit peut-être : « Où
donc monsieur a-t-il passé? » mais Baptiste, qui était
Allemand, et même Prussien, ne se dit rien du tout,
et se borna à l'attendre.

Personne, on le voit, n'était moins bavard que
Baptiste, puisque, contre l'ordinaire des gens qui par-

lent peu, il ne causait même pas quand il était tout
seul.

———

Vers dix heures du matin, un domestique monta
une lettre à Baptiste.

Cette lettre était de Flammèche.

Lettre de Flammèche à Baptiste.

« Mon bon garçon, lui disait Flammèche, je re-
» viendrai quand je pourrai.

» En attendant mon retour, qui peut être prompt
» et qui peut ne pas l'être, et tant que durera mon
» absence, tu seras mon chargé d'affaires, — c'est-à-
» dire que tu auras soin d'ouvrir une fois par semaine,
» tous les lundis, mon secrétaire; tu prendras, les
» yeux fermés, dans le tiroir du milieu, un des ma-
» nuscrits qui s'y trouveront, et après en avoir fait
» un paquet proprement cacheté, tu auras à l'envoyer
» (par la poste) au Diable, mon maître, en y joignant
» les lettres à son adresse qu'il m'arrivera peut-être
» de te faire passer pour lui.

» Te voici, par conséquent, mon cher Baptiste,
» ambassadeur par intérim; c'est la moindre des
» choses, comme tu vois; ne t'effraye donc pas,
» mais sois exact, tu as à faire à un maître qui ne sait
» pas attendre.

» *N. B.* — Parmi les manuscrits qui s'offriront à
» ta vue, ne va pas t'aviser de choisir; prends au ha-

3

» sard ! — Il n'y a de juste, il n'y a d'impartial — que
» le hasard !

» FLAMMÈCHE.

» *Post-Scriptum*. — Quand tu auras besoin d'ar-
» gent, tu en trouveras dans ta poche. »

Beaucoup de gens à la place de Baptiste, et je
n'entends pas parler seulement des valets de chambre,
auraient dit sans plus tarder : « J'ai besoin d'argent. »
Mais le calme de cet honnête serviteur ne se démentit
point dans cette circonstance, et, quoiqu'il ne servît
Flammèche que depuis quelques jours, il ne songea
même pas à vérifier cette dernière parole de son
maître.

Après avoir lu sa lettre avec une grande attention,
il la replia silencieusement, et tout fut dit.

Mais si Baptiste avait peu de conversation, c'était
en revanche un garçon ponctuel et régulier; aussi ne
manquait-il pas une seule fois d'exécuter dans tous
ses points la manœuvre prescrite, et de tirer, — sans
choisir — et au jour dit, du tiroir mystérieux, un
manuscrit quelconque.

Grâce à ce tiroir, toujours bien rempli, grâce au
zèle de Baptiste, la curiosité de Satan ne chôma pas
un seul instant. Ce grand monarque se prit bientôt
d'une si grande passion pour ces messages qui lui
venaient de la terre, que le jour de leur arrivée était
pour lui un jour de fête.

Ces jours-là, il rassemblait sa cour, et un diable —

le moins enroué sans doute, — faisait à haute voix
la lecture de ce qui venait d'arriver.

Quant à Flammèche, que faisait-il? qu'était-il devenu? Si quelqu'un le sait, ce n'est pas nous; mais
nous le saurons plus tard peut-être, et quand nous le
saurons, — notre devoir sera de le dire.

P. J. STAHL (Hetzel.)

PHILOSOPHIE

DE LA VIE CONJUGALE A PARIS.

CHAUSSÉE-D'ANTIN.

SOMMAIRE.

L'été de la Saint-Martin conjugal. — De quelques péchés capitaux. — De quelques péchés mignons. — La clef du caractère de toutes les femmes. — Un mari à la conquête de sa femme. — Les travaux forcés. — Les risettes jaunes. — Nosographie de la villa. — La misère dans la misère. — Le dix-huit brumaire des ménages. — L'art d'être victime. — La campagne de France. — Le solo de corbillard. — Commentaire où l'on explique la félichitta du finale de tous les opéras, même de celui du mariage.

I

L'ÉTÉ DE LA SAINT-MARTIN CONJUGAL.

Arrivé à une certaine hauteur dans la latitude ou la longitude de l'océan conjugal, il se déclare un petit mal chronique, intermittent, assez semblable à des rages de dent...

Vous m'arrêtez, je le vois, pour me dire : — Comment relève-t-on la hauteur dans cette mer? Quand un mari peut-il se savoir à ce point nautique ; et peut-on éviter les écueils ?

On se trouve là, comprenez-vous, aussi bien après dix mois de mariage qu'après dix ans : c'est selon la marche du vaisseau, selon sa voilure, selon la mousson, la force des courants, et surtout la composition de l'équipage. Eh bien ! il y a cet avantage que les maris n'ont qu'une manière de prendre le point, tandis que les marins en ont mille de trouver le leur.

Exemples : Caroline, votre ex-biche, votre ex-trésor, devenue tout bonnement votre femme, s'appuie beaucoup trop sur votre bras en se promenant sur le boulevard, ou trouve beaucoup plus distingué de ne plus vous donner le bras;

Ou elle voit des hommes plus ou moins jeunes, plus ou moins bien mis, quand autrefois elle ne voyait personne, même quand le boulevard était noir de chapeaux et battu par plus de bottes que de bottines;

Ou, quand vous rentrez, elle dit : « Ce n'est rien, c'est monsieur ! » au lieu de : « Ah ! c'est Adolphe ! » qu'elle disait avec un geste, un regard, un accent qui faisaient penser à ceux qui l'admiraient : Enfin, en voilà une heureuse !

Cette exclamation d'une femme implique deux temps : celui pendant lequel elle est sincère, celui pendant lequel elle est hypocrite avec : « Ah ! c'est Adolphe ! » Quand elle dit : « Ce n'est rien, c'est

3.

monsieur ! » elle ne daigne plus jouer la comédie ;

Ou, si vous revenez un peu tard (onze heures, minuit), elle... ronfle ! odieux indice !...

Ou elle met ses bas devant vous... (Ceci n'arrive qu'une seule fois dans la vie conjugale d'une lady ; le lendemain, elle part pour le continent avec un *captain* quelconque, et ne pense plus à mettre ses bas.) ;

Ou... Mais restons-en là.

Ceci s'adresse à des marins ou maris familiarisés avec LA CONNAISSANCE DES TEMPS.

Eh bien ! sous cette ligne voisine d'un signe tropical sur le nom duquel le bon goût interdit de faire une plaisanterie vulgaire et indigne de ce spirituel ouvrage, il se déclare une horrible petite misère ingénieusement appelée le taon conjugal, de tous les cousins, moustiques, taracanes, puces et scorpions, le plus impatientant, en ce qu'aucune moustiquaire n'a pu être inventée pour s'en préserver. Le taon ne pique pas sur-le-champ, il commence à tintinnuler à vos oreilles, et *vous ne savez pas encore ce que c'est.* Ainsi, à propos de rien, de l'air le plus naturel du monde, Caroline dit : —Madame Deschars avait une bien belle robe hier...—Elle a du goût, répond Adolphe. — C'est son mari qui la lui a donnée, réplique Caroline. — Ah! — Oui, une robe de quatre cents francs ! Elle a tout ce qui se fait de plus beau en velours... — Quatre cents francs ! s'écrie Adolphe en prenant la pose de l'apôtre Thomas. — Mais il y a

deux lés de rechange et un corsage... — Il fait bien
les choses, monsieur Deschars! reprend Adolphe en
se réfugiant dans la plaisanterie.—Tous les hommes
n'ont pas de ces attentions-là, dit Caroline sèchement. — Quelles attentions?... — Mais, Adolphe...
penser aux lés de rechange et à un corsage pour faire
encore servir la robe quand elle ne sera plus de mise,
décolletée.

Adolphe se dit en lui-même : — Caroline veut une
robe.

Le pauvre homme!...!...!

Quelque temps après, monsieur Deschars a renou-
velé la chambre de sa femme.

Puis monsieur Deschars a fait remonter à la nouvelle mode les diamants de sa femme.

Monsieur Deschars ne sort jamais sans sa femme,
ou ne laisse sa femme aller nulle part sans lui donner
le bras.

Si vous apportez quoi que ce soit à Caroline, ce
n'est jamais aussi bien que ce qu'a fait monsieur Deschars.

Si vous vous permettez le moindre geste, la
moindre parole un peu trop vifs; si vous parlez un
peu haut, vous entendez cette phrase sibyllante et
vipérine : — Ce n'est pas monsieur Deschars qui se
conduirait ainsi! Prends donc monsieur Deschars
pour modèle.

Enfin, monsieur Deschars apparaît dans votre ménage à tout moment, et à propos de tout.

Ce mot :—Vois donc un peu si monsieur Deschars
se permet jamais... est une épée de Damoclès, ou, ce
qui est pis, une épingle, et votre amour-propre est la
pelote où votre femme la fourre continuellement, la
retire et la refourre, sous une foule de prétextes inat-
tendus et variés, en se servant d'ailleurs des termes
d'amitié les plus câlins ou avec des façons assez
gentilles.

Alphonse, taonné jusqu'à se voir tatoué de piqûres,
finit par faire ce qui se fait en bonne police, en gouvernement, en stratégie. (*Voyez* l'ouvrage de Vauban
sur l'attaque et la défense des places fortes.) Il avise
madame de Fischtaminel, femme encore jeune, élégante, un peu coquette, et il la pose comme un
moxa sur l'épiderme excessivement chatouilleux de
Caroline.

O vous qui vous écriez souvent : — Je ne sais ce
qu'a ma femme !... vous baiserez cette page de philo-
sophie transcendante, car vous allez y trouver *la clef
du caractère de toutes les femmes !*... Mais les connaître aussi bien que je les connais, ce ne sera pas
les connaître beaucoup, elles ne se connaissent pas
elles-mêmes ! Enfin, Dieu, vous le savez, s'est trompé
sur le compte de la seule qu'il ait eue à gouverner et
qu'il avait pris soin de faire.

Caroline veut bien piquer Adolphe à toute heure,
mais cette faculté de lâcher de temps en temps une
guêpe au conjoint (terme judiciaire) est un droit exclusivement réservé à l'épouse. Adolphe devient un

monstre s'il détache sur sa femme une seule mouche.
De Caroline c'est charmantes plaisanteries, un badi-
nage pour égayer la vie à deux, et dicté surtout par
les intentions les plus pures ; tandis que d'Adolphe
c'est une cruauté pour Caroline, une méconnaissance
du cœur de sa femme, et un plan arrêté de lui causer
du chagrin.

Ceci n'est rien.

— Vous aimez donc bien madame de Fischtaminel? demande Caroline. Qu'a-t-elle donc dans l'esprit ou dans les manières de si séduisant, cette...
araignée-là ?

— Mais, Caroline...

— Oh! ne prenez pas la peine de nier ce goût bizarre, dit-elle en arrêtant une négation sur les lèvres
d'Adolphe, il y a longtemps que je m'aperçois que
vous me préférez cet... échalas (madame de Fischtaminel est maigre). Eh bien! allez... vous aurez bientôt reconnu la différence.

Comprenez-vous? Vous ne pouvez pas soupçonner
Caroline d'avoir le moindre goût pour monsieur Deschars, tandis que vous aimez madame de Fischtaminel ! Et alors Caroline redevient spirituelle, vous avez
deux taons au lieu d'un.

Le lendemain, elle vous demande en prenant un
petit air bon enfant :—Où en êtes-vous avec madame
de Fischtaminel ?...

Quand vous sortez, elle vous dit :— Va, mon ami,
va prendre les eaux ! Car, dans leur colère contre une

rivale, toutes les femmes, même les duchesses, emploient l'invective et s'avancent jusque dans les tropes de la Halle : elles font alors armes de tout.

Vouloir convaincre Caroline d'erreur et lui prouver que madame de Fischtaminel ne vous est de rien, vous coûterait trop cher. C'est une sottise qu'un homme d'esprit ne commet pas dans son ménage : il y perd son pouvoir et il s'y ébrèche.

Oh! Adolphe, tu es arrivé malheureusement à cette saison si ingénieusement nommée *l'Été de la Saint-Martin* du mariage. Hélas! il faut, chose délicieuse! reconquérir ta femme, ta Caroline, la reprendre par la taille et devenir le meilleur des maris en tâchant de deviner ce qui lui plaît, afin de faire à son plaisir au lieu de faire à ta volonté! Toute la question est là désormais.

11

LES TRAVAUX FORCÉS.

Admettons ceci, qui, selon nous, est une vérité remise à neuf :

Axiome.

La plupart des hommes ont toujours un peu
de l'esprit qu'exige une situation difficile, quand ils n'ont pas tout l'esprit
de cette situation.

Quant aux maris qui sont au-dessous de leur position, il est impossible de s'en occuper : il n'y a pas de lutte, ils entrent dans la classe nombreuse des *Résignés*.

Adolphe se dit donc : — Les femmes sont des enfants, présentez-leur un morceau de sucre, vous leur
faites danser très-bien toutes les contredanses que
dansent les enfants gourmands; mais il faut toujours
avoir une dragée, la leur tenir haute, et que... le goût
des dragées ne leur passe point. Les Parisiennes
(Caroline est de Paris) sont excessivement vaines,
elles sont gourmandes!... On ne gouverne les hommes, on ne se fait des amis qu'en les prenant tous
par leurs vices, en flattant leurs passions : ma femme
est à moi !

Quelques jours après, pendant lesquels Adolphe a
redoublé d'attentions pour sa femme, il lui tient ce
langage :

— Tiens, Caroline, amusons-nous. Il faut bien que
tu mettes ta nouvelle robe (la pareille à celle de madame Deschars), et... ma foi, nous irons voir quelques bêtises aux Variétés.

Ces sortes de propositions rendent toujours les
femmes légitimes de la plus belle humeur! Et d'aller!
Adolphe a commandé pour deux chez Borel, au Rocher de Cancale, un joli petit dîner fin.

— Puisque nous allons aux Variétés, dînons au ca-
baret, s'écrie Adolphe sur les boulevards en ayant l'air
de se livrer à un improvisation généreuse.

Caroline, heureuse de cette apparence de bonne
fortune, s'engage alors dans un petit salon où elle
trouve la nappe mise et le petit service coquet offert
par Borel aux gens assez riches pour payer le local

destiné aux grands de la terre qui se font petits pour un moment.

Les femmes, dans un dîner prié, mangent peu, leur secret harnais les gêne, elles ont le corset de parade, elles sont en présence de femmes dont les yeux et la langue sont également redoutables. Elles aiment, non la bonne mais la jolie chère : sucer des écrevisses, gober des cailles au gratin, tortiller l'aile d'un coq de bruyère, et commencer par un morceau de poisson bien frais relevé par une de ces sauces qui font la gloire de la cuisine française. La France règne par le goût en tout : le dessin, les modes, etc. La sauce est le triomphe du goût en cuisine. Donc, grisettes, bourgeoises et duchesses, sont enchantées d'un bon petit dîner arrosé de vins exquis, pris par petite quantité, terminé par des fruits comme il n'en vient qu'à Paris, surtout quand on va digérer ce petit dîner au spectacle, dans une bonne loge, en écoutant des bêtises, celles de la scène, et celles qui se disent à l'oreille pour expliquer celles de la scène. Seulement l'addition du restaurant est de cent francs, la loge en coûte trente, et les voitures, la toilette (gants frais, bouquet, etc.), autant. Cette galanterie monte à un total de cent soixante francs, quelque chose comme quatre mille francs par mois, si l'on va souvent à l'Opéra-Comique, aux Italiens et au Grand-Opéra. Quatre mille francs par mois valent aujourd'hui deux millions de capital. Mais *votre honneur conjugal* vaut cela.

Caroline dit à ses amies des choses qu'elle croit excessivement flatteuses, mais qui font faire la moue à un mari spirituel.

— Depuis quelque temps, Adolphe est charmant. Je ne sais pas ce que j'ai fait pour mériter tant de gracieusetés, mais il me comble. Il ajoute du prix à tout par ces délicatesses qui nous *impressionnent* tant, nous autres femmes... Après m'avoir menée lundi au Rocher de Cancale, il m'a soutenu que Véry faisait aussi bien la cuisine que Borel, et il a recommencé la partie dont je vous ai parlé, mais en m'offrant au dessert un coupon de loge à l'Opéra. L'on donnait Guillaume Tell, qui, vous le savez, est ma passion.

— Vous êtes bien heureuse, répond madame Deschars sèchement et avec une évidente jalousie.

— Mais une femme qui remplit bien ses devoirs mérite, il me semble, ce bonheur...

Quand cette phrase atroce se promène sur les lèvres d'une femme mariée, il est clair qu'elle *fait son devoir*, à la façon des écoliers, pour la récompense qu'elle attend. Au collège, on veut gagner des exemptions; en mariage, on espère un châle, un bijou. Donc, plus d'amour!

— Moi, ma chère (madame Deschars est piquée), moi, je suis raisonnable. Deschars faisait de ces folies-là [1]... j'y ai mis bon ordre. Écoutez donc, ma petite :

[1] Mensonge à triple péché mortel (mensonge, orgueil, envie) que se permettent les dévotes, car madame Deschars

nous avons deux enfants, et j'avoue que cent ou deux cents francs sont une considération pour moi, mère de famille.

— Eh! madame, dit madame de Fischtaminel, il vaut mieux que nos maris aillent en partie fine avec nous que...

— Deschars?... dit brusquement madame Deschars en se levant et saluant.

Le sieur Deschars (homme annulé par sa femme) n'entend pas alors la fin de cette phrase par laquelle il apprendrait qu'on peut manger son bien avec des femmes excentriques.

Caroline, flattée dans toutes ses vanités, se rue alors dans toutes les douceurs de l'orgueil et de la gourmandise, deux délicieux péchés capitaux. Adolphe regagne du terrain; mais, hélas! (cette réflexion vaut un sermon du Petit Carême) le péché, comme toute volupté, contient son aiguillon. De même qu'un autocrate, le vice ne tient pas compte de mille délicieuses flatteries devant un seul pli de rose qui l'irrite. Avec lui, l'homme doit aller *crescendo!*... et toujours.

Axiome.

Le vice, le courtisan, le malheur et l'amour ne connaissent que le *présent.*

Au bout d'un temps difficile à déterminer, Caroline se regarde dans la glace, au dessert, et voit des rubis

est une dévote atrabilaire, elle ne manque pas un office à Saint-Roch, *depuis qu'elle a quêté avec la reine.*

(Note de l'auteur.)

fleurissant sur ses pommettes et sur les ailes si pures
de son nez. Elle est de mauvaise humeur au spectacle, et vous ne savez pas pourquoi, vous, Adolphe, si
fièrement posé dans votre cravate! vous qui tendez
votre torse en homme satisfait.

Quelques jours après, la couturière arrive, elle
essaye une robe, elle rassemble ses forces, elle ne
parvient pas à l'agrafer... On appelle la femme de
chambre. Après un tirage de la force de deux chevaux, un vrai treizième travail d'Hercule, il se déclare
un hiatus de deux pouces. L'inexorable couturière ne
peut cacher à Caroline que sa taille a changé. Caroline, l'aérienne Caroline, menace d'être pareille à madame Deschars. En termes vulgaires, elle épaissit.

On laisse Caroline attérée.

— Comment, avoir, comme cette grosse madame
Deschars, des cascades de chair à la Rubens? Et c'est
vrai, dit-elle... Adolphe est un profond scélérat. Je le
vois, il veut faire de moi une mère Gigogne! et m'ô-
ter mes moyens de séduction!

Caroline veut bien désormais aller aux Italiens, elle
y accepte un tiers de loge, mais elle trouve *très-distingué de peu manger*, et refuse les parties fines de
son mari.

— Mon, ami, dit-elle, une femme comme il faut
ne saurait aller là souvent... On entre une fois, par
plaisanterie, dans ces boutiques; mais s'y montrer
habituellement... fi donc!

Borel et Véry, ces illustrations du fourneau, perdent chaque jour mille francs de recette à ne pas avoir une entrée spéciale pour les voitures. Si une voiture pouvait se glisser sous une porte cochère, et sortir par une autre en jetant une femme au péristyle d'un escalier élégant, combien de clientes leur amèneraient de bons, gros, riches clients !...

Axiome.

La coquetterie tue la gourmandise.

Caroline en a bien assez du théâtre, et le diable seul peut savoir la cause de ce dégoût. Excusez Adolphe : un mari n'est pas le diable.

Un bon tiers des Parisiennes s'ennuie au spectacle, à part quelques escapades, comme : aller rire et mordre au fruit d'une indécence, — aller respirer le poivre long d'un gros mélodrame, — s'extasier à des décorations, etc. Beaucoup d'entre elles ont les oreilles rassasiées de musique, et ne vont aux Italiens que pour les chanteurs, ou, si vous voulez, pour remarquer des différences dans l'exécution. Voici ce qui soutient les théâtres : les femmes y sont un spectacle avant et après la pièce. La vanité seule paye, du prix exorbitant de quarante francs, trois heures d'un plaisir contestable, pris en mauvais air et à grands frais, sans compter les rhumes attrapés en sortant. Mais se montrer, se faire voir, recueillir les regards de cinq cents hommes !..... quelle franche lippée ! dirait Rabelais.

Pour cette précieuse récolte, engrangée par l'a-

mour-propre, il faut être remarquée. Or, une femme
et son mari sont peu regardés. Caroline a le chagrin
de voir la salle toujours préoccupée des femmes qui
ne sont pas avec leurs maris, des femmes excentriques. Or, le faible loyer qu'elle touche de ses efforts,
de ses toilettes et de ses poses, ne compensant guère à
ses yeux la fatigue, la dépense et l'ennui, bientôt il en
est du spectacle comme de la bonne chère : la bonne
cuisine la faisait engraisser, le théâtre la fait jaunir.

Ici Adolphe (ou tout homme à la place d'Adolphe)
ressemble à ce paysan du Languedoc qui souffrait
horriblement d'un *agacin* (en français, cor; mais
le mot de la langue d'Oc n'est-il pas plus joli?). Ce
paysan enfonçait son pied de deux pouces dans des
cailloux les plus aigus du chemin, en disant à son
agacin : — *Troun de Dieu! de Bagasse!* si tu mé fais
souffrir, jé té lé rends bien !

— En vérité, dit Adolphe, profondément désap-
pointé le jour où il reçoit de sa femme un refus non
motivé, je voudrais bien savoir ce qui peut vous
plaire?...

Caroline regarde son mari du haut de sa grandeur,
et lui dit, après un temps digne d'une actrice : — Je
ne suis ni une oie de Strasbourg, ni une girafe.

— On peut, en effet, mieux employer quatre mille
francs par mois, répond Adolphe.

— Que veux-tu dire ?

— Avec le quart de cette somme, offert à d'estima-
bles forçats, à de jeunes libérés, à d'honnêtes crimi-

nels, on devient un personnage, un petit Manteau-
Bleu ! reprit Adolphe, et une jeune femme est alors
fière de son mari.

Cette phrase est le cercueil de l'amour ! aussi Caroline la prend-elle en très-mauvaise part. Il s'ensuit
une explication. Ceci rentre dans les mille facéties
du chapitre suivant, dont le titre doit faire sourire les
amants aussi bien que les époux. S'il y a des rayons
jaunes, pourquoi n'y aurait-il pas des joies de cette
couleur excessivement conjugale ?

III

DES RISETTES JAUNES.

Arrivé dans ces eaux, vous jouissez alors de ces
petites scènes qui, dans le grand opéra du mariage,
représentent les intermèdes, et dont voici le type.

Vous êtes un soir seuls, après dîner, et vous vous
êtes déjà tant de fois trouvés seuls, que vous éprou-
vez le besoin de vous dire de petits mots piquants,
comme ceci, donné pour exemple :

— Prends garde à toi, Caroline, dit Adolphe, qui
a sur le cœur tant d'efforts inutiles, il me semble que
ton nez a l'impertinence de rougir à domicile tout
aussi bien qu'au restaurant.

— Tu n'es pas dans tes jours d'amabilité !...

Règle générale : Aucun homme n'a pu découvrir
le moyen de donner un conseil d'ami à aucune
femme, pas même à la sienne.

— Que veux-tu, ma chère, peut-être es-tu trop serrée dans ton corset, et l'on se donne ainsi des maladies...

Aussitôt qu'un homme a dit cette phrase à n'importe quelle femme, cette femme (elle sait que les buscs sont souples) saisit son busc par le bout qui regarde en contre-bas et le soulève, en disant comme Caroline :

— Vois, jamais je ne me serre.

— Ce sera donc l'estomac...

— Qu'est-ce que l'estomac a de commun avec le nez ?

— L'estomac est un centre qui communique avec tous nos organes.

— Le nez est donc un organe ?

— Oui.

— Ton organe te sert bien mal en ce moment... (Elle lève les yeux et hausse les épaules.) Voyons, que t'ai-je fait, Adolphe ?

— Mais rien ; je plaisante, et j'ai le malheur de ne pas te plaire, répond Adolphe en souriant.

— Mon malheur, à moi, c'est d'être ta femme. Oh ! que ne suis-je celle d'un autre !

— Nous sommes d'accord !

— Si, me nommant autrement, j'avais la naïveté de me dire, comme les coquettes qui veulent savoir où elles en sont avec un homme : « Mon nez est d'un rouge inquiétant ! » en me regardant à la glace avec des minauderies de singe, tu me répondrais : « Oh !

madame, vous vous calomniez! D'abord, cela ne se
voit pas; puis c'est en harmonie avec la couleur de
votre teint... Nous sommes d'ailleurs tous ainsi
après dîner! » Et tu partirais de là pour me faire
des compliments... Est-ce que je te dis, moi! que tu
engraisses, que tu prends des couleurs de maçon, et
que j'aime les hommes pâles et maigres?...

On dit à Londres : *Ne touchez pas à la hache!* En
France, il faut dire : Ne touchez pas au nez de la
femme...

— Et tout cela pour un peu trop de cinabre naturel!
s'écrie Adolphe. Prends-t'en au bon Dieu, qui se
mêle d'étendre de la couleur plus dans un endroit
que dans un autre, non à moi... qui t'aime... qui te
veux parfaite et qui te crie : Gare!

— Tu m'aimes trop, alors, car depuis quelque
temps tu t'études à me dire des choses désagréa-
bles, tu cherches à me dénigrer sous prétexte de me
perfectionner... J'ai été trouvée parfaite, il y a cinq
ans...

— Moi, je te trouve mieux que parfaite, tu es charmante!...

— Avec trop de cinabre ?

Adolphe, qui voit sur la figure de sa femme un
air hyperboréen, s'approche, se met sur une chaise à
côté d'elle. Caroline, ne pouvant pas décemment s'en
aller, donne un coup de côté sur sa robe comme
pour opérer une séparation. Ce mouvement-là, certaines femmes l'accomplissent avec une impertinence

provoquante ; mais il a deux significations : c'est, en terme de whist, ou *une invite au roi*, ou *une renonce*. En ce moment, Caroline renonce.

— Qu'as-tu? dit Adolphe.

— Voulez-vous un verre d'eau et du sucre? demande Caroline en s'occupant de votre hygiène et prenant (en charge) son rôle de servante.

— Pourquoi ?

— Mais vous n'avez pas la digestion aimable, vous devez souffrir beaucoup. Peut-être faut-il mettre une goutte d'eau-de-vie dans le verre d'eau sucrée ! Le docteur a parlé de cela comme d'un remède excellent...

— Comme tu t'occupes de mon estomac !

— C'est un centre, il communique à tous les organes, il agira sur le cœur et de là, peut-être, sur la langue.

Adolphe se lève et se promène sans rien dire, mais il pense à tout l'esprit que sa femme acquiert, il la voit grandissant chaque jour en force, en acrimonie ; elle devient d'une intelligence dans le taquinage et d'une puissance militaire dans la dispute qui lui rappellent Charles XII et les Russes.

Caroline, en ce moment, se livre à une mimique inquiétante, elle a l'air de se trouver mal.

— Souffrez-vous ? dit Adolphe pris, par où les femmes nous prennent toujours, par la générosité.

— Ça fait mal au cœur après le dîner, de voir un homme allant et venant comme un balancier de pen-

4.

dule. Mais, vous voilà bien, il faut toujours que vous vous agitiez... Êtes-vous drôles!... Les hommes sont plus ou moins fous...

Adolphe s'assied au coin de la cheminée opposé à celui que sa femme occupe, et il y reste pensif: le mariage lui apparaît avec ses steppes meublés d'orties.

— Eh bien! tu boudes?... dit Caroline après un demi-quart d'heure donné à l'observation de la figure maritale.

— Non, j'étudie, répond Adolphe.

— Oh! quel caractère infernal tu as!... dit-elle en haussant les épaules. Est-ce à cause de ce que je t'ai dit sur ton ventre, sur ta taille et sur ta digestion?... Tu ne vois donc pas que je voulais te rendre la monnaie de ton cinabre? Tu prouves que les hommes sont aussi coquets que les femmns... (Adolphe reste froid.) Sais-tu que cela me semble très-gentil à vous de prendre nos qualités... (Profond silence.) On plaisante et tu te fâches... (Elle regarde Adolphe). Car tu es fâché... Je ne suis pas comme toi, moi : je ne peux pas supporter l'idée de t'avoir fait un peu de peine! Et c'est pourtant une idée qu'un homme n'aurait jamais eue, que d'attribuer ton impertinence à quelque embarras dans ta digestion. Ce n'est plus *mon Dodofe!* c'est son ventre qui s'est trouvé assez grand pour parler... Je ne te savais pas ventriloque, voilà tout...

Caroline regarde Adolphe en souriant, Adolphe se tient comme gommé.

— Non, il ne rira pas... Et vous appelez cela, dans votre jargon, avoir du caractère... Oh! comme nous sommes bien meilleures!

Elle vient s'asseoir sur les genoux d'Adolphe, qui ne peut s'empêcher de sourire. Ce sourire, extrait à l'aide de la machine à vapeur, elle le guettait pour s'en faire une arme.

— Allons, mon bon homme, avoue tes torts! dit-elle alors. Pourquoi bouder? Je t'aime, moi, comme tu es! Je te vois tout aussi mince que quand je t'ai épousé... plus mince même.

— Caroline, quand on en arrive à se tromper sur ces petites choses-là... quand on se fait des concessions et qu'on ne reste pas fâché, tout rouge... sais-tu ce qui en est?...

— Eh bien! dit Caroline, inquiète de la pose dramatique que prend Adolphe.

— On s'aime moins.

— Oh! gros monstre, je te comprends : tu restes fâché pour me faire croire que tu m'aimes.

Hélas! avouons-le : Adolphe dit la vérité de la seule manière de la dire, en riant.

— Pourquoi m'as-tu fait de la peine? dit-elle. Ai-je un tort? ne vaut-il pas mieux me l'expliquer gentiment plutôt que de me dire grossièrement (elle enfle sa voix) : Votre nez rougit! Non! ce n'est pas bien! Pour te plaire, je vais employer une expression de ta belle Fischtaminel : *Ce n'est pas d'un gentleman.*

Adolphe se met à rire et paye les frais du raccommodement; mais, au lieu d'y découvrir ce qui peut plaire à Caroline et le moyen de se l'attacher, il reconnaît par où Caroline l'attache à elle.

IV

NOSOGRAPHIE DE LA VILLA.

Est-ce un agrément de ne pas savoir ce qui plaît à sa femme, quand on est marié?... Certaines femmes (cela se rencontre encore en province) sont assez naïves pour dire assez promptement ce qu'elles veulent et ce qui leur plaît. Mais, à Paris, presque toutes les femmes éprouvent une certaine jouissance à voir un homme aux écoutes de leur cœur, de leurs caprices, de leurs désirs, trois expressions d'une même chose! et tournant, virant, allant, se démenant, se désespérant, comme un chien qui cherche un maître.

Elles nomment cela *être aimées*, les malheureuses!... Et bon nombre se disent en elles-mêmes, comme Caroline : — Comment s'en tirera-t-il?

Adolphe en est là. Dans ces circonstances, le digne et excellent Deschars, ce modèle du mari bourgeois, invite le ménage Adolphe et Caroline à inaugurer une charmante maison de campagne. C'est une occasion que les Deschars ont saisie par son feuillage, une folie d'homme de lettres, une délicieuse villa où l'artiste a enfoui cent mille francs et vendue à la criée, onze mille francs. Caroline a quelque jolie toilette à essayer, un chapeau à plume en saule pleureur. C'est ravissant à montrer en tilbury. On laisse le petit

Charles à sa grand'mère. On donne congé aux domestiques. On part avec le sourire d'un ciel bleu,
lacté de nuages, uniquement pour en rehausser l'effet.
On respire le bon air, on le fend par le trot du gros
cheval normand, sur qui le printemps agit. Enfin
l'on arrive à Marnes, au-dessus de Ville-d'Avray, où
les Deschars se pavanent dans une villa copiée sur
une villa de Florence, et entourée de prairies suisses,
sans tous les inconvénients des Alpes.

— Mon Dieu! quel délice qu'une semblable maison
de campagne ! s'écrie Caroline en se promenant
dans les bois admirables qui bordent Marnes et Ville-
d'Avray. On est heureux par les yeux comme si l'on
y avait un cœur!

Caroline, ne pouvant prendre qu'Adolphe, prend
alors Adolphe, qui redevient son Adolphe. Et de
courir comme une biche, et de redevenir la jolie, la
naïve, petite, adorable pensionnaire qu'elle était!....
Ses nattes tombent! elle ôte son chapeau, le tient
par les brides. La voilà *rejeune*, blanche et rose. Ses
yeux sourient, sa bouche est une grenade douée de
sensibilité, d'une sensibilité qui paraît neuve.

— Ça te plairait donc bien, ma chérie, une campagne?... dit Adolphe en tenant Caroline par la taille
et la sentant qui s'appuie comme pour en montrer la
flexibilité.

— Oh! tu serais assez gentil pour m'en acheter
une?... Mais ! pas de folie... Saisis une occasion
comme celle des Deschars.

— Te plaire, sachant bien ce qui peut te faire plaisir, voilà l'étude de ton Adolphe.

Ils sont seuls, ils peuvent se dire leurs petits mots d'amitié, défiler le chapelet de leurs mignardises secrètes.

— On veut donc plaire à sa petite fille ?... dit Caroline en mettant sa tête sur l'épaule d'Adolphe, qui la baise au front en pensant : — Dieu merci, je la tiens!...

Axiome.

Quand un mari et une femme se tiennent, le diable seul sait celui qui tient l'autre.

Le jeune ménage est charmant, et la grosse madame Deschars se permet une remarque assez décolletée pour elle si sévère, si prude, si dévote :

— La campagne a la propriété de rendre les maris très-aimables.

Monsieur Deschars indique une occasion à saisir, on veut vendre une maison à Ville-d'Avray, toujours pour rien. Or, la maison de campagne est une maladie particulière à l'habitant de Paris. Cette maladie a sa durée et sa guérison. Adolphe est un mari, ce n'est pas un médecin. Il achète la campagne, et il s'y installe avec Caroline, redevenue sa Caroline, sa Carola, sa biche blanche, son gros trésor, sa petite fille, etc.

Voici quels symptômes alarmants se déclarent avec une effrayante rapidité.

On paye une tasse de lait vingt-cinq centimes quand

il est baptisé, cinquante centimes quand il est *an-hydre*, disent les chimistes.

La viande est moins chère à Paris qu'à Sèvres, expérience faite des qualités.

Les fruits sont hors de prix. Une belle poire coûte plus, prise à la campague, que dans le jardin (an-hydre!) qui fleurit à l'étalage de Chevet.

Avant de pouvoir récolter des fruits chez soi, où il n'y a qu'une prairie suisse de deux centiares, environnée de quelques arbres verts, qui ont l'air d'être empruntés à une décoration de vaudeville, les autorités les plus rurales, consultées, déclarent qu'il faudra dépenser beaucoup d'argent, et — attendre cinq années!...

Les légumes s'élancent de chez les maraîchers pour rebondir à la Halle. Madame Deschars, qui jouit d'un jardinier-concierge, avoue que les légumes venus dans son terrain, sous ses bâches, à force de terreau, lui coûtent deux fois plus cher que ceux achetés à Paris chez une fruitière qui a boutique, qui paye patente, et dont l'époux est électeur.

Malgré les efforts et les promesses du jardinier-concierge, les primeurs ont toujours à Paris une avance d'un mois sur celles de la campagne.

De huit heures du soir à onze heures, les époux ne savent que faire, vu l'insipidité des voisins, leur petitesse, et les questions d'amour-propre soulevées à propos de rien.

Monsieur Deschars remarque, avec la profonde

science de calcul qui distingue un ancien notaire,
que le prix de ses voyages à Paris, cumulé avec les
intérêts du prix de la campagne, avec les impositions,
les réparations, les gages du concierge et de sa
femme, etc., équivaut à un loyer de mille écus! Il ne
sait pas comment lui, ancien notaire, s'est laissé
prendre à cela!... CAR il a, maintes fois, fait des
baux de châteaux, avec parcs et dépendances, pour
mille écus de loyer.

On convient à la ronde, dans les salons de madame Deschars, qu'une maison de campagne, loin
d'être un plaisir, est une plaie vive...

— Je ne sais pas comment on ne vend que cinq
centimes, à la Halle, un chou qui doit être arrosé tous
les jours depuis sa naissance jusqu'au jour où on le
coupe, dit Caroline.

— Mais, répond un petit épicier retiré, le moyen de
se tirer de la campagne, c'est d'y rester, d'y demeurer, de se faire campagnard, et alors tout change...

Caroline, en revenant, dit à son pauvre Adolphe :

— Quelle idée as-tu donc eue là, d'avoir une maison de campagne?... Ce qu'il y a de mieux en fait de
campagne, est d'y aller chez les autres...

Adolphe se rappelle un proverbe anglais qui dit :
« N'ayez jamais de journal, de maîtresse, ni de
campagne; il y a toujours des imbéciles qui se char-
gent d'en avoir pour vous...»

— Bah ! répond Adolphe, que le taon conjugal a
définitivement éclairé sur la logique des femmes, tu

as raison ; mais aussi que veux-tu?... l'enfant s'y porte à ravir.

Quoique Adolphe soit devenu prudent, cette réponse éveille les susceptibilités de Caroline. Une mère veut bien penser exclusivement à son enfant, mais elle ne veut pas se le voir préférer. Madame se tait, le lendemain elle s'ennuie à la mort. Adolphe étant parti pour ses affaires, elle l'attend depuis cinq heures jusqu'à sept, et va seule avec le petit Charles jusqu'à la voiture. Elle parle pendant trois quarts d'heure de ses inquiétudes. Elle a eu peur en allant de chez elle au bureau des voitures. Est-il convenable qu'une jeune femme soit là, *seule!* Elle ne supportera pas cette existence-là.

La villa crée alors une phase assez singulière, et qui mérite un chapitre à part.

V

LA MISÈRE DANS LA MISÈRE.

Axiome.

La misère fait des parenthèses.

Exemple : On a diversement parlé, toujours en mal, du point de côté; mais ce mal n'est rien, comparé au point dont il s'agit ici, et que les plaisirs du regain conjugal font dresser à tout propos comme le marteau de la touche d'un piano. Ceci constitue une misère picotante qui ne fleurit qu'au moment où la timidité de la jeune épouse a fait place à cette fatale

égalité de droits, qui dévore également le ménage et
la France. A chaque saison ses misères!...

Caroline, après une semaine où elle a noté les ab-
sences de Monsieur, s'aperçoit qu'il passe sept heures
par jour loin d'elle. Un jour, Adolphe, qui revient gai
comme un acteur applaudi, trouve sur le visage de
Caroline une légère couche de gelée blanche. Après
avoir vu que la froideur de sa mine est remarquée,
Caroline prend un faux air amical, dont l'expression
bien connue a le don de faire intérieurement pester
un homme, et dit : — Tu as donc eu beaucoup d'affaires, aujourd'hui, mon ami?

— Oui, beaucoup !

— Tu as pris des cabriolets ?

— J'en ai eu pour sept francs...

— As-tu trouvé tout ton monde?

— Oui, ceux à qui j'avais donné rendez-vous...

— Quand leur as-tu donc écrit? L'encre est dessé-
chée dans ton encrier, c'est comme de la laque ; j'ai
eu à écrire, et j'ai passé une grande heure à l'humec-
ter avant d'en faire une bourbe compacte avec laquelle
on aurait pu marquer des paquets destinés aux Indes.

Ici tout mari jette sur sa moitié des regards sour-
nois.

— Je leur ai vraisemblablement écrit à Paris...

— Quelles affaires donc, Adolphe?....

— Ne les connais-tu pas? veux-tu que je te les
dise?... Il y a d'abord l'affaire Chaumontel...

— Je croyais M. Chaumontel en Suisse?...

— Mais n'a-t-il pas ses représentants, son avoué?...

— Tu n'as fait que des affaires?... dit Caroline en interrompant Adolphe.

Elle jette alors un regard clair, direct, par lequel elle plonge à l'improviste dans les yeux de son mari : une épée dans un cœur.

— Que veux-tu que j'aie fait?... De la fausse monnaye, des dettes, de la tapisserie?...

— Mais je ne sais pas! Je ne peux rien deviner d'abord! Tu me l'as dit cent fois : je suis trop bête.

— Bon! voilà que tu prends en mauvaise part un mot caressant. Va, ceci est bien femme.

— As-tu conclu quelque chose? dit-elle en prenant un air d'intérêt pour les affaires.

— Non, rien.

— Combien de personnes as-tu vues?

— Onze, sans compter celles qui se promenaient sur les boulevards.

— Comme tu me réponds!

— Mais aussi tu m'interroges comme si tu avais fait pendant dix ans le métier de juge d'instruction...

— Eh bien! raconte-moi toute ta journée, ça m'amusera. Tu devrais bien penser ici à mes plaisirs! Je m'ennuie assez quand tu me laisses là, seule, pendant des journées entières.

— Tu veux que je t'amuse en te racontant des affaires?

— Autrefois, tu me disais tout...

Ce petit reproche amical déguise une espèce de

certitude que veut avoir Caroline, touchant les choses graves dissimulées par Adolphe. Adolphe entreprend alors de raconter sa journée. Caroline affecte une espèce de distraction assez bien jouée pour faire croire qu'elle n'écoute pas.

— Mais tu me disais tout à l'heure, s'écrie-t-elle au moment ou notre Adolphe s'entortille, que tu as pris pour sept francs de cabriolets, et tu parles maintenant d'un fiacre ; il était sans doute à l'heure. Tu as donc fait tes affaires en fiacre ? dit-elle d'un petit ton goguenard.

— Pourquoi les fiacres me seraient-ils interdits ? demande Adolphe en reprenant son récit.

— Tu n'es donc pas allé chez madame Fischtaminel ? dit-elle au milieu d'une explication excessivement embrouillée, où elle vous coupe insolemment la parole.

— Pourquoi y serais-je allé ?

— Ça m'aurait fait plaisir, j'aurais voulu savoir si son salon est fini...

— Il l'est !

— Ah ! tu y es donc allé ?

— Non, son tapisssier me l'a dit.

— Tu connais son tapissier ?...

— Oui.

— Qui est-ce ?

— Braschon.

— Tu l'as donc rencontré, le tapissier ?

— Oui.

— Mais tu m'as dit n'être allé qu'en voiture...

— Mais, mon enfant, pour prendre des voitures, on va les cherc...

— Bah! tu l'auras trouvé dans le fiacre...

— Qui?

— Mais, le salon — ou — Braschon! Va, l'un comme l'autre est aussi probable.

— Mais tu ne veux donc pas m'écouter? s'écrie Adolphe en pensant qu'avec une longue narration il endormira les soupçons de Caroline.

— Je t'ai trop écouté. Tiens: tu mens depuis une heure.

— Je ne te dirai plus rien.

— J'en sais assez, je sais tout ce que je voulais savoir. Oui, tu me dis que tu as vu des avoués, des notaires, des banquiers; tu n'as vu personne de ces gens-là. Si j'allais faire une visite demain à madame de Fischtaminel, sais-tu ce qu'elle me dirait?

Ici Caroline observe Adolphe, mais Adolphe affecte un calme trompeur, au beau milieu duquel Caroline jette la ligne afin de pêcher un indice.

— Eh bien! elle me dirait qu'elle a eu le plaisir de te voir... Mon Dieu! sommes-nous malheureuses!... Nous ne pouvons jamais savoir ce que vous faites... Nous sommes clouées là, dans nos ménages, pendant que vous êtes à vos affaires! belles affaires!... Dans ce cas-là, je te raconterais, moi, des affaires un peu mieux machinées que les tiennes!... Ah! vous nous

apprenez de belles choses !... On dit que les femmes
sont perverses... mais qui les a perverties ?

Ici Adolphe essaye, en arrêtant un regard fixe sur
Caroline, d'arrêter ce flux de paroles. Caroline,
comme un cheval qui reçoit un coup de fouet, reprend de plus belle et avec l'animation d'une *coda* ros-
sinienne :

— Ah! c'est une jolie combinaison! mettre sa
femme à la campagne pour être libre de passer la
journée à Paris comme on l'entend. Voilà donc la
raison de votre passion pour une maison de campagne ! et moi, pauvre bécasse qui donne dans le pan-
neau !... Mais vous avez raison, monsieur : c'est très-
commode une campagne! elle peut avoir deux fins.
Madame s'en arrangera tout aussi bien que monsieur.
A vous Paris et ses fiacres !... à moi les bois et leurs
ombrages !... Tiens, décidément, Adolphe, cela me
va, ne nous fâchons plus...

Adolphe s'entend dire des sarcasmes pendant une
heure.

— As-tu fini, ma chère ? demande-t-il en saisissant
un moment où elle hoche la tête sur une interrogation
à effet.

Caroline termine alors en s'écriant :

— J'en ai assez de la campagne, et je n'y remets
plus les pieds !... Mais je sais ce qui m'arrivera : vous
la garderez sans doute, et vous me laisserez à Paris.
Eh bien ! à Paris, je pourrai du moins m'amuser pendant que vous mènerez madame de Fischtaminel dans

les bois. Qu'est-ce qu'une *villa Adolphini* où l'on a
mal au cœur quand on s'est promené six fois autour
de la prairie?... où l'on vous a planté des bâtons de
chaise et des manches à balai, sous prétexte de vous
procurer de l'ombrage?... On y est comme dans un
four, les murs ont six pouces d'épaisseur! Et monsieur est absent sept heures sur les douze de la
journée! Voilà le fin mot de la villa!

— Écoute, Caroline...

— Encore, dit-elle, si tu voulais m'avouer ce que tu
as fait aujourd'hui! Tiens, tu ne me connais pas, je
serai bonne enfant : dis-le-moi... Je te pardonne à
l'avance tout ce que tu auras fait.

Adolphe *a eu des relations* avant son mariage, il
connaît trop bien le résultat d'un aveu pour en faire
à sa femme, et alors il répond : — Je vais tout te
dire...

— Eh bien! tu seras gentil; je t'en aimerai mieux!

— Je suis resté trois heures...

— J'en étais sûre..... chez madame de Fischtaminel?.....

— Non, chez notre notaire, qui m'avait trouvé un
acquéreur; mais nous n'avons jamais pu nous entendre, il voulait notre maison de campagne toute
meublée, et, en sortant, je suis allé chez Braschon
pour savoir ce que nous lui devions...

— Tu viens d'arranger ce roman-là pendant que je
te parlais!... Voyons, regarde-moi!... J'irai voir
Braschon demain.

Adolphe ne peut retenir une contraction nerveuse.

— Tu ne peux pas t'empêcher de rire, vois-tu, vieux monstre!

— Je ris de ton entêtement.

— J'irai demain chez madame de Fischtaminel.

— Hé! va où tu voudras!...

— Quelle brutalité! dit Caroline en se levant et s'en allant son mouchoir sur les yeux.

La maison de campagne, si ardemment désirée par Caroline, est devenue une invention diabolique d'Adolphe, un piége où s'est prise la biche.

Depuis qu'Adolphe a reconnu qu'il est impossible de raisonner avec Caroline, il lui laisse dire tout ce qu'elle veut.

Deux mois après, il vend sept mille francs une villa qui lui coûte vingt-deux mille francs! Mais il y gagne de savoir que la campagne n'est pas encore ce qui plaît à Caroline.

La question devient grave : orgueil, gourmandise, deux péchés de moines y ont passé! La nature avec ses bois, ses forêts, ses vallées, la Suisse des environs de Paris, les rivières factices, ont à peine amusé Caroline pendant six mois. Adolphe est tenté d'abdiquer et de prendre le rôle de Caroline.

VI

LE DIX-HUIT BRUMAIRE DES MÉNAGES.

Un matin, Adolphe est définitivement saisi par la triomphante idée de laisser Caroline maîtresse de trouver elle-même ce qui lui plaît. Il lui remet le gouvernement de la maison en lui disant : — Fais ce que tu voudras. Il substitue le système constitutionnel au système autocratique, un ministère responsable au lieu d'un pouvoir conjugal absolu. Cette preuve de confiance, objet d'une secrète envie, est le bâton de maréchal des femmes. Les femmes sont alors, selon l'expression vulgaire, maîtresses à la maison.

Dès lors, rien, pas même les souvenirs de la lune de miel, ne peut se comparer au bonheur d'Adolphe pendant quelques jours. Une femme est alors tout sucre, elle est trop sucre ! Elle inventerait les petits soins, les petits mots, les petites attentions, les chatteries et la tendresse, si toute cette confiturerie conjugale n'existait pas depuis le paradis terrestre. Au bout d'un mois, l'état d'Adolphe a quelque similitude avec celui des enfants vers la fin de la première semaine de l'année. Aussi Caroline commence-t-elle à dire, non pas en paroles, mais en action, en mines, en expressions mimiques : — On ne sait que faire pour plaire à un homme !...

Laisser à sa femme le gouvernail de la barque est une idée excessivement ordinaire qui mériterait peu l'expression de triomphante, décernée en tête de ce chapitre, si elle n'était pas doublée de l'idée de destituer Caroline. Adolphe a été séduit par cette pensée qui s'emparera de tous les gens en proie à un malheur quelconque : savoir jusqu'où peut aller le mal ! expérimenter ce que le feu fait de dégât quand on le laisse à lui-même en se sentant ou en se croyant le pouvoir de l'arrêter. Cette curiosité nous suit de l'enfance à la tombe. Or, après sa pléthore de félicité conjugale, Adolphe, qui se donne la comédie chez lui, passe par les phases suivantes.

PREMIÈRE ÉPOQUE. Tout va trop bien. Caroline achète de jolis petits registres pour écrire ses dépenses, elle achète un joli petit meuble pour serrer l'argent; elle fait vivre admirablement bien Adolphe, elle est heureuse de son approbation, elle découvre une foule de choses qui manquent dans la maison, elle met sa gloire à être une maîtresse de maison incomparable. Adolphe, qui s'érige lui-même en censeur, ne trouve pas la plus petite observation à formuler.

S'il s'habille, il ne lui manque rien. On n'a jamais, même chez Armide, déployé de tendresse plus ingénieuse que celle de Caroline. On renouvelle à ce phénix des maris le caustique sur son cuir à repasser ses rasoirs. Des bretelles fraîches sont substituées aux vieilles. Une boutonnière n'est jamais veuve. Son linge est soigné comme celui du confesseur d'une dévote à péchés véniels. Les chaussettes sans trous.

A table, tous ses goûts, ses caprices mêmes, sont étudiés, consultés : il engraisse !

Il a de l'encre dans son écritoire, et l'éponge est toujours humide. Il ne peut rien dire, pas même, comme Louis XIV : « J'ai failli attendre! » Enfin il est à tout propos qualifié d'*un amour d'homme*. Il est obligé de gronder Caroline de ce qu'elle s'oublie; elle ne pense pas assez à elle. Caroline enregistre ce doux reproche.

DEUXIÈME ÉPOQUE. La scène change à table. Tout est bien cher. Les légumes sont hors de prix. Le bois se vend comme s'il venait de Campêche. Les fruits, oh! quant aux fruits, les princes, les banquiers, les grands seigneurs seuls, peuvent en manger. Le dessert est une cause de ruine. Adolphe entend souvent Caroline disant à madame Deschars : — Mais comment faites-vous?... On tient alors devant vous des conférences sur la manière de régir les cuisinières.

Une cuisinière, entrée chez vous sans nippes, sans linge, sans talent, est venue demander son compte en robe de mérinos bleu, ornée d'un fichu brodé, les oreilles embellies d'une paire de boucles d'oreilles enrichies de petites perles, chaussée en bons souliers de peau qui laissaient voir des bas de coton assez jolis. Elle a deux malles d'effets et son livret à la caisse d'épargne.

Caroline se plaint alors du peu de moralité du peuple, elle se plaint de l'instruction et de la science de calcul qui distingue les domestiques. Elle lance de temps en temps de petits axiomes comme ceux-ci : — Il y a des écoles qu'il faut faire! — Il n'y a que ceux qui ne font rien qui font tout bien. — Elle a les soucis du pouvoir. Ah! les hommes sont bien heureux dè ne pas avoir à mener un ménage ! Les femmes ont le fardeau des détails !

Caroline a des dettes. Mais, comme elle ne veut pas avoir tort, elle commence par établir que l'expérience est une si belle chose qu'on ne saurait l'acheter trop cher. Adolphe rit dans sa barbe en prévoyant une catastrophe qui lui rendra le pouvoir.

TROISIÈME ÉPOQUE. Caroline, pénétrée de cette vérité, qu'il faut manger uniquement pour vivre, fait jouir Adolphe des agréments d'une table cénobitique.

Adolphe a des chaussettes lézardées ou grosses du lichen des raccommodages faits à la hâte, car sa femme n'a pas assez de la journée pour ce qu'elle veut faire. Il porte des bretelles noircies par l'usage. Le linge est vieux, et bâille comme un portier ou comme la porte cochère. Au moment où Adolphe est pressé pour conclure une affaire, il met une heure à s'habiller, en cherchant ses affaires une à une, en dépliant beaucoup de choses avant d'en trouver une qui soit irréprochable. Mais Caroline est très-bien mise. Madame a de jolis chapeaux, des bottines en velours, des mantilles. Elle a pris son parti, elle administre en vertu de ce principe : Charité bien ordonnée commence par elle-même. Quand Adolphe se plaint du contraste entre son dénûment et la splendeur de Caroline, Caroline lui dit : — Mais tu m'as grondée de ne rien m'acheter !...

Un échange de plaisanteries plus ou moins aigres

commence à s'établir alors entre les époux. Caroline,
un soir, se fait charmante, afin de glisser l'aveu d'un
déficit assez considérable, absolument comme quand
le ministère se livre à l'éloge des contribuables et se
met à vanter la grandeur du pays en accouchant d'un
petit projet de loi qui demande des crédits supplé-
mentaires. Il y a cette similitude que tout cela se fait
dans la chambre, en gouvernement comme en ménage. Il en ressort cette vérité profonde, que le système constitutionnel est infiniment plus coûteux que le
système monarchique. Pour une nation comme pour
un ménage, c'est le gouvernement du juste milieu,
de la médiocrité, des chipoteries, etc.

Adolphe, éclairé par ses misères passées, attend
une occasion d'éclater, et Caroline s'endort dans une
trompeuse sécurité.

Comment arrive la querelle? sait-on jamais quel
courant électrique a décidé l'avalanche ou la révolution? elle arrive à propos de tout et à propos de rien.
Mais enfin, Adolphe, après un certain temps qui reste
à déterminer par le bilan de chaque ménage, au milieu d'une discussion, lâche ce mot fatal : — Quand
j'étais garçon !...

Le temps de garçon est, relativement à la femme,
ce qu'est le — Mon pauvre défunt ! relativement au
nouveau mari d'une veuve. Ces deux coups de langue
font des blessures qui ne se cicatrisent jamais complétement.

Et alors, Adolphe, de continuer comme le général

5.

Bonaparte parlant aux Cinq-Cents : — Nous sommes
sur un volcan ! — Le ménage n'a plus de gouvernement, — l'heure de prendre un parti est arrivée ! —
Tu parles de bonheur, Caroline, tu l'as compromis, —
tu l'as mis en question par tes exigences, tu as violé
le Code civil en t'immisçant dans la discussion des
affaires ; tu as attenté au pouvoir conjugal. — Il faut
réformer notre intérieur.

Caroline ne crie pas comme les Cinq-Cents : *A bas
le dictateur !* on ne crie jamais quand on est sûr de
l'abattre.

— Quand j'étais garçon, je n'avais que des chaussures neuves ! je trouvais des serviettes blanches à
mon couvert tous les jours ! Je n'étais volé par le restaurateur que d'une somme déterminée ! Je vous a
donné ma liberté chérie !... qu'en avez-vous fait ?...

— Suis-je donc si coupable, Adolphe, d'avoir voulu
t'éviter des soucis ? dit Caroline en se posant devant
son mari. Reprends la clef de la caisse... mais qu'ar-
rivera-t-il ?... j'en suis honteuse, tu me forceras à
jouer la comédie pour avoir les choses les plus nécessaires. Est-ce là ce que tu veux ? avilir ta femme,
ou mettre en présence deux intérêts contraires, ennemis...

Et voilà, pour les trois quarts des Français, le mariage parfaitement défini.

— Sois tranquille, mon ami, reprend Caroline en
s'asseyant dans sa chauffeuse comme Marius sur les
ruines de Carthage, je ne te demanderai jamais rien,

je ne suis pas une mendiante! Je sais bien ce que je ferai... tu ne me connais pas...

— Eh bien! quoi?... dit Adolphe; on ne peut donc, avec vous autres, ni plaisanter, ni s'expliquer? que feras-tu?...

— Cela ne vous regarde pas...

— Pardon, madame, au contraire. La dignité, l'honneur...

— Oh! soyez tranquille, à cet égard, monsieur. Pour vous, plus que pour moi, je saurai garder le secret le plus profond.

— Eh bien, dites! Voyons, Caroline, ma Caroline, que feras-tu?...

Caroline jette un regard de vipère sur Adolphe, qui recule et va se promener.

— Voyons, que comptes-tu faire? demande-t-il après un silence infiniment trop prolongé.

— Je travaillerai, monsieur!

Sur ce mot sublime, Adolphe exécute un mouvement de retraite, en s'apercevant d'une exaspération enfiellée, en sentant un mistral dont l'âpreté n'avait pas encore soufflé dans la chambre conjugale.

VII

L'ART D'ÊTRE VICTIME.

A compter du dix-huit brumaire, Caroline, vaincue, adopte un système infernal et qui a pour effet de vous faire regretter à toute heure la victoire. Elle devient l'opposition!... Encore un triomphe de ce genre,

et Adolphe irait en cour d'assises accusé d'avoir
étouffé sa femme entre deux matelas, comme l'O-
thello de Shakspeare. Caroline se compose un air de
martyre, elle est d'une soumission assommante. A
tout propos elle assassine Adolphe par un :—Comme
vous voudrez! accompagné d'une épouvantable douceur. Aucun poëte élégiaque ne pourrait lutter avec
Caroline, qui lance élégie sur élégie : élégie en actions, élégie en paroles, élégie à sourire, élégie muette,
élégie à ressort, élégie en gestes, dont voici quelques
exemples où tous les ménages retrouveront leurs impressions.

———

Après déjeuner : — Caroline, nous allons ce soir
chez les Deschars, une grande soirée, tu sais...

— Oui, mon ami.

Après dîner : — Eh bien! Caroline, tu n'es pas
encore habillée?... dit Adolphe, qui sort magnifiquement mis.

Il aperçoit Caroline vêtue d'une robe de vieille plai-
deuse, une moire noire à corsage croisé. Des fleurs,
plus artificieuses qu'artificielles, attristent une che-
velure mal arrangée par la femme de chambre. Caroline a des gants déjà portés.

— Je suis prête, mon ami...

— Et voilà ta toilette?...

— Je n'en ai pas d'autre. Une toilette fraîche aurait
coûté cent écus.

— Pourquoi ne pas me le dire?

— Moi, vous tendre la main !... après ce qui s'est passé !

— J'irai seul, dit Adolphe ne voulant pas être humilié dans sa femme.

— Je sais bien que cela vous arrange, dit Caroline d'un petit ton aigre, et cela se voit assez à la manière dont vous êtes mis.

———

Onze personnes sont dans le salon, toutes priées à dîner par Adolphe. Caroline est là comme si son mari l'avait invitée, elle attend que le dîner soit servi.

— Monsieur, dit le valet de chambre à voix basse à son maître, la cuisinière ne sait où donner de la tête.

— Pourquoi?

— Monsieur ne lui a rien dit ; elle n'a que deux entrées, le bœuf, un poulet, une salade et des légumes.

— Caroline, vous n'avez donc rien commandé?...

— Savais-je que vous aviez du monde, et puis-je d'ailleurs prendre sur moi de commander ici?... Vous m'avez délivrée de tout souci à cet égard, et j'en remercie Dieu tous les jours.

———

Madame de Fischtaminel vient rendre une visite à madame Caroline, elle la trouve toussotant et travaillant le dos courbé sur un métier à tapisserie.

— Vous brodez ces pantoufles-là pour votre cher Adolphe ?

Adolphe est posé devant la cheminée en homme qui fait la roue.

— Non, madame, c'est pour un marchand qui me les paye; et, comme les forçats du bagne, mon travail me permet de me donner des petites douceurs.

Adolphe rougit, il ne peut pas battre sa femme, et madame de Fischtaminel le regarde en ayant l'air de lui dire : — Qu'est-ce que cela signifie ?

— Vous toussez beaucoup, ma chère petite !... dit madame de Fischtaminel.

— Oh ! répond Caroline, que me fait la vie ?...

———

Caroline est là sur sa causeuse avec une femme de vos amies, à la bonne opinion de laquelle vous tenez excessivement. Du fond de l'embrasure où vous causez entre hommes, vous entendez, au seul mouvement des lèvres, ces mots: *Monsieur l'a voulu !...* dits d'un air de jeune Romaine allant au cirque. Profondément humilié dans toutes vos vanités, vous voulez être à cette conversation tout en écoutant vos hôtes; vous faites des répliques qui vous valent des : — A quoi pensez-vous? car vous perdez le fil de la conversation, et vous piétinez sur place en pensant : — Que lui dit-elle de moi ?...

———

Adolphe est à table chez les Deschars, un dîner de douze personnes, et Caroline est placée à côté d'un joli jeune homme, appelé Ferdinand, cousin d'Adolphe. Entre le premier et le second service, on parle du bonheur conjugal.

— Il n'y a rien de plus facile à une femme que d'être heureuse, dit Caroline en répondant à une femme qui se plaint.

— Donnez-nous votre secret, madame, dit agréablement M. de Fischtaminel.

— Une femme n'a qu'à ne se mêler de rien, se regarder comme la première domestique de la maison, ou comme une esclave dont le maître a soin, n'avoir aucune volonté, ne pas faire une observation, tout va bien.

Ceci, lancé sur des tons amers et avec des larmes dans la voix, épouvante Adolphe, qui regarde fixement sa femme.

— Vous oubliez, madame, le bonheur d'expliquer son bonheur, réplique-t-il en lançant un éclair digne d'un tyran de mélodrame.

Satisfaite de s'être montrée assassinée ou sur le point de l'être, Caroline détourne la tête, essuie furtivement une larme et dit : — On n'explique pas le bonheur.

L'incident, comme on dit à la Chambre, n'a pas de suites, mais Ferdinand a regardé sa cousine comme un ange sacrifié.

———

On parle du nombre effrayant des gastrites, des maladies innommées dont meurent les jeunes femmes.

— Elles sont trop heureuses! dit Caroline en ayant l'air de donner le programme de sa mort.

La belle-mère d'Adolphe vient voir sa fille. Caroline dit :

—Le salon de Monsieur, —la chambre de Monsieur! Tout, chez elle, est à Monsieur.

— Ah çà! qu'y a-t-il donc, mes enfants? demande la belle-mère; on dirait que vous êtes tous les deux à couteaux tirés.

— Eh! mon Dieu, dit Adolphe, il y a que Caroline a eu le gouvernement absolu de la maison, et n'a pas su s'en tirer.

— Elle a fait des dettes?...

— Oui, ma chère maman.

— Écoutez, Adolphe, dit la belle-mère après avoir attendu que sa fille l'ait laissée seule avec son gendre, aimeriez-vous mieux que ma fille fût admirablement bien mise, que tout allât à merveille chez vous, et qu'il ne vous en coûtât rien?...

Essayez de vous représenter la physionomie d'Adolphe en entendant cette *déclaration des droits de la femme!*

Caroline passe d'une toilette misérable à une toilette splendide. Elle est chez les Deschars; tout le monde la félicite sur son goût, sur la richesse de ses étoffes, sur ses dentelles, sur ses bijoux.

— Ah! vous avez un mari charmant, dit madame Deschars.

Adolphe se rengorge et regarde Caroline.

— Mon mari, madame? Je ne coûte, Dieu merci, rien à monsieur! Tout cela me vient de ma mère.

Adolphe se retourne brusquement et va causer avec madame de Fischtaminel.

———

Après un an de gouvernement absolu, Caroline, adoucie, dit un matin :

— Mon ami, combien as-tu dépensé cette année?

— Je ne sais pas.

— Fais tes comptes.

— Adolphe trouve un tiers de plus que dans la plus mauvaise année de Caroline.

— Et je ne t'ai rien coûté pour ma toilette, dit-elle.

———

Caroline joue les mélodies de Schubert. Adolphe éprouve une jouissance en entendant cette musique admirablement exécutée; il se lève et va pour féliciter Caroline, elle fond en larmes.

— Qu'as-tu?

— Rien; je suis nerveuse.

— Mais je ne te connaissais pas ce vice-là.

— Oh! Adolphe, tu ne veux rien voir... Tiens, regarde : mes bagues ne me tiennent plus aux doigts, tu ne m'aimes plus, je te suis à charge...

Elle pleure, elle n'écoute rien, elle repleure à chaque mot d'Adolphe.

6

— Veux-tu reprendre le gouvernement de la maison?

— Ah! s'écrie-t-elle en se dressant en pied comme une *surprise*, maintenant que tu as assez de tes expériences!... merci! Est-ce de l'argent que je veux?... Singulière manière de panser un cœur blessé... Non, laissez-moi...

— Eh bien! comme tu voudras, Caroline.

Ce : — Comme tu voudras! est le premier mot de l'indifférence en matière de femme légitime, et Caroline aperçoit un abîme vers lequel elle a marché d'elle-même.

VIII

LA CAMPAGNE DE FRANCE.

Les malheurs de 1814 affligent toutes les existences. Après les brillantes journées, les conquêtes, les jours où les obstacles se changeaient en triomphe, où le moindre achoppement devenait un bonheur, il arrive un moment où les plus heureuses idées tournent en sottises, où le courage mène à la perte, où la fortification fait trébucher. L'amour conjugal, qui, selon les auteurs, est un cas particulier d'amour, a, plus que toute autre chose humaine, sa Campagne de France, son funeste 1814. Le diable aime surtout à mettre sa griffe dans les affaires des pauvres femmes délaissées, et Caroline en est là.

Caroline en est à rêver aux moyens de ramener son mari! Caroline passe à la maison beaucoup d'heures solitaires, pendant lesquelles son imagination travaille. Elle va, vient, se lève, et souvent elle reste songeuse à sa fenêtre, regardant la rue sans y rien voir, la figure collée aux vitres, et se trouvant comme dans un désert au milieu de ses Petits-Dunkerques, de ses appartements meublés avec luxe.

Or, à Paris, à moins d'habiter un hôtel à soi, sis entre cour et jardin, toutes les existences sont accouplées. A chaque étage d'une maison, un ménage trouve dans la maison située en face un autre ménage. Chacun plonge à volonté ses regards chez le voisin. Il existe une servitude d'observations mutuelles, un droit de visite commun, auxquels nul ne peut se soustraire. Dans un temps donné, le matin, vous vous levez de bonne heure, la servante du voisin fait l'appartement, laisse les fenêtres ouvertes et les tapis sur les appuis : vous devinez alors une infinité de choses, et réciproquement. Aussi, dans un temps donné, connaissez-vous les habitudes de la jolie, de la vieille, de la jeune, de la coquette, de la vertueuse femme d'en face, ou les caprices du fat, les inventions du vieux garçon, la couleur des meubles, le chat du second ou du troisième. Tout est indice et matière à divination. Au quatrième étage, une grisette surprise se voit, toujours trop tard, comme la chaste Suzanne, en proie aux jumelles ravies d'un vieil employé à dix-huit cents francs, qui devient criminel gratis. Par compensation, un beau surnuméraire, jeune de ses fringants dix neuf ans, apparaît à une

dévote dans le simple appareil d'un homme qui se
barbifie. L'observation ne s'endort jamais, tandis
que la prudence a ses moments d'oubli. Les rideaux
ne sont pas toujours détachés à temps. Une femme,
avant la chute du jour, s'approche de la fenêtre pour
enfiler une aiguille, et le mari d'en face admire alors
une tête digne de Raphaël, qu'il trouve digne de lui,
garde national imposant sous les armes. Passez place
Saint-Georges, et vous pouvez y surprendre les secrets de trois jolies femmes, si vous avez de l'esprit
dans le regard. Oh! la sainte vie privée, où est-elle?
Paris est une ville qui se montre quasi nue à toute
heure, une ville essentiellement courtisane et sans
chasteté. Pour qu'une existence y ait de la pudeur,
elle doit posséder cent mille francs de rente. Les
vertus y sont plus chères que les vices.

Caroline, dont le regard glisse parfois entre les
mousselines protectrices qui cachent son intérieur aux
cinq étages de la maison d'en face, finit par observer
un jeune ménage plongé dans les joies de la lune de
miel, et venu nouvellement au premier devant ses
fenêtres. Elle se livre aux observations les plus irri-
tantes. On ferme les persiennes de bonne heure ; on
les ouvre tard.

Un jour, Caroline, levée à huit heures, toujours
par hasard, voit la femme de chambre apprêtant un
bain ou quelque toilette du matin, un délicieux déshabillé. Caroline soupire. Elle se met à l'affût comme
un chasseur, elle surprend la jeune femme la figure

illuminée par le bonheur. Enfin, à force d'épier ce charmant ménage, elle voit monsieur et madame ouvrant la fenêtre, et légèrement pressés l'un contre l'autre, accoudés au balcon, y respirant l'air du soir. Caroline se donne des maux de nerfs en étudiant sur les rideaux, un soir que l'on oublie de fermer les persiennes, les ombres de ces deux enfants se combattant, dessinant des fantasmagories explicables ou inexplicables. Souvent la jeune femme, assise, mélancolique et rêveuse, attend l'époux absent, elle entend le pas d'un cheval, le bruit d'un cabriolet au bout de la rue, elle s'élance de son divan, et, d'après son mouvement, il est facile de voir qu'elle s'écrie :
— C'est lui !...

— Comme ils s'aiment ! se dit Caroline.

A force de maux de nerfs, Caroline arrive à concevoir un plan excessivement ingénieux : elle invente de se servir de ce bonheur conjugal comme d'un topique pour stimuler Adolphe. C'est une idée assez dépravée ; mais l'intention de Caroline sanctifie tout !

— Adolphe, dit-elle enfin, nous avons pour voisine en face une femme charmante, une petite brune...

— Oui, réplique Adolphe, je la connais. C'est une amie de Fischtaminel, madame Foullepointe, la femme d'un agent de change, un homme charmant, un bon enfant, et qui aime sa femme, il en est fou ! Tiens... il a son cabinet, ses bureaux, sa caisse,

dans la cour, et l'appartement sur le devant est celui
de Madame. Je ne connais pas de ménage plus heureux. Foullepointe parle de son bonheur partout,
même à la Bourse; il en est ennuyeux.

— Eh bien! fais-moi donc le plaisir de me présenter M. et madame Foullepointe. Ma foi, je serais
enchantée de savoir comment elle s'y prend pour se
faire si bien aimer de son mari... Y a-t-il longtemps
qu'ils sont mariés?

— Absolument comme nous, depuis cinq ans...

— Adolphe, mon ami, j'en meurs d'envie! Oh!
lie-nous toutes les deux. Suis-je aussi bien qu'elle?

— Ma foi !... je vous rencontrerais au bal de
l'Opéra, tu ne serais pas ma femme, eh bien!... j'hé-
siterais.

— Tu es gentil aujourd'hui. N'oublie pas de les
inviter à dîner pour samedi prochain.

— Ce sera fait ce soir. Foullepointe et moi nous
nous voyons souvent à la Bourse.

— Enfin, se dit Caroline, cette femme me dira
sans doute quels sont ses moyens d'action.

Caroline se remet en observation. A trois heures
environ, à travers les fleurs d'une jardinière qui
fait comme un bocage à la fenêtre, elle regarde et
s'écrie:

— Deux vrais tourtereaux !...

Pour ce samedi, Caroline invite M. et madame
Deschars, le digne M. de Fischtaminel, enfin les
plus vertueux ménages de sa société. Tout est sous

les armes chez Caroline ; elle a commandé le plus dé-
licat dîner, elle a sorti ses splendeurs des armoires,
elle tient à fêter le modèle des femmes.

— Vous allez voir, ma chère, dit-elle à madame
Deschars au moment où toutes les femmes se regardent en silence, vous allez voir le plus adorable ménage du monde, nos voisins d'en face : un jeune
homme blond d'une grâce infinie, et des manières...
une tête à la lord Byron, et un vrai don Juan, mais
fidèle ! il est fou de sa femme. La femme est charmante et a trouvé des secrets pour perpétuer l'amour ;
aussi peut-être devrai-je un regain de bonheur à cet
exemple ; Adolphe, en les voyant, rougira de sa conduite, il...

On annonce :

— M. et madame Foullepointe !

Madame Foullepointe, jolie brune, la vraie Parisienne, une femme cambrée, mince, au regard brillant étouffé par de longs cils, mise délicieusement,
s'assied sur le canapé. Caroline salue un gros monsieur à cheveux gris assez rares, qui suit péniblement
cette Andalouse de Paris, et qui montre une figure et
un ventre siléniques, un crâne beurre frais, un sourire papelard et libertin sur de bonnes grosses lèvres,
un philosophe enfin ! Caroline regarde ce monsieur
d'un air étonné.

—M. Foullepointe, ma bonne, dit Adolphe en lui
présentant ce digne quinquagénaire.

— Je suis enchantée, madame, dit Caroline en

prenant un air aimable, que vous soyez venue avec votre beau-père (profonde sensation); mais nous aurons, j'espère, votre cher mari...

— Madame...

Tout le monde écoute et se regarde. Adolphe devient le point de mire de tous les yeux, il est hébété d'étonnement, il voudrait faire disparaître Caroline par une trappe comme au théâtre.

— Voici monsieur Foullepointe, mon mari, dit madame Foullepointe.

Caroline devient alors d'un rouge écarlate en comprenant *l'école* qu'elle a faite, et Adolphe la foudroie d'un regard à trente-six becs de gaz.

—Vous le disiez jeune, blond... dit à voix basse madame Deschars.

Madame Foullepointe, en femme spirituelle, regarde audacieusement la corniche.

Un mois après, madame Foullepointe et Caroline deviennent intimes. Adolphe, très-occupé de madame Fischtaminel, ne fait aucune attention à cette dangereuse amitié qui doit porter ses fruits; car, sachez-le :

Axiome.

Les femmes ont corrompu plus de femmes que les hommes n'en ont aimé.

IX

LE SOLO DE CORBILLARD.

Après un temps dont la durée dépend de la solidité

des principes de Caroline, elle paraît languissante,
et quand, en la voyant, étendue sur les divans,
comme un serpent au soleil, Adolphe, inquiet par
décorum, lui dit :

— Qu'as-tu, ma bonne? que veux-tu?

— Je voudrais être morte !

— Un souhait assez agréable et d'une gaieté folle...

— Ce n'est pas la mort qui m'effraye, moi, c'est la
souffrance...

— Cela signifie que je ne te rends pas la vie heureuse!... Et voilà bien les femmes!

Adolphe arpente le salon en déblatérant, mais
il est arrêté net en voyant Caroline étanchant de
son mouchoir brodé des larmes qui coulent assez
artistement.

— Te sens-tu malade?

— Je ne me sens pas bien. (*Silence.*) Tout ce que
je désire, ce serait de savoir si je puis vivre assez
pour voir ma petite mariée, car je sais maintenant ce
que signifie ce mot si peu compris des jeunes personnes : *le choix d'un époux!* Va, cours à tes plaisirs, une femme qui songe à l'avenir, une femme qui
souffre, n'est pas amusante, va te divertir...

— Où souffres-tu?...

— Mon ami, je ne souffre pas, je me porte à merveille, et n'ai besoin de rien ! Vraiment, je me sens
mieux... — Allez, laissez-moi.

Cette première fois Adolphe s'en va presque triste.

Huit jours se passent, pendant lesquels Caroline

6.

ordonne à tous ses domestiques de cacher à monsieur l'état déplorable où elle se trouve; elle languit, elle sonne quand elle est près de faillir; elle consomme beaucoup d'éther. Les gens apprennent enfin à monsieur l'héroïsme conjugal de madame, et Adolphe reste un soir après dîner et voit sa femme embrassant à outrance sa petite Marie.

— Pauvre enfant! il n'y a que toi qui me fais regretter mon avenir! O mon Dieu! qu'est-ce que la vie?

— Allons, mon enfant, dit Adolphe, pourquoi se chagriner?...

— Oh! je ne me chagrine pas!... la mort n'a rien qui m'effraye... je voyais ce matin un enterrement, et je trouvais le mort bien heureux! Comment se fait-il que je ne pense qu'à mourir?... Est-ce une maladie?... Il me semble que je mourrai de ma main.

Plus Adolphe tente d'égayer Caroline, plus Caroline s'enveloppe dans les crêpes d'un deuil à larmes continues. Cette seconde fois, Adolphe reste et s'ennuie. Puis, à la troisième attaque à larmes forcées, il sort sans aucune tristesse. Enfin, il se blase sur ces plaintes éternelles, sur ces attitudes de mourant, sur ces larmes de crocodile. Et il finit par dire : — Si tu es malade, Caroline, il faut voir un médecin...

— Comme tu voudras! cela finira plus promptement ainsi, cela me va... Mais, alors, amène un fameux médecin.

Au bout d'un mois, Adolphe, fatigué d'entendre

l'air funèbre que Caroline lui joue sur tous les tons, amène un grand médecin. A Paris, les médecins sont tous des gens d'esprit, et ils se connaissent admirablement en nosographie conjugale.

— Eh bien! madame, dit le grand médecin, comment une si jolie femme s'avise-t-elle d'être malade?

— Oui, monsieur, de même que le nez du père Aubry, j'aspire à la tombe...

Caroline, par égard pour Adolphe, essaye de sourire.

— Bon! cependant vous avez les yeux vifs, ils souhaitent peu nos infernales drogues...

— Regardez-y bien, docteur, la fièvre me dévore, une petite fièvre imperceptible, lente...

Et elle arrête le plus malicieux de ses regards sur l'illustre docteur, qui se dit en lui-même : — Quels yeux !...

— Bien, voyons la langue, dit-il tout haut.

Caroline montre sa langue de chat entre deux rangées de dents blanches comme celles d'un chien.

— Elle est un peu chargée, au fond, mais vous avez déjeuné... fait observer le grand médecin, qui se tourne vers Adolphe.

— Rien, répond Caroline, deux tasses de thé...

Adolphe et l'illustre docteur se regardent, car le docteur se demande qui de madame ou de monsieur se moque de lui.

— Que sentez-vous? demande gravement le docteur à Caroline.

— Je ne dors pas.

— Bon!

— Je n'ai pas d'appétit...

— Bien!

— J'ai des douleurs, là...

Le médecin regarde l'endroit indiqué par Caroline.

— Très-bien, nous verrons cela tout à l'heure... Après ?...

— Il me passe des frissons par moments...

— Bon!

— J'ai des tristesses, je pense toujours à la mort, j'ai des idées de suicide.

— Ah! vraiment!

— Il me monte des feux à la figure; tenez, j'ai constamment des tressaillements dans la paupière...

— Très-bien, nous nommons cela un *trismus*.

Le docteur explique pendant un quart d'heure, en employant les termes les plus scientifiques, la nature du *trismus*, d'où il résulte que le *trismus* est le *trismus;* mais il fait observer avec la plus grande modestie que si la science sait que le *trismus* est le *trismus*, elle ignore entièrement la cause de ce mouvement nerveux, qui va, vient, passe, reparaît... — Et, dit-il, nous avons reconnu que c'était purement nerveux.

— Est-ce bien dangereux ? demande Caroline inquiète.

— Nullement. Comment vous couchez-vous ?

— En rond.

— Bien ! Sur quel côté ?

— A gauche.

— Bien ! Combien avez-vous de matelas à votre lit ?

— Trois.

— Bien ! Y a-t-il un sommier ?

— Mais, oui...

— Quelle est la substance du sommier ?

— Le crin.

— Bon ! Marchez un peu devant moi... Oh ! mais naturellement et comme si nous ne vous regardions pas...

Caroline marche à la Elssler en agitant *sa tournure* de la façon la plus andalouse.

— Vous ne sentez pas un peu de pesanteur dans les genoux ?

— Mais... non... (*Elle revient à sa place.*) Mon Dieu, quand on s'examine, il me semble maintenant que oui...

— Bon ! Vous êtes restée à la maison depuis quelque temps ?

— Oh ! oui, monsieur, beaucoup trop... et seule.

— Bien, c'est cela. Comment vous coiffez-vous pour la nuit ?

— Un bonnet brodé, puis quelquefois par-dessus, un foulard...

— Vous n'y sentez pas des chaleurs... une petite sueur ?...

— En dormant cela me semble difficile.

— Vous pourriez trouver votre linge humide à l'endroit du front en vous réveillant ?

— Quelquefois.

— Bon ! Donnez-moi votre main.

Le docteur tire sa montre.

— Vous ai-je dit que j'ai des vertiges ? dit Caroline.

— Chut !... fait le docteur, qui compte les pulsations. Est-ce le soir ?

— Non, le matin.

— Ah ! diantre ! des vertiges ! e matin, dit-il en regardant Adolphe.

— Eh bien ! que dites-vous de l'état de madame ? demande Adolphe.

— Le duc de G... n'est pas allé à Londres, dit le grand médecin en étudiant la peau de Caroline, et l'on en cause beaucoup au faubourg Saint-Germain.

— Vous y avez des malades ? demande Caroline.

— Presque tous... Eh ! mon Dieu ! j'en ai sept à voir ce matin, dont quelques-uns sont en danger.

Le docteur se lève.

— Que pensez-vous de moi, monsieur ? dit Caroline.

— Madame, il faut des soins, beaucoup de soins, prendre des adoucissants, de l'eau de guimauve, un régime doux, viandes blanches, faire beaucoup d'exercice.

— En voilà pour vingt francs, se dit en lui-même Adolphe en souriant.

Le grand médecin prend Adolphe par le bras, et l'emmène, en se faisant reconduire. Caroline les suit sur la pointe du pied.

— Mon cher, dit le grand médecin, je viens de traiter fort légèrement madame, il ne fallait pas l'effrayer, ceci vous regarde plus que vous ne pensez... Ne négligez pas trop madame. Madame est d'un tempérament puissant; mais elle peut arriver à un état morbide dont vous vous repentiriez. Si vous l'aimez, aimez-la... si vous ne l'aimez plus, et que vous teniez à conserver la mère de vos enfants, la décision à prendre est un cas d'hygiène, mais elle ne peut venir que de vous!

—Comme il m'a comprise!... se dit Caroline. Elle ouvre la porte, et dit : — Docteur, vous ne m'avez pas écrit les doses...

Le grand médecin sourit, salue et glisse dans sa poche une pièce de vingt francs en laissant Adolphe entre les mains de sa femme, qui le prend et lui dit : — Quelle est la vérité sur mon état? faut-il me résigner à mourir?

— Eh! il m'a dit que tu as trop de santé ! s'écrie Adolphe impatienté.

Caroline s'en va pleurer sur son divan.

— Qu'as-tu?...

— J'en ai pour longtemps... Je te gêne, tu ne m'aimes plus... Je ne veux plus consulter ce médecin-là... Je ne sais pas pourquoi madame Foullepointe m'a conseillé de le voir, et il ne m'a dit que des sottises!... et je sais mieux que lui ce qu'il me faut...

— Que te faut-il?

— Ingrat, tu le demandes?... dit-elle en posant sa tête sur l'épaule d'Adolphe.

Adolphe, effrayé, se dit : — Il a raison, le docteur.

Caroline chante alors une mélodie de Schubert avec l'exaltation d'une hypocondriaque.

X

COMMENTAIRE OU L'ON EXPLIQUE LA FELICHITTA DU FINALE DE TOUS LES OPÉRAS, MÊME DE CELUI DU MARIAGE.

Qui n'a pas entendu dans sa vie un opéra italien quelconque?... Vous avez dû, dès lors, remarquer l'abus musical du mot *felichitta*, prodigué par le poëte et par les chœurs à l'heure où tout le monde s'élance hors de la loge ou quitte sa stalle.

Affreuse image de la vie! on sort au moment où l'on entend *la felichitta*.

Avez-vous médité sur la profonde vérité qui règne dans ce *finale*, au moment où le musicien lance sa dernière note et l'auteur son dernier vers, où l'orchestre donne son dernier coup d'archet, sa dernière insufflation, où les chanteurs se disent : « Allons souper! » où les choristes disent : « Quel bonheur, il ne pleut pas!... » Eh bien! dans tous les états de la vie, on arrive à un moment où la plaisanterie est finie, où le tour est fait, où l'on peut prendre son parti, où chacun chante *la felichitta* de son côté.

Après avoir passé par tous les *duos*, les *solos*, les *strettes*, les *coda,* les morceaux d'ensemble, les *duettini*, les *nocturnes*, les phrases que ces quelques scènes, prises dans l'océan de la vie conjugale, vous indiquent, et qui sont des thèmes dont les variations auront été devinées par les gens d'esprit tout aussi bien que par les niais (en fait de souffrances, nous sommes tous égaux), la plupart des ménages parisiens arrivent, dans un temps donné, au chœur final que voici :

L'ÉPOUSE, *à une jeune femme qui en est à l'été de la Saint-Martin conjugal.* Ma chère, je suis la femme la plus heureuse de la terre. Adolphe est bien le modèle des maris : bon, pas tracassier, complaisant. N'est-ce pas, Ferdinand ?

(Caroline s'adresse au cousin d'Adolphe, jeune homme à jolie cravate, à cheveux luisants, à bottes vernies, habit de la coupe la plus élégante, chapeau à ressort, gants de chevreau, gilet bien choisi, tout ce qu'il y a de mieux en moustaches, en favoris, en virgule à la Mazarin, et doué d'une admiration profonde, muette, attentive, pour Caroline.)

LE FERDINAND. Adolphe est si heureux d'avoir une femme comme vous! Que lui manque-t-il? Rien.

L'ÉPOUSE. Dans les commencements, nous étions toujours à nous contrarier; mais, maintenant, nous nous entendons à merveille. Adolphe ne fait plus que ce qui lui plaît, il ne se gêne point, je ne lui demande plus ni où il va ni ce qu'il a vu. L'indulgence, ma chère

amie, là, est le grand secret du bonheur. Vous en
êtes encore aux petits taquinages, aux jalousies à
faux, aux brouilles, aux coups d'épingle. A quoi cela
sert-il? Notre vie, à nous autres femmes, est bien
courte. Qu'avons-nous? dix belles années; pourquoi
les meubler d'ennui? J'étais comme vous; mais, un
beau jour, j'ai connu madame Foullepointe, une femme
charmante, qui m'a éclairée et m'a enseigné la manière de rendre un homme heureux... Depuis, Adolphe a changé du tout au tout : il est devenu ravissant.
Il est le premier à me dire avec inquiétude, avec
effroi même, quand je vais au spectacle et que sept
heures nous trouvent seuls ici : — Ferdinand va venir
te prendre, n'est-ce pas?... N'est-ce pas, Ferdinand?

LE FERDINAND. Nous sommes les meilleurs cousins
du monde.

LA JEUNE AFFLIGÉE. En viendrai-je donc là?...

LE FERDINAND. Ah! vous êtes bien jolie, madame, et
rien ne vous sera plus facile.

L'ÉPOUSE, *irritée*. Eh bien! adieu, ma petite. (*La
jeune affligée sort.*) Ferdinand, vous me payerez ce
mot-là.

L'ÉPOUX, *sur le boulevard Italien*. Mon cher (*il
tient M. de Fischtaminel par le bouton de son
paletot*), vous en êtes encore à croire que le mariage est basé sur la passion. Les femmes peuvent, à
la rigueur, aimer un seul homme, mais nous autres!...
Mon Dieu, la société ne peut pas dompter la nature.
Tenez, le mieux, en ménage, est d'avoir l'un pour

l'autre une indulgence plénière. Je suis le mari le plus
heureux du monde. Caroline est une amie dévouée,
elle me sacrifierait tout, jusqu'à mon cousin Ferdinand s'il le fallait... Oui, vous riez, elle est prête à
tout faire pour moi. Vous vous entortillez encore
dans les ébouriffantes idées de l'ordre social. La vie
ne se recommence pas, il faut la bourrer de plaisir.
Voici deux ans qu'il ne s'est dit entre Caroline et moi
le moindre petit mot aigre. J'ai dans Caroline un camarade avec qui je puis tout dire, et qui saurait me
consoler dans les grandes circonstances. Il n'y a pas
entre nous la moindre tromperie, et nous savons à
quoi nous en tenir. Nos rapprochements sont des ven-
geances, comprenez-vous? Nous avons ainsi changé
nos devoirs en plaisirs. Nous sommes souvent plus
heureux alors que dans cette fadasse saison appelée la
lune de miel. Ma femme me dit quelquefois : « Je suis
grognon, laisse-moi, va-t'en. » L'orage tombe sur un
autre. Caroline ne prend plus ses airs de victime, et
dit du bien de moi à l'univers entier. Enfin ! elle est
heureuse de mes plaisirs. Et, comme c'est une très-
honnête femme, elle est de la plus grande délicatesse
dans l'emploi de notre fortune. Ma maison est
bien tenue. Ma femme me laisse la disposition de ma
réserve sans aucun contrôle. Et voilà. Nous avons
mis de l'huile dans les rouages; vous, vous y mettez
les cailloux, mon cher Fischtaminel, et vous avez tort:
le costume d'Othello est très-mal porté, ce n'est
qu'un Turc du carnaval.

CHŒUR (*dans un salon, au milieu d'un bal*). Madame Caroline est une femme charmante !

UNE FEMME A TURBAN. Oui, pleine de convenance, de dignité.

UNE FEMME QUI A SEPT ENFANTS. Ah ! elle a su prendre son mari.

UN AMI DE FERDINAND. Mais elle aime beaucoup son mari. Adolphe est, d'ailleurs, un homme très-distingué, plein d'expérience.

UNE AMIE DE MADAME DE FISCHTAMINEL. Il adore sa femme. Chez eux, point de gêne, tout le monde s'y amuse.

MONSIEUR FOULLEPOINTE. Oui, c'est une maison fort agréable.

UNE FEMME DONT ON DIT BEAUCOUP DE MAL. Caroline est bonne, obligeante, elle ne dit du mal de personne.

UNE DANSEUSE, *qui revient à sa place*. Vous souvenez-vous comme elle était ennuyeuse dans le temps où elle connaissait les Deschars ?

MADAME FISCHTAMINEL. Oh ! elle et son mari, deux fagots d'épines... des querelles continuelles. (*Madame Fischtaminel s'en va.*)

UN ARTISTE. Mais le sieur Deschars se dissipe, il va dans les coulisses; il paraît que madame Deschars a fini par lui vendre la vertu trop cher.

UNE BOURGEOISE *effrayée pour sa fille de la tournure que prend la conversation*. Madame de Fischtaminel est charmante ce soir.

UNE FEMME DE QUARANTE ANS SANS EMPLOI. Monsieur Adolphe a l'air aussi heureux que sa femme.

LA JEUNE PERSONNE. Quel joli jeune homme que monsieur Ferdinand ! (*Sa mère lui donne vivement un petit coup de pied.*) Que me veux-tu, maman?

LA MÈRE (*elle regarde fixement sa fille*). On ne dit cela, ma chère, que de son prétendu ; M. Ferdinand n'est pas à marier.

UNE DAME TRÈS-DÉCOLLETÉE, *à une autre non moins décolletée.* (*Sotto voce.*) Ma chère, tenez, la morale de tout cela, c'est qu'il n'y a d'heureux que les ménages à quatre.

UN AMI QUE L'AUTEUR A EU L'IMPRUDENCE DE CONSULTER. Ces derniers mots sont faux.

L'AUTEUR. Ah! vous croyez ?...

L'AMI (*qui vient de se marier*). Vous employez tous votre encre à nous déprécier la vie sociale, sous prétexte de nous éclairer !... Eh ! mon cher, il y a des ménages cent fois, mille fois plus heureux que ces prétendus ménages à quatre.

L'AUTEUR. Eh bien ! faut-il tromper les gens à marier, et rayer le mot?

L'AMI. Non, il sera pris comme le trait d'un couplet de vaudeville !

L'AUTEUR. Une manière de faire passer les vérités.

L'AMI (*qui tient à son opinion*). Les vérités destinées à passer.

L'auteur (*voulant avoir le dernier*). Qui est-ce qui ne passe pas? Quand ta femme aura vingt ans de plus, nous reprendrons cette conversation; vous ne serez peut-être heureux qu'à trois.

L'ami. Vous vous vengez bien durement de ne pas pouvoir écrire l'histoire des ménages heureux.

DE BALZAC.

LA SEMAINE DE L'OUVRIÈRE.

« — Bonjour, la gentille fermière qui passes
sur le grand chemin; que tu es heureuse d'être
jeune et belle, puisque ta jeunesse et ta beauté
sont à toi! Moi, j'ai une maîtresse impitoyable,
la misère... Entendez-vous la machine, le bruit
de la machine? »

— *Complainte des fileuses de Manchester.* —

Les pauvres gens qui m'ont élevée ne peuvent plus
garder une apprentie. Les affaires vont mal, il faut
qu'ils nourrissent leurs enfants; ils m'ont mis un
métier entre les mains, comme il disent, je suis d'âge
à gagner ma vie. Allons! je la gagnerai. Le messager
m'emmènera ce soir, il m'a promis une place dans
sa carriole; c'est un si brave homme! et il m'a vue si
petite !

Aujourd'hui je ne suis qu'une enfant, demain je
serai une ouvrière. Il manque de bras à la ville, la
grande filature a repris ses travaux; comme je vais
être heureuse à Paris!... N'est-ce pas la cloche du
village que j'entends? d'où vient qu'elle m'attriste le
cœur ?

Voici mes compagnes qui vont à la messe avec leurs belles robes du dimanche. On dansera ce soir sous les tilleuls, j'irai ce soir danser pour la dernière fois... Non, je resterai ici à prier Dieu pour qu'il n'abandonne pas l'orpheline.

J'entends le bruit des roues, le messager fait claquer son fouet pour m'avertir. Comme j'ai prié longtemps! Adieu! vous qui m'avez servi de père; Jacques et Jacqueline, un baiser à votre sœur; et vous, ma mère, ne pleurez point, je vous donnerai de mes nouvelles, et puis nous nous reverrons. Ne craignez rien pour moi, je suis forte et courageuse : le ciel me protégera!

La carriole file, nous passons à côté des tilleuls, j'entends le bruit des violons; nous voici près du moulin, le bruit de l'eau me fait pleurer. Nous allons bien doucement, messager. Bon! voilà la jument grise qui prend son grand trot; le village est déjà loin, mon cœur est moins gros, mes paupières se ferment. Je me trouve devant notre église; monsieur le curé est sur son banc, il me fait signe d'approcher, et prononce quelques paroles en me menaçant du bout du doigt.

« Non, monsieur le curé, je vous le jure, Pierre...» Au même instant, je me réveille. « Où sommes-nous? — A Paris, mamzelle, répond le messager. — Nous sommes à Paris! »

La bonne femme à laquelle on m'avait recommandée m'attendait à la barrière. Il faut que je me présente tout de suite à la filature ; demain peut-être il ne serait plus temps ; les bras, au lieu de manquer, seront trop nombreux. J'aperçois la noire fumée de la machine à vapeur ; me voici devant la porte d'entrée. Ce n'est plus la modeste filature de mon village : comme tout cela est grand ! quel mouvement ! quel tumulte ! Voici les petits garçons et les petites filles qui accourent en files nombreuses ; ils ont l'air bien tristes, bien malheureux, bien souffrants ; leur pâleur me fait songer aux joues fraîches de mon petit frère Jacques et de ma petite sœur Jacqueline.

Le contre-maître est un gros brave homme qui m'a souri en me voyant. Ma protectrice m'a recommandée à lui ; ce soir, elle viendra me prendre pour me conduire au logis ; en me quittant, elle m'a dit qu'il fallait bien travailler si je voulais que dimanche elle me fît voir toutes les belles choses de Paris. M'encourager au travail ! je n'en avais pas besoin !

Mes compagnes rient et chantent ; je ne sais pourquoi, mais leur joie m'attriste. Ces physionomies, tantôt pâles et blêmes, tantôt rouges et couperosées, ces yeux éteints ou effrontés, ces voix, ces gestes ont quelque chose qui m'effraye. Un moment la gaieté est devenue plus bruyante, on poussait de grands éclats de rire ; un enfant de dix ans, qui travaillait avec nous, venait d'achever une chanson sur un air extraordinaire. On m'a demandé pourquoi je ne riais pas comme les autres.

« Je ne comprends rien à cette chanson, ai-je répondu; ce n'est pas ainsi que nous chantions au village.

» — Tu comprendras ! tu comprendras ! » s'est-on écrié de toutes parts. En même temps, j'ai entendu une voix plus douce que les autres : « Tu comprendras ! »

Je regardai qui me parlait ainsi ; c'était ma voisine de métier, celle qui travaillait à mon côté. Elle semblait plus jeune que ses traits flétris ne l'annonçaient ; ses yeux bleus respiraient la douceur ainsi que son sourire. Je la considérai longtemps avec attention, sans qu'elle parût s'en douter. Sa pensée errait loin des lieux où nous étions, son visage restait immobile, son corps seul suivait les mouvements de son ouvrage.

Les travaux vont cesser ; l'heure du départ vient de sonner ; tout le monde a quitté l'atelier. La vieille femme m'a conduite dans la chambre qu'elle a louée pour moi. Le contre-maître est content de mon habileté, je gagnerai vingt sous par jour. C'est une bonne nouvelle qu'elle m'apprend ; mais pourquoi faut-il qu'elle la gâte en m'annonçant qu'elle est obligée de quitter Paris pour plusieurs jours ! Bonne vieille, je l'aimais déjà. Allons, voilà ma première journée passée ; voici le moment de prier Dieu. D'où vient qu'en m'endormant je songe encore à ces mots de ma voisine : « Tu comprendras ? »

Vis-à-vis de moi habite une jeune fleuriste ; j'ai aperçu ce matin son établi semé de fleurs parmi lesquelles se jouaient les rayons du soleil. J'ai reconnu des primevères et des pervenches.

La primevère et la pervenche,
L'une sourit, l'autre se penche ;
Toutes deux sont des fleurs d'avril.
Le bien-aimé quand viendra-t-il ?

Ce refrain de nos campagnes me fait pleurer malgré moi ; allons, du courage, un dernier regard à ces
fleurs. Celle qui les fait est bien heureuse ! Elle est là,
dans sa petite chambre, travaillant seule tout le jour,
copiant les lis et les marguerites du bon Dieu, tandis
que moi... Pourquoi mes parents ne m'ont-ils pas
appris ce métier ? Hélas ! je n'ai pas de parents, et
ceux qui m'ont élevée étaient trop pauvres pour cela.
On n'a pas besoin de fleuriste au village.

L'air du matin que j'ai senti en venant ici était bien
doux à respirer, et celui de l'atelier est bien lourd. Ma
voisine n'a point encore paru ; je ne la connais pas,
mais elle me manque. Les autres ont l'air si froides,
si indifférentes ! Pendant que mon métier tourne, qui
sait ce que l'on fait à la maison ? Bruneau est aux
champs, Mathurine file, Jacqueline s'est emparée de
mon rouet : elle est assez grande pour gagner de
l'argent ; Jacques est à l'école ou sert la messe à
monsieur le curé. Brave homme ! il ne m'a grondée
qu'une seule fois dans sa vie, le jour où il crut que
Pierre m'avait pris un baiser ; et moi je soutenais que
non. Oh ! c'est un mensonge qu'il m'aurait bien pardonné. Pierre ne m'avait-il pas promis de m'épouser
quand il serait riche ?

La primevère et la pervenche,
L'une sourit, l'autre se penche ;
Toutes deux sont des fleurs d'avril.
Le bien-aimé quand viendra-t-il?

« Que nous chante-t-elle avec ses pervenches, la villageoise?

— Ohé ! la villageoise, répète un peu cette chanson.

— La villageoise, donne-moi l'adresse de celui qui t'a appris cet air : je veux qu'on le chante à mon enterrement. »

Tout le monde se moque de moi; on m'entoure, on rit, les petites filles elles-mêmes et les petits garçons; et moi d'être confuse et de rougir. Tu ne sortiras plus de mes lèvres, douce chanson !

Sans le contre-maître, je ne sais pas comment cette scène aurait fini ; heureusement il est arrivé pour prendre ma défense; chacun a repris sa place, on m'a laissée tranquille et on ne m'a rien dit tout le reste de la journée. Seulement une ouvrière qui quittait la filature en même temps que moi a dit en me montrant à sa compagne : « C'est à elle qu'il en veut maintenant. » De qui voulait-elle parler?

Le contre-maître est un bon cœur, je l'avais bien jugé. Ce soir, pendant que je soupais tristement toute seule, j'ai entendu qu'on frappait à ma porte.

« Qui est là ?

— Ouvrez ; c'est moi. »

J'ai reconnu la voix du contre-maître, et je l'ai fait entrer.

— « Mon enfant, m'a-t-il dit, celle à qui vos parents vous ont recommandée m'a prié de la remplacer près de vous. J'ai accepté volontiers, parce que vous me paraissez sage...

— Je tâcherai de l'être toujours.

— Et puis vous êtes si jolie! » Et son regard se fixa sur moi.

Je baissai les yeux sans répondre.

« Ce logement, ajouta-t-il, ne vous convient pas; nous en trouverons un autre; si le travail vous fatigue, prenez du repos...

— Oh! non, je veux travailler pour gagner ma vie!

— Vous n'en aurez pas besoin, si vous voulez. »

Il me regarda de nouveau avec une vivacité qui fit naître en moi un trouble dont je ne pus me rendre compte, mais dont il s'aperçut, car il reprit d'un ton plus calme :

— Vous avez raison, mon enfant, mais il ne faut pas vous tuer. Vous avez en moi un ami qui vous empêchera de faire cette sottise, et qui veillera sur vous. Je vous quitte parce que je vois que vous êtes fatiguée, mais je reviendrai vous voir. »

Et il me laissa surprise autant qu'émue de cette visite.

C'est aujourd'hui le troisième jour de mon arrivée à Paris. Ce matin, la fenêtre de ma voisine était fermée; je n'ai pu voir ses fleurs. Le soleil est caché, un brouillard humide descend le long du toit. J'étais seule hier, maintenant j'ai rencontré un homme qui prend

7.

intérêt à moi, et pourtant je me sens plus triste que
de coutume. Peut-être le travail chassera-t-il tous ces
mauvais pressentiments.

La place de ma voisine est encore vide. La pauvre
femme serait-elle malade ? Je demande pourquoi elle
ne vient pas à l'atelier, si on n'a pas de ses nouvelles. Celle à qui je m'adresse me répond d'un air
distrait et étonné :

« De quoi va-t-elle s'occuper ! si Marie n'est pas là,
c'est qu'elle fait la noce ! »

Je n'ose en demander davantage, on se moquerait
de moi parce que je ne comprends pas.

Mais d'où vient ce bruit qui s'élève au fond de l'atelier ? Les enfants montent sur leur escabeau pour mieux
voir ; les ouvrières quittent en foule leurs métiers ; on
se pousse, on se heurte, comme pour jouir plus tôt
d'un spectacle. Bientôt la masse reflue de mon côté.
Une espèce de cortége s'est formé autour d'une femme,
on l'entoure en poussant des cris et des éclats de rire ;
elle promène autour d'elle un regard qui ne voit pas,
un sourire sans vie ; ses jambes peuvent à peine la
soutenir ; elle s'écrie d'une voix haletante : « Mon
métier ! je veux travailler ! » Elle essaye de marcher,
mais ses forces la trahissent ; elle tombe sans mouvement sur le sol.

J'ai reconnu ma voisine.

Au lieu de la secourir, l'atelier redouble de cris et
de rires ; les huées recommencent de plus belle.

« Comment a-t-elle pu retrouver le chemin de l'atelier, l'ivrogne, la fainéante? Fais-nous un peu la morale, Marie; deux jours de noce, rien que ça! »

L'infortunée, cependant, restait toujours étendue; personne ne songeait à la relever. Je m'avance; je soulève sa tête appesantie. Ses yeux se rouvrent peu à peu, elle semble me reconnaître, elle se dresse lentement sur ses pieds, je l'entraîne en la soutenant vers son banc. Je crois entendre un remerciment sortir de sa bouche.

Pendant tout le reste de la journée, Marie a fait les frais des railleries et des conversations de nos compagnes. Elle y restait insensible. Ramassant péniblement toutes ses forces, elle cherchait à faire mouvoir son métier avec une activité fébrile. « J'aurai faim demain, disait-elle tout bas; j'aurai faim : tourne, métier de malheur, tourne. »

Marie m'a suivie en quittant l'atelier.

« Tu es bonne, m'a-t-elle dit, il faut que je te parle. Je veux te raconter mes malheurs; car ils seront les tiens si tu as du cœur. Tu n'y échapperas pas, ni tes enfants non plus, si tu as des enfants. Comme toi, j'ai été jeune, belle, naïve : regarde ce que je suis maintenant, et je n'ai pas trente ans !

» Quand mon père et ma mère moururent, j'étais en apprentissage. Personne ne pouvant plus payer mon entretien, on me dit de gagner ma vie. J'entrai dans cette fabrique maudite. J'étais jolie, le contre-maître me regarda comme son bien; promesses, menaces, il employa tout pour me séduire. Je résistai,

car j'aimais quelqu'un, un enfant du peuple comme
moi, un pauvre soldat en Afrique. Quand j'appris
cette nouvelle, le contre-maître redoubla d'instances;
mais je voulais rester vertueuse, et je quittai l'atelier.

» Alors j'essayai de tout pour gagner ma vie : je
savais un peu coudre, je me mis à faire des chemises,
à ourler des torchons ou des draps, à attacher des
pattes de bretelles. J'étais habile, je me couchais tard
et je me levais de bonne heure, et, comme je ne pouvais faire plus de deux chemises, plus de deux
paires et demie de draps, je ne gagnais que quinze à
dix-huit sous par jour, et encore fallait-il retrancher
de cette somme l'argent nécessaire pour acheter de la
chandelle, du fil et du coton. Souvent l'ouvrage manquait, et, quand j'allais en chercher, on me répondait
que les prisons et les couvents travaillant à meilleur
compte, on leur avait donné tout ce qu'il y avait à
faire.

» Je ne pouvais me mettre au service, personne
n'était là pour dire d'où je venais et pour répondre de
moi. Un jour vint où, sans pain, sans espérance, je
me trouvai seule avec le désespoir. J'écoutai ses conseils sinistres : j'allumai un réchaud de charbon, et
je m'endormis avec l'espoir de ne plus me réveiller.
Pourquoi le ciel n'a-t-il pas voulu qu'il en fût ainsi ?

» Le contre-maître ne m'avait point perdue de vue :
il guettait sa proie, et il comptait sur la misère ; il
m'épiait et je n'en savais rien. Il apprit, je ne sais
comment, ma funeste résolution ; et, le lendemain,

au lieu de me trouver dans les bras de Dieu, je me réveillai dans une autre chambre que la mienne ; un médecin était à mon chevet. Le premier mot que j'entendis fut celui-ci : « Sauvée ! »

» J'étais perdue, au contraire. Ce que la séduction n'avait pu m'arracher, je le donnai à la pitié ; je crus être aimée et j'aimai. Trois mois après, une autre victime m'avait remplacée. Usée par un premier effort, je ne trouvai même plus de force dans le désespoir sur lequel je comptais comme sur un ami fidèle. Je m'estimai trop heureuse de trouver une place dans cette fabrique, où je viens tous les jours gagner un pain arrosé de larmes. J'ai pris peu à peu les habitudes de celles qui vivent avec moi. Ce que tu ne comprends pas encore, moi je le comprends ; honteuse, flétrie, je me console du malheur par un vice. Tu as vu aujourd'hui à quel prix je parviens à oublier.

» Prends garde, jeune fille, prends garde ; les mêmes dangers te menacent. Il te trouve jolie : regarde ce que je suis devenue, et apprends à résister. »

Marie me quitta, et moi j'essuyai les larmes qui coulaient de mes yeux.

J'ai rencontré, devant la loge du portier, la fleuriste ; elle racontait qu'elle venait de recevoir une riche commande. Elle a pris sa lumière en chantant, et s'est mise à monter les escaliers d'une façon leste et joyeuse. Tout de suite elle va se mettre au travail.

« C'est une brave fille, m'a dit la portière pendant que je la suivais des yeux, toujours à l'ouvrage, et ne sortant que le dimanche avec son amoureux, qui doit l'épouser lorsqu'ils auront, tous les deux, réuni les économies nécessaires pour se mettre en ménage. »

Et moi aussi j'avais un amoureux qui me conduisait le dimanche cueillir des fleurs dans les bois.

> La primevère et la pervenche,
> L'une sourit, l'autre se penche ;
> Toutes deux sont des fleurs d'avril.
> Le bien-aimé quand viendra-t-il ?

Voilà que je chante au lieu de faire ma prière. Comme je suis triste, ce soir ! les paroles de Marie ont jeté comme un poids sur mon cœur. Non, non, son sort ne sera pas le mien. Je reverrai Pierre, et mon village, et le vieux curé, et ceux qui m'ont élevée. J'irai encore danser sous les tilleuls ; je me promènerai dans les prés tapissés des violettes du printemps ; j'entendrai le bruit des cloches et le tic-tac du moulin ; je quitterai Paris, la fabrique, le contremaître. Je puis être encore heureuse, n'est-ce pas, mon Dieu ?

Lettre de Rose à Mathurine.

« Paris, jeudi 16 février 1844.

« Ma bonne mère,

» Vous vous portez bien depuis que je ne vous ai
» vue, et Bruneau de même, et les enfants aussi. J'ai
» fait tout ce que vous m'aviez recommandé. Je tra-

» vaille assidûment, je suis sage et je prie Dieu ; mais
» je ne puis rester davantage à Paris. Je souffre, je
» ne suis pas heureuse ; je ne puis pas tout vous dire
» dans une lettre ; mais j'ai peur de me perdre en
» vivant ici. Je ferai tout ce que vous voudrez au vil-
» lage ; je travaillerai la terre, s'il le faut, plutôt que
» de continuer à demeurer loin de vous. Si vous sa-
» viez, je suis bien malheureuse, allez ! Dites au mes-
» sager de venir me prendre, il m'emmènera dans sa
» carriole, et bientôt je pourrai vous embrasser.

                        » Votre dévouée fille,

                                » ROSE. »

Mon cœur est parti avec cette lettre ; je me sens
gaie en allant à l'atelier. En me voyant à la fenêtre
de ma mansarde, la fleuriste m'a souri : jamais ses
fleurs ne m'ont paru plus jolies et plus fraîches que
ce matin. C'est d'un heureux présage.

Le contre-maître m'a arrêtée un moment au passage pour me demander comment je me trouvais à
Paris.

« Très-bien ! lui ai-je répondu avec une franchise
qui l'a encouragé.

— En ce cas, vous me permettrez de remplacer
votre protectrice, et de vous faire promener dimanche dans Paris !

— Certainement ! » Et je l'ai laissé enchanté.

Dimanche je serai sur la route de mon village, et le

messager, assis sur le devant de sa carriole, fera claquer son fouet en me disant les nouvelles du pays.

Mon premier soin, en me réveillant, a été de faire
un petit paquet de toutes mes hardes ; je veux que le
messager me trouve prête quand il viendra me chercher. Puis je suis partie pour remplir ma journée ;
mais la filature était fermée, les ouvriers stationnaient
en foule devant la porte. On murmurait les mots de
crise commerciale, de cessation de travaux. Une résignation stupide, mêlée à une consternation profonde,
régnait sur tous les visages. Trois cents malheureux
étaient là, sur le pavé, sans savoir où gagner le pain
du jour.

Marie s'était assise par terre, cachant son front
entre ses mains. Je m'approchai, elle releva la tête.

« Tu le vois, me dit-elle tristement, nous sommes
sans ouvrage. Je suis habituée à ce malheur ; mais
toi, que vas-tu devenir ? Tu commenceras aujourd'hui
ta lutte contre la misère ; pauvre enfant, que je te
plains !

— Rassurez-vous, lui répondis-je, je retourne dimanche au village. Mais vous ? »

Elle se mit à sourire amèrement.

« Moi, je demanderai l'aumône, et l'on me mettra
en prison ; au moins je trouverai de quoi vivre sans
me souiller comme tant d'autres. En échappant à la
misère, tu échappes aussi à la honte. Bénis deux
fois le ciel ! »

En ce moment, j'entendis une cloche. C'était la

messe qui sonnait à l'église voisine; j'y entrai, et, me
mettant à genoux, je fis mentalement cette prière :

« Soyez clément, mon Dieu, pour la pauvre Marie
et pour toutes celles qui ont péché comme elle. Sa
faute fût peut-être devenue la mienne; je vous remercie de m'avoir inspiré le désir de partir. Cette
semaine comptera dans mon existence; je ne m'en
souviendrai que pour vous bénir et pour vous prier
sans cesse en faveur des infortunées qui n'ont pu se
soustraire à la tentation. »

Le contre-maître m'attendait à la porte de la maison. Je ne sais si le souvenir de Marie en était cause,
mais je trouvai sur sa physionomie un air de fausseté
repoussante. Il me dit d'une voix caressante :

« Ne vous effrayez pas de la nouvelle que vous
avez apprise ce matin, le chômage ne sera pas de
longue durée; d'ailleurs, je pourvoirai à tous vos besoins, comme n'eût pas manqué de le faire celle qui
est partie. Dans peu vous quitterez cette vilaine maison. En attendant, prenez ceci jusqu'à dimanche. »

Je sentis sa main qui glissait de l'argent dans la
mienne.

« Jamais ! m'écriai-je, jamais ! en repoussant son
offre avec indignation.

— Ne vous fâchez pas, reprit-il, ce que j'en faisais,
c'était pour votre bien. Je croyais être votre ami.
Vous accepterez quand vous me connaîtrez mieux;
je n'ai pas le temps de vous en dire davantage. il faut
que je vous quitte. A dimanche. »

Il voulut s'emparer de ma main...

Oh! oui, je la quitterai, cette vilaine maison, mais
non pas pour te suivre ; je retrouverai ma chambrette
de la chaumière avec ses rideaux blancs. Comme les
heures s'écoulent lentement! Enfin, voici la nuit. Demain, samedi, je recevrai la réponse de ma mère. Le
sommeil arrive ; je voudrais que ce fût déjà demain.

« Mamzelle, une lettre ! »

Ce cri de la portière me réveille en sursaut. Je la
prends, je la porte à mes lèvres. Je la lis tout haut.

Réponse de Mathurine à Rose.

« Ma chère enfant,

» Que de malheurs depuis que tu es partie! Bru-
» neau s'est blessé en faisant du bois à la forêt. Jac-
» queline est malade ; il faut vivre et payer le méde-
» cin, et nous n'avons pour cela que la journée de
» Jacques, qui s'est engagé pour servir les maçons.
» Il nous serait impossible de te recevoir. Monsieur
» le curé, qui nous a lu ta lettre, dit que toutes les
» petites filles regrettent ainsi le village les premiers
» jours, qu'il faut que tu travailles, que tu es grande,
» et que, si tu es sage, Dieu ne t'abandonnera point.
» C'est là ce qu'espère celle qui se dira toujours

» Ta mère dévouée,

» MATHURINE. »

Je retombe anéantie sur mon lit. Ainsi donc plus

d'espoir : cette semaine sera donc pour moi la vie entière ! Point d'asile contre la honte ! que vais-je devenir ?

J'oubliais le réchaud de Marie !

Mourir si jeune, c'est affreux ! Et, cependant, la mort vaut mieux que l'existence que j'ai en perspective. Oh ! oui, je mourrai !

J'ai passé toute la nuit en prières. Ce matin, le soleil levant m'a fait voir deux têtes derrière le rideau de la fleuriste ; c'est dimanche, elle part pour la campagne avec son amoureux : elle sera heureuse tout le jour, et elle rentrera sans remords.

Mais on frappe aussi à ma porte ; on vient me chercher. C'est lui ! que le souvenir de Marie me protége ! N'est-ce pas, mon Dieu, que vous me donnerez le courage de ne pas ouvrir ? . . . .

. . . .

TAXILE DELORD.

UNE MARCHANDE A LA TOILETTE

ou

MADAME LA RESSOURCE EN 1844.

LES COMÉDIES QU'ON PEUT VOIR GRATIS A PARIS.

Jusqu'à présent, les peintres de mœurs ont mis en scène beaucoup d'usuriers : mais on a oublié l'usurière des femmes dans l'embarras, la madame *La Ressource* d'aujourd'hui, personnage excessivement curieux, appelée décemment *marchande à la toilette*.

Avez-vous quelquefois, en flânant, remarqué dans une de ces boutiques dont la négligence fait tache au milieu des éblouissants magasins modernes, boutiques à devanture peinte en 1820, et qu'une faillite a laissée au propriétaire de la maison dans un état douteux ? la couleur a disparu sous une double couche imprimée par l'usage et grassement épaissie par la poussière ; les vitres sont sales, le bec-de-cane tourne de lui-même, comme dans tous les endroits d'où l'on sort encore plus promptement qu'on n'y rentre. Là, trône une femme entre les plus belles parures arrivées à cette phase horrible où les robes ne sont plus des robes et ne sont pas encore des haillons. Le cadre est en harmonie avec la figure que cette femme se compose, car ces boutiques sont une des plus sinistres particularités de Paris. On y voit des défroques que la mort y a jetées de sa main décharnée, et l'on entend alors le râle d'une phthisie sous un châle, comme on y devine l'agonie de la misère sous une robe brodée d'or. Les atroces débats entre le luxe et la faim sont écrits là sur de légères dentelles. On y trouve la physionomie d'une reine sous un turban à plumes, dont la pose rappelle et rétablit presque la figure absente. C'est le hideux dans le joli! Le fouet de Juvénal, agité par les mains officielles du commissaire-priseur, y a éparpillé les manchons pelés, les fourrures flétries de quelques grandes dames aux abois. C'est un fumier de fleurs où, çà et là, brillent des roses coupées d'hier, portées un jour, et sur lequel est toujours accroupie une affreuse vieille, la cousine germaine de l'usure, l'occasion de malheur, une harpie retirée, chauve, édentée, et prête à vendre le contenu, tant elle a l'habitude de colporter ou d'acheter le contenant, la robe sans la femme ou la femme sans la robe. La marchande est là comme l'argousin dans le bagne, comme un vautour au bec rougi sur des cadavres, au sein de son élément; plus horrible que ces sauvages horreurs qui font frémir les passants, étonnés quelquefois de rencontrer un de leurs plus jeunes et frais souvenirs pendus dans le sale vitrage derrière lequel grimace une de ces marchandes à la toilette, qui ont fait autant de métiers inconnus qu'il y en a de connus.

Ce fut une de ces gémonies de nos fêtes que j'indiquais à un de mes amis.

— Que dites-vous de ceci? n'est-ce pas la femelle de la mort? lui dis-je à l'oreille en lui montrant au comptoir une terrible compagnonne.

Nous entrons.

LUI. — Madame, combien cette guipure?

ELLE. — Pour vous, monsieur, ce ne sera que cent écus.

Elle remarque une cabriole particulière aux artistes, et ajoute d'un air pénétré : — Cela vient de la princesse de Lamballe.

MOI. — Comment, si près du château?

ELLE. — Monsieur, *ils* n'y croient pas.

MOI. —Madame, nous ne venons pas pour acheter...

ELLE. — Je le vois bien, monsieur.

MOI. — Nous avons plusieurs choses à vendre, je demeure rue de Richelieu, 112, au sixième. Si vous vouliez y passer d'ici à une heure, vous pourriez faire un marché...

ELLE, *en regardant fixement mon camarade.* — Monsieur désire peut-être quelques aunes de mousseline bien portées ?...

MOI. — Non, il s'agit de savoir à quoi s'en tenir sur une robe de mariage, et l'on a confiance en vos talents.

Deux heures après, madame Nourrisson (elle s'appelait ainsi) vint en robe de damas à fleurs provenant de rideaux décrochés à quelque boudoir saisi, ayant un de ces châles de cachemire passés, usés, invendables, qui finissent leur vie au dos de ces femmes. Elle portait une collerette en dentelle magnifique, mais éraillée, et un affreux chapeau; mais, pour dernier trait de physionomie, elle était chaussée en souliers de peau d'Irlande, sur le bord desquels sa chair faisait l'effet d'un bourrelet de soie noire à jour.

Nous étions sérieux comme deux auteurs dont la collaboration *n'obtient pas tout le succès qu'elle mérite.*

— Madame, lui dis-je en lui montrant une paire de pantoufles de femme, voici qui vient de l'impératrice Joséphine.

Il fallait bien rendre à madame Nourrisson la monnaie de sa princesse de Lamballe.

— Ça?... fit-elle; c'est fait de cette année : voyez cette marque en dessous.

— Ne devinez-vous pas que ces pantoufles sont une préface, répondis-je, quoiqu'elles soient ordinairement une conclusion de roman ? Mon ami que voici, dans un immense intérêt de famille, voudrait savoir si une jeune personne, d'une bonne, d'une riche maison, et qu'il désire épouser, a fait une faute.

— Combien monsieur donnera-t-il? demanda-t-elle en regardant mon complice.

— Cent francs.

— Merci, dit-elle en grimaçant un refus à désespérer un macaque, plus que ça de gages pour nos petites infamies?

— Que voulez-vous donc, ma petite madame Nourrisson? lui demandai-je.

— D'abord, mes chers messieurs, depuis que je travaille, je n'ai jamais vu personne, ni homme ni femme, marchandant le bonheur. Et puis, tenez, vous êtes deux farceurs, reprit-elle avec un sourire sur ses lèvres froides et avec un regard glacé par une défiance de chatte.

La familiarité la plus déshonorante est le premier impôt que ces sortes de femmes prélèvent sur les passions effrénées ou les misères qui se confient à elles. Elles ne s'élèvent jamais à la hauteur du client, elles le font asseoir côte à côte auprès d'elles sur leur tas de boue.

— S'il ne s'agit pas de votre bonheur, il est question de votre fortune, reprit-elle; et, à la hauteur où vous êtes logés, l'on marchande encore moins une dot. Voyons, dit-elle en prenant un air doucereux, de quoi s'agit-il?

— De la maison Névion, répondit mon ami, bien aise de savoir à quoi s'en tenir sur une personne qui l'intéressait.

— Oh! pour ça, reprit-elle, un louis, c'est assez...

— Et comment?

— J'ai tous les bijoux de la mère; et, de trois mois en trois mois, elle est dans ses petits souliers, allez! elle est bien embarrassée de me trouver les intérêts

de ce que je lui ai prêté. Vous voulez vous marier par
là, jobard?... dit-elle; donnez-moi quarante francs.
et je jaserai pour plus de cent écus.

Mon peintre fit voir une pièce de quarante francs,
et nous sûmes des détails effrayants sur la misère
secrète de quelques femmes dites *comme il faut*. La
revendeuses, mise *en gaieté* par notre conversation,
se dessina. Sans trahir aucun nom, aucun secret,
elle nous fit frissonner en nous démontrant qu'il se
rencontrait peu de bonheurs, à Paris, qui ne fussent
assis sur la base vacillante de l'emprunt. Elle possédait dans ses tiroirs des grand'mères, des enfants,
des défunts maris, des petites-filles mortes et entou-
rées d'or et de brillants. Elle apprenait d'effrayantes
histoires en faisant causer ses pratiques les unes sur
les autres, en leur arrachant leurs secrets dans les
moments de passion, de brouilles, de colères, et dans
les préparations anodines que veut un emprunt pour
se conclure.

— Comment avez-vous été, dis-je, amenée à faire
ce commerce?

— Pour mon fils, dit-elle avec naïveté.

Presque toujours, les revendeuses à la toilette justifient leur commerce par des raisons pleines de
beaux motifs. Madame Nourrisson se posa comme
ayant perdu plusieurs prétendus, trois filles qui
avaient très-mal tourné, toutes ses illusions enfin.
Elle nous montra, comme une de ses plus belles
valeurs, des reconnaissances du mont-de-piété pour

prouver combien son commerce comportait de mauvaises chances. Elle se donna pour gênée au Trente
prochain. *On la volait beaucoup,* disait-elle.

Nous nous regardâmes en entendant ce mot un
peu trop vif.

— Tenez, mes enfants, je vas vous montrer
comment l'on nous *refait!* Il ne s'agit pas de moi,
mais de ma voisine d'en face, madame Mahuchet, la
cordonnière pour femmes. J'avais prêté de l'argent à
une comtesse, une femme qui a trop de passions eu
égard à ses revenus. Ça vous a de beaux meubles,
un magnifique appartement! ça reçoit, ça *fait,* comme
nous disons, *un esbrouffe* du diable. Elle doit donc
trois cents francs à sa cordonnière, et ça donnait un
dîner, une soirée, pas plus tard qu'avant-hier. La cordonnière, qui apprend cela par la cuisinière, vient me
voir; nous nous montons la tête, elle veut faire un
esclandre, moi je lui dis : — Ma petite mère Mahuchet, à quoi cela sert-il ? à se faire haïr. Il vaut
mieux obtenir des gages. *A râleuse, râleuse et demie!* Et l'on épargne sa bile... Elle veut y aller, me
demande de la soutenir, nous y allons.

— Madame n'y est pas.

— Connu. — Nous l'attendrons, dit la mère
Mahuchet, dussé-je rester là jusqu'à minuit. Et nous
nous campons dans l'antichambre et nous causons.
Ah! voilà les portes qui vont, qui viennent, des petits pas, des petites voix. Moi, cela me faisait de la
peine. Le monde arrivait pour dîner. Vous jugez de

la tournure que ça prenait. La comtesse envoie sa
femme de chambre pour amadouer la Mahuchet.
« Vous serez payée demain ! » Enfin, toutes les
colles !... Rien ne prend. La comtesse, mise comme
un dimanche, arrive dans la salle à manger ; ma
Mahuchet, qui l'entend, ouvre la porte et se présente. Dam! en voyant une table étincelante d'argenterie (les réchauds, les chandeliers, tout brillait
comme un écrin), elle part comme du *soldavatre* et
lance sa fusée : — Quand on dépense l'argent des
autres, on devrait être sobre, ne pas donner à diner.
Être comtesse et devoir cent écus à une malheureuse
cordonnière qui a sept enfants !... Vous pouvez deviner tout ce qu'elle débagoule, c'te femme qu'a peu
d'éducation. Sur un mot d'excuse (pas de fonds!) de
la comtesse, ma Mahuchet s'écrie : — Eh! madame,
voilà de l'argenterie ! engagez vos couverts et payez-
moi ! — Prenez-les vous-même, dit la comtesse en
ramassant six couverts et les lui fourrant dans la
main. Nous dégringolons comme un succès !... Non :
dans la rue, les larmes sont venues à la Mahuchet,
elle a rapporté les couverts, car elle a du cœur, en
faisant des excuses... ils étaient en maillechort !...

— Elle est restée à découvert ? lui dis-je.

— Ah! mon cher monsieur, dit madame Nourrisson, éclairée par ce calembour, vous êtes un artiste,
vous faites des pièces de théâtre, vous demeurez rue
du Helder, et vous êtes resté avec madame Antonia,
vous avez des tics que je connais... Allons, vous

voulez avoir quelque rareté dans le grand genre. On ne me dérange pas pour rien.

— Je vous jure, ma chère madame Nourrisson. que nous voulions uniquement avoir le plaisir de faire votre connaissance, et que nous souhaitons des renseignements sur vos antécédents, savoir par quelle pente vous avez glissé dans votre métier.

— J'étais femme de confiance chez un maréchal de France, le prince d'Ysemberg, dit-elle en prenant une pose de Dorine. Un matin, il vient une des comtesses les plus huppées de la cour impériale, elle veut parler au maréchal, et secrètement. Moi, je me mets aussitôt en mesure d'écouter. Ma femme fond en larmes, elle confie à ce benêt de maréchal (le prince d'Ysemberg, ce Condé de la République, un benêt!) que son mari, qui servait en Espagne, l'a laissée sans un billet de mille francs, que si elle n'en a pas un ou deux à l'instant, ses enfants sont sans pain : elle n'a pas à manger demain. Mon maréchal, assez donnant dans ce temps-là, tire deux billets de mille francs de son secrétaire. Je regarde cette belle comtesse dans l'escalier sans qu'elle puisse me voir; elle riait d'un contentement si peu maternel, que je me glisse jusque sous le péristyle, et je lui entends dire tout bas à son chasseur : — « Chez Leroy! » J'y cours. Ma mère de famille entre chez ce fameux marchand, rue Richelieu, vous savez... Elle se commande et paye une robe de quinze cents francs : on soldait alors une robe en la commandant. Le surlen-

demain, elle pouvait paraître à un bal d'ambassadeur,
harnachée comme une femme doit l'être pour plaire
à la fois à tout le monde et à quelqu'un. De ce jour-
là, je me suis dit : « J'ai un état! Quand je ne serai
plus jeune, je prêterai sur leurs nippes aux grandes
dames, car la passion ne calcule pas et paye aveu-
glément. » Si c'est des sujets de vaudeville que vous
cherchez, je vous en vendrai...

Elle partit après nous avoir montré les cinq dents
jaunes qui lui restent, en nous saluant et en essayant
de sourire.

Nous nous regardâmes, épouvantés l'un comme
l'autre de cette tirade, où chacune des phases de la
vie antérieure de madame Nourrisson avait laissé sa
tache.

DE BALZAC.

MADEMOISELLE MIMI PINSON.

PROFIL DE GRISETTE.

I

Parmi les étudiants qui suivaient, l'an passé, les
cours de l'école de Médecine, se trouvait un jeune
homme nommé Eugène Aubert. C'était un garçon de
bonne famille, qui avait à peu près dix-neuf ans. Ses
parents vivaient en province, et lui faisaient une
pension modeste, mais qui lui suffisait. Il menait une
vie tranquille, et passait pour avoir un caractère fort
doux. Ses camarades l'aimaient ; en toute occasion
on le trouvait bon et serviable, la main généreuse et
le cœur ouvert. Le seul défaut qu'on lui reprochait
était un singulier penchant à la rêverie et à la solitude,
et une réserve si excessive dans son langage et ses
moindres actions, qu'on l'avait surnommé *la Petite
Fille*, surnom, du reste, dont il riait lui-même, et
auquel ses amis n'attachaient aucune idée qui pût
l'offenser, le sachant aussi brave qu'un autre au be-

soin; mais il était vrai que sa conduite justifiait un
peu ce sobriquet, surtout par la façon dont elle con-
trastait avec les mœurs de ses compagnons. Tant
qu'il n'était question que de travail, il était le
premier à l'œuvre; mais, s'il s'agissait d'une partie
de plaisir, d'un dîner au Moulin de beurre, ou d'une
contredanse à la Chaumière, *la Petite Fille* se-
couait la tête et regagnait sa chambrette garnie.
Chose presque monstrueuse parmi les étudiants, non-
seulement Eugène n'avait pas de maîtresse, quoique
son âge et sa figure eussent pu lui valoir des succès,
mais on ne l'avait jamais vu faire le galant au comptoir d'une grisette, usage immémorial au quartier
Latin. Les beautés qui peuplent la Montagne-Sainte-
Geneviève, et se partagent les amours des écoles,
lui inspiraient une sorte de répugnance qui allait jusqu'à l'aversion. Il les regardait comme une espèce à
part, dangereuse, ingrate et dépravée, née pour laisser
partout le mal et le malheur en échange de quelques
plaisirs. « Gardez-vous de ces femmes-là, disait-il :
ce sont des poupées de fer rouge. » Et il ne trouvait
malheureusement que trop d'exemples pour justifier
la haine qu'elles lui inspiraient. Les querelles, les
désordres, quelquefois même la ruine qu'entraînent
ces liaisons passagères, dont les dehors ressemblent
au bonheur, n'étaient que trop faciles à citer, l'année
dernière comme aujourd'hui, et probablement comme
l'année prochaine.

Il va sans dire que les amis d'Eugène le raillaient

continuellement sur sa morale et ses scrupules : « Que
prétends-tu, lui demandait souvent un de ses camarades, nommé Marcel, qui faisait profession d'être
un bon vivant, que prouvent une faute ou un acci-
dent arrivé une fois par hasard?

— Qu'il faut s'abstenir, répondait Eugène, de peur
qu'ils n'arrivent une seconde fois.

— Faux raisonnement! répliquait Marcel; argu-
ment de capucin de carte, qui tombe si le compagnon
trébuche. De quoi vas-tu t'inquiéter? Tel d'entre nous
a perdu au jeu; est-ce une raison pour se faire moine?
L'un n'a plus le sou, l'autre boit de l'eau fraîche;
est-ce qu'Élise en perd l'appétit? A qui la faute si le
voisin porte sa montre au Mont-de-Piété pour aller
se casser un bras à Montmorency? la voisine n'en
est pas manchote. Tu te bats pour Rosalie; on te
donne un coup d'épée : elle te tourne le dos, c'est
tout simple; en a-t-elle moins fine taille? Ce sont de
ces petits inconvénients dont l'existence est parse-
mée, et ils sont plus rares que tu ne penses. Regarde
un dimanche, quand il fait beau temps, que de bonnes
paires d'amis dans les cafés, les promenades et les
guinguettes! Considère-moi ces gros omnibus bien
rebondis, bien bourrés de grisettes, qui vont au Ra-
nelagh ou à Belleville. Compte ce qui sort, un jour
de fête seulement, du quartier Saint-Jacques : les
bataillons de modistes, les armées de lingères, les
nuées de marchandes de tabac; tout cela s'amuse,
tout cela a ses amours; tout cela va s'abattre autour

de Paris, sous les tonnelles des campagnes, comme
des volées de friquets. S'il pleut, cela va au mélodrame manger des oranges et pleurer; car cela mange
beaucoup, c'est vrai, et pleure aussi très-volontiers.
c'est ce qui prouve un bon caractère. Mais quel mal
font ces pauvres filles, qui ont cousu, bâti, ourlé,
piqué et ravaudé toute la semaine, en prêchant d'exemple, le dimanche, l'oubli des maux et l'amour du prochain? Et que peut faire de mieux un honnête homme,
qui, de son côté, vient de passer huit jours à dissé-
quer des choses peu agréables, que de se débar-
bouiller la vue en regardant un visage frais, une jambe
ronde, et la belle nature?

— Sépulcres blanchis, disait Eugène.

— Je dis et je maintiens, continuait Marcel, qu'on
peut et qu'on doit faire l'éloge des grisettes, et qu'un
usage modéré en est bon. Premièrement, elles sont
vertueuses, car elles passent la journée à confec-
tionner les vêtements les plus indispensables à la
pudeur et à la modestie; en second lieu, elles sont
honnêtes, car il n'y a pas de maîtresse lingère ou
autre qui ne recommande à ses filles de boutique de
parler au monde poliment; troisièmement, elles sont
très-soigneuses et très-propres, attendu qu'elles ont
sans cesse entre les mains du linge et des étoffes qu'il
ne faut pas qu'elles gâtent, sous peine d'être moins
bien payées; quatrièmement, elles sont sincères,
parce qu'elles boivent du ratafia; en cinquième lieu.
elles sont économes et frugales, parce qu'elles ont

beaucoup de peine à gagner trente sous, et, s'il se
trouve des occasions où elles se montrent gourmandes et dépensières, ce n'est jamais avec leurs
propres deniers; sixièmement, elles sont très-gaies,
parce que le travail qui les occupe est en général ennuyeux à mourir, et qu'elles frétillent comme le poisson dans l'eau dès que l'ouvrage est terminé. Un autre
avantage qu'on rencontre en elles, c'est qu'elles ne
sont point gênantes, vu qu'elles passent leur vie
clouées sur une chaise dont elles ne peuvent pas
bouger, et que, par conséquent, il leur est impossible
de courir après leurs amants comme des dames de
bonne compagnie. En outre, elles ne sont pas bavar-
des, parce qu'elles sont obligées de compter leurs
points. Elles ne dépensent pas grand'chose pour leur
chaussure, parce qu'elles marchent peu, ni pour leur
toilette, parce qu'il est rare qu'on leur fasse crédit.
Si on les accuse d'inconstance, ce n'est pas parce
qu'elles lisent de mauvais romans ni par méchanceté
naturelle; cela tient au grand nombre de personnes
différentes qui passent devant leurs boutiques; d'un
autre côté, elles prouvent suffisamment qu'elles sont
capables de passions véritables par la grande quantité
d'entre elles qui se jettent journellement dans la Seine
ou par leur fenêtre, ou qui s'asphyxient dans leurs
domiciles. Elles ont, il est vrai, l'inconvénient d'avoir
presque toujours faim et soif, précisément à cause de
leur grande tempérance, mais il est notoire qu'elles
peuvent se contenter, en guise de repas, d'un verre

de bière et d'un cigare : qualité précieuse qu'on rencontre bien rarement en ménage. Bref, je soutiens
qu'elles sont bonnes, aimables, fidèles et désintéres-
sées, et que c'est une chose regrettable lorsqu'elles
finissent à l'hôpital. »

Lorsque Marcel parlait ainsi, c'était la plupart du
temps au café, quand il s'était un peu échauffé la
tête; il remplissait alors le verre de son ami, et voulait le faire boire à la santé de mademoiselle Pinson,
ouvrière en linge, qui était leur voisine; mais Eugène
prenait son chapeau, et, tandis que Marcel continuait à pérorer devant ses camarades, il s'esquivait
doucement.

II

Mademoiselle Pinson n'était pas précisément ce
qu'on appelle une jolie femme. Il y a beaucoup de
différence entre une jolie femme et une jolie grisette.
Si une jolie femme, reconnue pour telle, et ainsi
nommée en langue parisienne, s'avisait de mettre un
petit bonnet, une robe de guingan et un tablier de
soie, elle serait tenue, il est vrai, de paraître une
jolie grisette. Mais si une grisette s'affuble d'un chapeau, d'un camail de velours et d'une robe de Palmyre, elle n'est nullement forcée d'être une jolie
femme; bien au contraire, il est probable qu'elle aura
l'air d'un portemanteau, et, en l'ayant, elle sera dans
son droit. La différence consiste donc dans les conditions où vivent ces deux êtres, et principalement

dans ce morceau de carton roulé, recouvert d'étoffe et appelé chapeau, que les femmes ont jugé à propos de s'appliquer de chaque côté de la tête, à peu près comme les œillères des chevaux. (Il faut remarquer cependant que les œillères empêchent les chevaux de regarder de côté, et que le morceau de carton n'empêche rien du tout.)

Quoi qu'il en soit, un petit bonnet autorise un nez retroussé, qui, à son tour, veut une bouche bien fendue, à laquelle il faut de belles dents et un visage rond pour cadre. Un visage rond demande des yeux brillants; le mieux est qu'ils soient le plus noirs possible, et les sourcils à l'avenant. Les cheveux sont *ad libitum*, attendu que les yeux noirs s'arrangent de tout. Un tel ensemble, comme on le voit, est loin de la beauté proprement dite. C'est ce qu'on appelle une figure chiffonnée, figure classique de grisette, qui serait peut-être laide sous le morceau de carton, mais que le bonnet rend parfois charmante, et plus jolie que la beauté. Ainsi était mademoiselle Pinson.

Marcel s'était mis dans la tête qu'Eugène devait faire la cour à cette demoiselle; pourquoi? je n'en sais rien, si ce n'est qu'il était lui-même l'adorateur de mademoiselle Zélia, amie intime de mademoiselle Pinson. Il lui semblait naturel et commode d'arranger ainsi les choses à son goût, et de faire amicalement l'amour. De pareils calculs ne sont pas rares, et réussissent assez souvent, l'occasion, depuis que le monde existe, étant, de toutes les tentations, la plus forte.

Qui peut dire ce qu'ont fait naître d'événements heureux ou malheureux, d'amours, de querelles, de joies ou de désespoirs, deux portes voisines, un escalier secret, un corridor, un carreau cassé?

Certains caractères, pourtant, se refusent à ces jeux du hasard. Ils veulent conquérir leurs jouissances, non les gagner à la loterie, et ne se sentent pas disposés à aimer parce qu'ils se trouvent en diligence à côté d'une jolie femme. Tel était Eugène, et Marcel le savait; aussi avait-il formé depuis longtemps un projet assez simple, qu'il croyait merveilleux et surtout infaillible pour vaincre la résistance de son compagnon.

Il avait résolu de donner un souper, et ne trouva rien de mieux que de choisir pour prétexte le jour de sa propre fête. Il fit donc apporter chez lui deux douzaines de bouteilles de bière, un gros morceau de veau froid avec de la salade, une énorme galette de plomb, et une bouteille de vin de Champagne. Il invita d'abord deux étudiants de ses amis, puis il fit savoir à mademoiselle Zélia qu'il y avait le soir gala à la maison, et qu'elle eût à amener mademoiselle Pinson. Elles n'eurent garde d'y manquer. Marcel passait, à juste titre, pour un des talons rouges du quartier Latin, de ces gens qu'on ne refuse pas; et sept heures du soir venaient à peine de sonner, que ces deux femmes frappaient à la porte de l'étudiant, mademoiselle Zélia en robe courte, en brodequins gris et en bonnet à fleurs; mademoiselle Pinson, plus

modeste, vêtue d'une robe noire qui ne la quittait pas,
et qui lui donnait, disait-on, une sorte de petit air
espagnol dont elle se montrait fort jalouse. Toutes
deux ignoraient, on le pense bien, les secrets desseins
de leur hôte.

Marcel n'avait pas fait la maladresse d'inviter
Eugène d'avance; il eût été trop sûr d'un refus de sa
part. Ce fut seulement lorsque ces demoiselles eurent
pris place à table, et après le premier verre vidé,
qu'il demanda la permission de s'absenter quelques
instants pour aller chercher un convive, et qu'il se
dirigea vers la maison qu'habitait Eugène; il le trouva,
comme d'ordinaire, à son travail, seul, entouré de ses
livres. Après quelques propos insignifiants, il commença à lui faire tout doucement ses reproches ac-
coutumés, qu'il se fatiguait trop, qu'il avait tort de
ne prendre aucune distraction, puis il lui proposa un
tour de promenade. Eugène, un peu las, en effet,
ayant étudié toute la journée, accepta; les deux jeunes gens sortirent ensemble, et il ne fut pas difficile
à Marcel, après quelques tours d'allée au Luxembourg, d'obliger son ami à entrer chez lui.

Les deux grisettes, restées seules, et ennuyées probablement d'attendre, avaient débuté par se mettre
à l'aise; elles avaient ôté leurs châles et leurs bonnets, et dansaient en chantant une contredanse, non
sans faire de temps en temps honneur aux provisions,
par manière d'essai. Les yeux déjà brillants et le visage animé, elles s'arrêtèrent joyeuses et un peu es-

soufflées lorsque Eugène les salua d'un air à la fois timide et surpris. Attendu ses mœurs solitaires, il était à peine connu d'elles ; aussi l'eurent-elles bientôt dévisagé des pieds à la tête avec cette curiosité intrépide qui est le privilége de leur caste ; puis elles reprirent leur chanson et leur danse, comme si de rien n'était. Le nouveau venu, à demi déconcerté, faisait déjà quelques pas en arrière, songeant peut-être à la retraite, lorsque Marcel, ayant fermé la porte à double tour, jeta bruyamment la clef sur la table.

« Personne encore ! s'écria-t-il. Que font donc nos amis ? Mais n'importe ! le sauvage nous appartient. Mesdemoiselles, je vous présente le plus vertueux jeune homme de France et de Navarre, qui désire depuis longtemps avoir l'honneur de faire votre connaissance, et qui est particulièrement grand admirateur de mademoiselle Pinson. »

La contredanse s'arrêta de nouveau ; mademoiselle Pinson fit un léger salut, et reprit son bonnet.

« Eugène ! s'écria Marcel ! c'est aujourd'hui ma fête ; ces deux dames ont bien voulu venir la célébrer avec nous. Je t'ai presque amené de force, c'est vrai ; mais j'espère que tu resteras de bon gré, à notre commune prière. Il est à présent huit heures à peu près ; nous avons le temps de fumer une pipe en attendant que l'appétit nous viennè. »

Parlant ainsi, il jeta un regard significatif à mademoiselle Pinson, qui, le comprenant aussitôt, s'inclina une seconde fois en souriant, et dit d'une voix douce à Eugène : « Oui, monsieur, nous vous en prions. »

En ce moment, les deux étudiants que Marcel avait invités frappèrent à la porte. Eugène vit qu'il n'y avait pas moyen de reculer sans trop de mauvaise grâce, et, se résignant, prit place avec les autres.

III

Le souper fut long et bruyant. Ces messieurs ayant commencé par remplir la chambre d'un nuage de fumée, buvaient d'autant pour se rafraîchir. Ces dames faisaient les frais de la conversation, et égayaient la compagnie de propos plus ou moins piquants aux dépens de leurs amis et connaissances, et d'aventures plus ou moins croyables, tirées des arrière-boutiques. Si la matière manquait de vraisemblance, du moins n'était-elle pas stérile. Deux clercs d'avoué, à les en croire, avaient gagné vingt mille francs en jouant sur les fonds espagnols, et les avaient mangés en six semaines avec deux marchandes de gants; le fils d'un des plus riches banquiers de Paris avait proposé à une célèbre lingère une loge à l'Opéra et une maison de campagne qu'elle avait refusées, aimant mieux soigner ses parents et rester fidèle à son commis des Deux-Magots; certain personnage qu'on ne pouvait nommer, et qui était forcé par son rang à s'envelopper du plus grand mystère, venait incognito rendre visite à une brodeuse du passage du Pont-Neuf, laquelle avait été enlevée tout à coup par ordre supérieur, mise dans une chaise de poste à minuit, avec un portefeuille plein de billets de banque, et envoyée aux États-Unis, etc., etc.

« Suffit, dit Marcel, nous connaissons cela. Zélia improvise, et, quant à mademoiselle Mimi (ainsi s'appelait mademoiselle Pinson en petit comité), ses renseignements sont imparfaits. Vos clercs d'avoué n'ont gagné qu'une entorse en voltigeant sur les ruisseaux; votre banquier a offert une orange, et votre brodeuse est si peu aux États-Unis, qu'elle est visible tous les jours, de midi à quatre heures, à l'hôpital de la Charité, où elle a pris un logement par suite de manque de comestibles. »

Eugène était assis auprès de mademoiselle Pinson. Il crut remarquer, à ce dernier mot, prononcé avec une indifférence complète, qu'elle pâlissait. Mais presque aussitôt elle se leva, alluma une cigarette, et s'écria d'un air délibéré :

« Silence à votre tour! je demande la parole. Puisque le sieur Marcel ne croit pas aux fables, je vais raconter une histoire véritable, *et quorum pars magna fui.*

— Vous parlez latin? dit Eugène.

— Comme vous voyez, répondit mademoiselle Pinson; cette sentence me vient de mon oncle, qui a servi sous le grand Napoléon, et qui n'a jamais manqué de la dire avant de réciter une bataille. Si vous ignorez ce que ces mots signifient, vous pouvez l'ap-

prendre sans payer; cela veut dire : Je vous en donne
ma parole d'honneur. Vous saurez donc que, la semaine passée, je m'étais rendue avec deux de mes
amies, Blanchette et Rougette, au théâtre de l'Odéon.

— Attendez que je coupe la galette, dit Marcel.

— Coupez, mais écoutez, reprit mademoiselle Pinson. J'étais donc allée avec Blanchette et Rougette à
l'Odéon, voir une tragédie. Rougette, comme vous
savez, vient de perdre sa grand'mère; elle a hérité
de quatre cents francs. Nous avions pris une bai-
gnoire; trois étudiants se trouvaient au parterre; ces
jeunes gens nous avisèrent, et, sous prétexte que nous
étions seules, nous invitèrent à souper.

— De but en blanc? demanda Marcel; en vérité,
c'est très-galant. Et vous avez refusé, je suppose?

— Non, monsieur, dit mademoiselle Pinson, nous
acceptâmes, et, à l'entr'acte, sans attendre la fin de
la pièce, nous nous transportâmes chez Viot.

— Avec vos cavaliers?

— Avec nos cavaliers. Le garçon commença, bien
entendu, par nous dire qu'il n'y avait plus rien; mais
une pareille inconvenance n'était pas faite pour nous
arrêter. Nous ordonnâmes qu'on allât par la ville
chercher ce qui pouvait manquer. Rougette prit la
plume, et commanda un festin de noces : des cre-
vettes, une omelette au sucre, des beignets, des
moules, des œufs à la neige, tout ce qu'il y a dans le
monde des marmites. Nos jeunes inconnus, à dire
vrai, faisaient légèrement la grimace...

— Je le crois parbleu bien! dit Marcel.

— Nous n'en tînmes compte. La chose apportée, nous commençâmes à faire les jolies femmes. Nous ne trouvions rien de bon, tout nous dégoûtait. A peine un plat était-il entamé, que nous le renvoyions pour en demander un autre. « Garçon, emportez cela; ce n'est pas tolérable. Où avez-vous pris des horreurs pareilles? » Nos inconnus désirèrent manger; mais il ne leur fut pas loisible. Bref, nous soupâmes comme dînait Sancho, et la colère nous porta même à briser quelques ustensiles.

— Belle conduite! et comment payer?

— Voilà précisément la question que les trois inconnus s'adressèrent; par l'entretien qu'ils eurent à voix basse, l'un d'eux nous parut posséder six francs, l'autre infiniment moins, et le troisième n'avait que sa montre, qu'il tira généreusement de sa poche. En cet état, les trois infortunés se présentèrent au comptoir, dans le but d'obtenir un délai quelconque. Que pensez-vous qu'on leur répondit?

— Je pense, répondit Marcel, que l'on vous a gardées en gage, et qu'on les a conduits au violon.

— C'est une erreur, dit mademoiselle Pinson. Avant de monter dans le cabinet, Rougette avait pris ses mesures, et tout était payé d'avance. Imaginez le coup de théâtre à cette réponse de Viot : Messieurs, tout est payé! Nos inconnus nous regardèrent comme jamais trois chiens n'ont regardé trois évêques, avec une stupéfaction piteuse mêlée d'un pur attendrisse-

ment. Nous, cependant, sans feindre d'y prendre
garde, nous descendîmes et fîmes venir un fiacre.
« Chère marquise, me dit Rougette, il faut reconduire ces messieurs chez eux. — Volontiers, chère
comtesse, » répondis-je. Nos pauvres amoureux ne
savaient plus quoi dire. Je vous demande s'ils étaient
penauds! ils se défendaient de notre politesse, ils ne
voulaient pas qu'on les reconduisît, ils refusaient de
dire leur adresse; je le crois bien, ils étaient con-
vaincus qu'ils avaient affaire à des femmes du monde,
et ils demeuraient rue du Chat-qui-pêche! »

Les deux étudiants, amis de Marcel, qui, jusque-là,
n'avaient guère fait que fumer et boire en silence,
semblèrent peu satisfaits de cette histoire. Leurs visages se rembrunirent; peut-être en savaient-ils autant que mademoiselle Pinson sur ce malencontreux
souper, car ils jetèrent sur elle un regard inquiet,
lorsque Marcel lui dit en riant :

« Nommez les masques, mademoiselle Mimi. Puisque c'est de la semaine dernière, il n'y a plus d'inconvénient.

— Jamais, monsieur, dit la grisette. On peut ber-
ner un homme, mais lui faire tort dans sa carrière,
jamais !

— Vous avez raison, dit Eugène, et vous agissez en
cela plus sagement peut-être que vous ne pensez. De
tous ces jeunes gens qui peuplent les écoles, il n'y en
a presque pas un seul qui n'ait derrière lui quelque
faute ou quelque folie, et cependant c'est de là que

sortent tous les jours ce qu'il y a en France de plus distingué et de plus respectable : des médecins, des magistrats...

— Oui, reprit Marcel, c'est la vérité. Il y a des pairs de France en herbe qui dînent chez Flicoteaux. et qui n'ont pas toujours de quoi payer leur carte. Mais, ajouta-t-il en clignant de l'œil, n'avez-vous pas revu vos inconnus ?

— Pour qui nous prenez-vous ? répondit mademoiselle Pinson d'un air sérieux et presque offensé. Connaissez-vous Blanchette et Rougette ? et supposez-vous que moi-même...

— C'est bon, dit Marcel, ne vous fâchez pas. Mais voilà, en somme, une belle équipée. Trois écervelées qui n'avaient peut-être pas de quoi dîner le lendemain, et qui jettent l'argent par les fenêtres pour le plaisir de mystifier trois pauvres diables qui n'en peuvent mais !

— Pourquoi nous invitent-ils à souper ? » répondit mademoiselle Mimi Pinson.

IV

Avec la galette parut, dans sa gloire, l'unique bouteille de vin de Champagne qui devait composer le dessert. Avec le vin on parla chanson. « Je vois, dit Marcel, je vois, comme dit Cervantes, Zélia qui tousse ; c'est signe qu'elle veut chanter. Mais, si ces messieurs le trouvent bon. c'est moi qu'on fête, et

9.

qui, par conséquent, prie mademoiselle Mimi, si elle
n'est pas enrouée par son anecdote, de nous honorer
d'un couplet. Eugène, continua-t-il, sois donc un peu
galant, trinque avec ta voisine, et demande-lui un
couplet pour moi. »

Eugène rougit et obéit. De même que mademoiselle Pinson n'avait pas dédaigné de le faire pour
l'engager lui-même à rester, il s'inclina, et lui dit
timidement : « Oui, mademoiselle, nous vous en
prions. »

En même temps il souleva son verre, et toucha
celui de la grisette. De ce léger choc sortit un son
clair et argentin; mademoiselle Pinson saisit cette
note au vol, et, d'une voix pure et fraîche, la continua longtemps en cadence.

« Allons, dit-elle, j'y consens, puisque mon verre
me donne le *la*. Mais, que voulez-vous que je vous
chante? Je ne suis pas bégueule, je vous en préviens,
mais je ne sais pas de couplets de corps de garde, je
ne m'encanaille pas la mémoire.

— Connu, dit Marcel, vous êtes une vertu; allez
votre train, les opinions sont libres.

— Eh bien! reprit mademoiselle Pinson, je vais
vous chanter à la bonne venue des couplets qu'on a
faits sur moi.

— Attention! Quel est l'auteur?

— Mes camarades de magasin : c'est de la poésie
faite à l'aiguille; ainsi, je réclame l'indulgence.

— Y a-t-il un refrain à votre chanson ?

— Certainement : la belle demande !

— En ce cas-là, dit Marcel, prenons nos couteaux, et, au refrain, tapons sur la table, mais tâchons d'aller en mesure. Zélia peut s'abstenir, si elle veut.

— Pourquoi cela, malhonnête garçon ? demanda Zélia en colère.

— Pour cause, répondit Marcel ; mais, si vous désirez être de la partie, tenez, frappez avec un bouchon, cela aura moins d'inconvénients pour nos oreilles et pour vos blanches mains. »

Marcel avait rangé en rond les verres et les assiettes, et s'était assis au milieu de la table, son couteau à la main. Les deux étudiants du souper de Rougette, un peu regaillardis, ôtèrent le fourneau de leurs pipes pour frapper avec le tuyau de bois ; Eugène rêvait, Zélia boudait. Mademoiselle Pinson prit une assiette, et fit signe qu'elle voulait la casser, ce à quoi Marcel répondit par un geste d'assentiment, en sorte que la chanteuse, ayant pris les morceaux pour s'en faire des castagnettes, commença ainsi les couplets que ses compagnes avaient composés, après s'être excusée d'avance de ce qu'ils pouvaient contenir de trop flatteur pour elle :

> Mimi Pinson est une blonde,
> Une blonde que l'on connaît ;
> Elle n'a qu'une robe au monde,
>   Landerirette !
>   Et qu'un bonnet.
> Le Grand Turc en a davantage ;

Dieu voulut de cette façon
    La rendre sage :
On ne peut pas la mettre en gage,
La robe de Mimi Pinson.

Mimi Pinson porte une rose,
Une rose blanche au côté ;
Cette fleur dans son cœur éclose,
    Landerirette !
    C'est la gaieté.
Quand un bon souper la réveille,
Elle fait sortir la chanson
    De la bouteille ;
Parfois il penche sur l'oreille,
Le bonnet de Mimi Pinson.

Elle a les yeux et la main prestes ;
Les carabins, matin et soir,
Usent les manches de leurs vestes,
    Landerirette !
    A son comptoir.
Quoique sans maltraiter personne,
Mimi leur fait mieux la leçon
    Qu'à la Sorbonne.
Il ne faut pas pas qu'on la chiffonne,
La robe de Mimi Pinson.

Mimi Pinson peut rester fille ;
Si Dieu le veut, c'est dans son droit.
Elle aura toujours son aiguille,
    Landerirette !
    Au bout du doigt.
Pour entreprendre sa conquête,
Ce n'est pas tout qu'un beau garçon :
    Faut être honnête,
Car il n'est pas loin de sa tête,
Le bonnet de Mimi Pinson.

D'un gros bouquet de fleur d'orange
Si l'Amour veut la couronner,
Elle a quelque chose en échange,
        Landerirette !
        A lui donner.
Ce n'est pas, on se l'imagine,
Un manteau sur un écusson
        Fourré d'hermine ;
C'est l'étui d'une perle fine,
La robe de Mimi Pinson.

Mimi n'a pas l'âme vulgaire,
Mais son cœur est républicain.
Aux trois jours elle a fait la guerre,
        Landerirette !
        En casaquin.
A défaut d'une hallebarde,
On l'a vue avec son poinçon
        Monter la garde.
Heureux qui mettra la cocarde
Au bonnet de Mimi Pinson.

Les couteaux et les pipes, voire même les chaises,
avaient fait leur tapage, comme de raison, à la fin de
chaque couplet. Les verres dansaient sur la table,
et les bouteilles, à moitié pleines, se balançaient
joyeusement en se donnant de petits coups d'épaule.

« Et ce sont vos bonnes amies, dit Marcel, qui
vous ont fait cette chanson-là ? il y a un teinturier,
c'est trop musqué. Parlez-moi de ces bons airs où on
dit les choses ! »

Et il entonna d'une voix forte :

Nanette n'avait pas encor quinze ans.

« Assez, assez, dit mademoiselle Pinson ; dansons plutôt, faisons un tour de valse. Y a-t-il ici un musicien quelconque ?

— J'ai ce qu'il vous faut, répondit Marcel, j'ai une guitare ; mais, continua-t-il en décrochant l'instrument, ma guitare n'a pas ce qu'il lui faut ; elle est chauve de toutes ses cordes.

— Mais voilà un piano, dit Zélia, Marcel va vous faire danser. »

Marcel lança à sa maîtresse un regard aussi furieux que si elle l'eût accusé d'un crime. Il était vrai qu'il en savait assez pour jouer une contredanse ; mais c'était pour lui, comme pour bien d'autres, une espèce de torture à laquelle il se soumettait peu volontiers. Zélia, en le trahissant, se vengeait du bouchon.

« Êtes-vous folle ? dit Marcel ; vous savez bien que ce piano n'est là que pour la gloire, et qu'il n'y a que vous qui l'écorchiez, Dieu le sait. Où avez-vous pris que je sache faire danser ? Je ne sais que la *Marseillaise*, que je joue d'un seul doigt. Si vous vous adressiez à Eugène, à la bonne heure, voilà un garçon qui s'y entend ! mais je ne veux pas l'ennuyer à ce point, je m'en garderai bien : il n'y a que vous ici d'assez indiscrète pour faire des choses pareilles sans crier gare. »

Pour la troisième fois, Eugène rougit, et s'apprêta à faire ce qu'on lui demandait d'une façon si politique et si détournée. Il se mit donc au piano, et un quadrille s'organisa.

Ce fut presque aussi long que le souper. Après la contredanse vint une valse; après la valse, le galop : car on galope encore au quartier Latin. Ces dames surtout étaient infatigables, et faisaient des gambades et des éclats de rire à réveiller tout le voisinage. Bientôt Eugène, doublement fatigué par le bruit et par la veillée, tomba, tout en jouant machinalement, dans une sorte de demi-sommeil, comme les postillons qui dorment à cheval. Les danseuses passaient et repassaient devant lui comme des fantômes dans un rêve; et, comme rien n'est plus aisément triste qu'un homme qui regarde rire les autres, la mélancolie, à laquelle il était sujet, ne tarda pas à s'emparer de lui : « Triste joie, pensait-il, misérables plaisirs, instants qu'on croit volés au malheur ! Et qui sait laquelle de ces cinq personnes qui sautent si gaiement devant moi est sûre, comme disait Marcel, d'avoir de quoi dîner demain? »

Comme il faisait cette réflexion, mademoiselle Pinson passa près de lui; il crut la voir, tout en galopant, prendre à la dérobée un morceau de galette resté sur la table, et le mettre discrètement dans sa poche.

V

Le jour commençait à paraître quand la compagnie se sépara. Eugène, avant de rentrer chez lui, marcha quelque temps dans les rues pour respirer l'air frais du matin. Suivant toujours ses tristes pensées, il se répétait tout bas, malgré lui, la chanson de la grisette :

> Elle n'a qu'une robe au monde
> Et qu'un bonnet.

« Est-ce possible? se demandait-il. La misère peut-elle être poussée à ce point, se montrer si franche-ment, et se railler d'elle-même? Peut-on rire de ce qu'on manque de pain? »

Le morceau de galette emporté n'était pas un in-dice douteux. Eugène ne pouvait s'empêcher d'en sourire, et, en même temps, d'être ému de pitié. Ce-pendant, pensait-il encore, elle a pris de la galette et non du pain; il se peut que ce soit par gourmandise. Qui sait? c'est peut-être l'enfant d'une voisine à qui elle veut rapporter un gâteau; peut-être une portière bavarde qui raconterait qu'elle a passé la nuit dehors, un cerbère qu'il faut apaiser.

Ne regardant pas où il allait, Eugène s'était engagé par hasard dans ce dédale de petites rues qui sont derrière le carrefour Bussy, et dans lesquelles une voiture passe à peine. Au moment où il allait revenir sur ses pas, une femme, enveloppée dans un mau-vais peignoir, la tête nue, les cheveux en désordre, pâle et défaite, sortit d'une vieille maison. Elle sem-blait tellement faible, qu'elle pouvait à peine marcher; ses genoux fléchissaient; elle s'appuyait sur les mu-railles, et paraissait vouloir se diriger vers une porte voisine où se trouvait une boîte aux lettres, pour y jeter un billet qu'elle tenait à la main. Surpris et effrayé, Eugène s'approcha d'elle, et lui demanda où elle allait, ce qu'elle cherchait, et s'il pouvait l'aider. En même temps il étendit le bras pour la soutenir, car elle était près de tomber sur la borne. Mais, sans lui répondre, elle recula avec une sorte de crainte et de fierté. Elle jeta à terre son billet, montra du doigt la boîte, et paraissant rassembler toutes ses forces : « Là ! » dit-elle seulement; puis, continuant à se traîner aux murs, elle regagna sa maison. Eugène essaya en vain de l'obliger à prendre son bras, et de renouveler ses questions. Elle rentra lentement dans l'allée sombre et étroite dont elle était sortie.

Eugène avait ramassé la lettre; il fit d'abord quelques pas pour la mettre à la poste, mais il s'arrêta bientôt. Cette étrange rencontre l'avait si fort troublé, et il se sentait frappé d'une sorte d'horreur mêlée d'une compassion si vive, qu'avant de prendre le temps de la réflexion, il rompit le cachet presque involontairement. Il lui semblait odieux et impossible de ne pas chercher, n'importe par quel moyen, à pénétrer un tel mystère. Évidemment cette femme était mourante; était-ce de maladie ou de faim ? Ce devait être, en tout cas, de misère. Eugène ouvrit la lettre; elle portait sur l'adresse : « A monsieur le baron de ***, » et renfermait ce qui suit :

« Lisez cette lettre, monsieur, et par pitié ne re-
» jetez pas ma prière. Vous pouvez me sauver, et

» vous seul. Croyez ce que je vous dis, sauvez-moi,
» et vous aurez fait une bonne action qui vous por-
» tera bonheur. Je viens de faire une cruelle ma-
» ladie qui m'a ôté le peu de force et de courage que
» j'avais. Le mois d'août, je rentre en magasin; mes
» effets sont retenus dans mon dernier logement, et
» j'ai presque la certitude qu'avant samedi je me
» trouverai tout à fait sans asile. J'ai si peur de
» mourir de faim, que ce matin j'avais pris la réso-
» lution de me jeter à l'eau, car je n'ai rien pris en-
» core depuis vingt-quatre heures. Lorsque je me
» suis souvenue de vous, un peu d'espoir m'est venu
» au cœur. N'est-ce pas que je ne me suis pas trom-
» pée ? Monsieur, je vous en supplie à genoux, si
» peu que vous ferez pour moi me laissera respirer
» encore quelques jours. Moi, j'ai peur de mourir,
» et puis je n'ai que vingt-trois ans ! Je viendrais
» peut-être à bout, avec un peu d'aide, d'atteindre
» le premier du mois. Si je savais des mots pour ex-
» citer votre pitié, je vous les dirais, mais rien ne me
» vient à l'idée. Je ne puis que pleurer de mon im-
» puissance, car, je le crains bien, vous ferez de ma
» lettre comme on fait quand on en reçoit trop sou-
» vent de pareilles : vous la déchirerez sans penser
» qu'une pauvre femme est là qui attend les heures
» et les minutes avec l'espoir que vous aurez pensé
» qu'il serait par trop cruel de la laisser ainsi dans
» l'incertitude. Ce n'est pas l'idée de donner un louis,
» qui est si peu de chose pour vous, qui vous retien-

» dra, j'en suis persuadée; aussi il me semble que
» rien ne vous est plus facile que de plier votre au-
» mône dans un papier, et de mettre sur l'adresse :
» A mademoiselle Bertin, rue de l'Éperon. J'ai changé
» de nom depuis que je travaille dans les magasins,
» car le mien est celui de ma mère. En sortant de
» chez vous, donnez cela à un commissionnaire.
» J'attendrai mercredi et jeudi, et je prierai avec
» ferveur pour que Dieu vous rende humain.

 » Il me vient à l'idée que vous ne croyez pas à
» tant de misère; mais, si vous me voyiez, vous seriez
» convaincu.

» Rougette. »

Si Eugène avait d'abord été touché en lisant ces
lignes, son étonnement redoubla, on le pense bien,
lorsqu'il vit la signature. Ainsi c'était cette même
fille qui avait follement dépensé son argent en parties
de plaisir, et imaginé ce souper ridicule raconté par
mademoiselle Pinson, c'était elle que le malheur ré-
duisait à cette souffrance et à une semblable prière.
Tant d'imprévoyance et de folie semblait à Eugène
un rêve incroyable. Mais point de doute, la signature
était là ; et mademoiselle Pinson, dans le courant de
la soirée, avait également prononcé le nom de guerre
de son amie Rougette, devenue mademoiselle Bertin.
Comment se trouvait-elle tout à coup abandonnée,
sans secours, sans pain, presque sans asile ? Que faisaient ses amies de la veille pendant qu'elle expirait

peut-être dans quelque grenier de cette maison? Et
qu'était-ce que cette maison même où l'on pouvait
mourir ainsi?

Ce n'était pas le moment de faire des conjectures,
le plus pressé était de venir au secours de la faim.
Eugène commença par entrer dans la boutique d'un
restaurateur qui venait de s'ouvrir, et par acheter ce
qu'il put y trouver. Cela fait, il s'achemina, suivi du
garçon, vers le logis de Rougette; mais il éprouvait
de l'embarras à se présenter brusquement ainsi; l'air
de fierté qu'il avait trouvé à cette pauvre fille lui faisait craindre, sinon un refus, du moins un mouvement de vanité blessée ; comment lui avouer qu'il
avait lu sa lettre? Lorsqu'il fut arrivé devant la porte:

« Connaissez-vous, dit-il au garçon, une jeune
personne qui demeure dans cette maison, et qui s'appelle mademoiselle Bertin?

— Oh ! que oui, monsieur! répondit le garçon.
C'est nous qui portons habituellement chez elle. Mais,
si monsieur y va, ce n'est pas le jour. Actuellement
elle est à la campagne.

— Qui vous l'a dit? demanda Eugène.

— Pardi, monsieur! c'est la portière. Mademoiselle Rougette aime à bien dîner, mais elle n'aime
pas beaucoup à payer. Elle a plutôt fait de commander des poulets rôtis et des homards que rien du tout;
mais, pour voir son argent, ce n'est pas une fois
qu'il faut y retourner! Aussi nous savons dans le
quartier quand elle y est ou quand elle n'y est pas...

— Elle est revenue, reprit Eugène. Montez chez
elle, laissez-lui ce que vous portez, et, si elle vous
doit quelque chose, ne lui demandez rien aujour-
d'hui. Cela me regarde et je reviendrai. Si elle veut
savoir qui lui envoie ceci, vous répondrez que c'est le
baron de ***. »

Sur ces mots Eugène s'éloigna; chemin faisant il
rajusta comme il put le cachet de la lettre, et la mit
à la poste. « Après tout, pensa-t-il, Rougette ne re-
fusera pas, et si elle trouve que la réponse à son
billet a été un peu prompte, elle s'en expliquera avec
son baron. »

VI

Les étudiants, non plus que les grisettes, ne sont
pas riches tous les jours. Eugène comprenait très-bien
que, pour donner un air de vraisemblance à la petite
fable que le garçon devait faire, il eût fallu joindre à
son envoi le louis que demandait Rougette; mais là
était la difficulté : les louis ne sont pas précisément la
monnaie courante de la rue Saint-Jacques; d'une
autre part, Eugène venait de s'engager à payer le restaurateur; et par malheur son tiroir, en ce moment,
n'était guère mieux garni que sa poche. C'est pourquoi il prit, sans différer, le chemin de la place du
Panthéon.

En ce temps-là demeurait encore sur cette place ce
fameux barbier qui a fait banqueroute, et s'est ruiné
en ruinant les autres. Là, dans l'arrière-boutique, où

se faisaient en secret la grande et la petite usure, venait tous les jours l'étudiant pauvre et sans souci, amoureux peut-être, emprunter à énorme intérêt quelques pièces d'argent dépensées le soir et chèrement payées le lendemain; là entrait furtivement la grisette, la tête basse, le regard honteux, venant louer pour une partie de campagne un chapeau fané, un châle reteint, une chemise achetée au mont-de-piété; là, des jeunes gens de bonne maison, ayant besoin de vingt-cinq louis, souscrivaient pour deux ou trois mille francs de lettres de change; des mineurs mangeaient leur bien en herbe; des étourdis ruinaient leurs familles et souvent perdaient leur avenir. Depuis la courtisane titrée à qui un bracelet tourne la tête, jusqu'au cuistre nécessiteux qui convoite un bouquin ou un plat de lentilles, tout venait là, comme aux sources du Pactole, et l'usurier-barbier, fier de sa clientèle et de ses exploits jusqu'à s'en vanter, entretenait la prison de Clichy en attendant qu'il y allât lui-même.

Telle était la triste ressource à laquelle Eugène, bien qu'avec répugnance, allait avoir recours pour obliger Rougette, ou pour être du moins en mesure de le faire; car il ne lui semblait pas prouvé que la demande adressée au baron produisît l'effet désirable. C'était de la part d'un étudiant beaucoup de charité, à vrai dire, que de s'engager ainsi pour une inconnue; mais Eugène croyait en Dieu : toute bonne action lui semblait nécessaire.

Le premier visage qu'il aperçut en entrant chez le barbier fut celui de son ami Marcel, assis devant une toilette, une serviette au cou, et feignant de se faire coiffer. Le pauvre garçon venait peut-être chercher de quoi payer son souper de la veille; il semblait fort préoccupé, et fronçait les sourcils d'un air peu satisfait, tandis que le coiffeur, feignant de son côté de lui passer dans les cheveux un fer parfaitement froid, lui parlait à demi-voix dans son accent gascon. Devant une autre toilette, dans un petit cabinet, se tenait assis, également affublé d'une serviette, un étranger fort inquiet, regardant sans cesse de côté et d'autre; et, par la porte entr'ouverte de l'arrière-boutique, on apercevait dans une vieille psyché la silhouette passablement maigre d'une jeune fille qui, aidée de la femme du coiffeur, essayait une robe à carreaux écossais.

« Que viens-tu faire ici à cette heure? » s'écria Marcel, dont la figure reprit l'expression de sa bonne humeur habituelle dès qu'il reconnut son ami.

Eugène s'assit près de la toilette, et y expliqua en peu de mots la rencontre qu'il avait faite, et le dessein qui l'amenait.

« Ma foi, dit Marcel, tu es bien candide. De quoi te mêles-tu, puisqu'il y a un baron? Tu as vu une jeune fille intéressante qui éprouvait le besoin de prendre quelque nourriture; tu lui as payé un poulet froid, c'est digne de toi; il n'y a rien à dire. Tu n'exiges d'elle aucune reconnaissance, l'incognito te plait;

c'est héroïque. Mais aller plus loin, c'est de la chevalerie; engager sa montre ou sa signature pour une
lingère que protége un baron, et que l'on n'a pas
l'honneur de fréquenter, cela ne s'est pratiqué, de
mémoire humaine, que dans la Bibliothèque bleue.

— Ris de moi si tu veux, répondit Eugène. Je sais
qu'il y a dans ce monde beaucoup plus de malheureux
que je n'en puis soulager; ceux que je ne connais pas,
je les plains; mais, si j'en vois un, il faut que je
l'aide. Il m'est impossible, quoi que je fasse, de rester
indifférent devant la souffrance. Ma charité ne va pas
jusqu'à chercher les pauvres, je ne suis pas assez
riche pour cela; mais quand je les trouve, je fais
l'aumône.

— En ce cas, reprit Marcel, tu as fort à faire; il
n'en manque pas dans ce pays-ci.

— Qu'importe? dit Eugène encore ému du spectacle dont il venait d'être témoin; vaut-il mieux laisser mourir les gens et passer son chemin? Cette malheureuse est une étourdie, une folle, tout ce que tu
voudras : elle ne mérite peut-être pas la compassion
qu'elle fait naître; mais cette compassion je la sens.
Vaut-il mieux agir comme ses bonnes amies, qui déjà
ne semblent pas plus se soucier d'elle que si elle n'était
plus au monde, et qui l'aidaient hier à se ruiner? A
qui peut-elle avoir recours? à un étranger qui allumera
un cigare avec sa lettre, ou à mademoiselle Pinson,
je suppose, qui soupe en ville et danse de tout son
cœur, pendant que sa compagne meurt de faim? Je

t'avoue, mon cher Marcel, que tout cela, bien sincè-
rement, me fait horreur. Cette petite évaporée d'hier
soir, avec sa chanson et ses quolibets, riant et babillant
chez toi, au moment où l'autre, l'héroïne de son
conte, expire dans un grenier, me soulève le cœur.
Vivre ainsi en amies, presque en sœurs, pendant des
jours et des semaines, courir les théâtres, les bals,
les cafés, et ne pas savoir le lendemain si l'une est
morte et l'autre en vie, c'est pis que l'indifférence des
égoïstes, c'est l'insensibilité de la brute. Ta mademoiselle Pinson est un monstre, et tes grisettes que
tu vantes, ces mœurs sans vergogne, ces amitiés sans
âme, je ne sais rien de si méprisable. »

Le barbier, qui, pendant ces discours, avait écouté
en silence, et continué de promener son fer froid sur
la tête de Marcel, sourit d'un air malin lorsque Eugène
se tut. Tour à tour bavard comme une pie, ou plutôt
comme un perruquier qu'il était, lorsqu'il s'agissait de
méchants propos, taciturne et laconique comme un
Spartiate, dès que les affaires étaient en jeu, il avait
adopté la prudente habitude de laisser toujours d'a-
bord parler ses pratiques, avant de mêler son mot à
la conversation. L'indignation qu'exprimait Eugène
en termes si violents lui fit toutefois rompre le
silence.

« Vous êtes sévère, monsieur, dit-il en riant et en
gasconnant. J'ai l'honneur de coiffer mademoiselle
Mimi, et je crois que c'est une fort excellente personne.

10.

— Oui, dit Eugène, excellente, en effet, s'il est question de boire et de fumer.

— Possible, reprit le barbier, je ne dis pas non. Les jeunes personnes, ça rit, ça chante, ça fume ; mais il y en a qui ont du cœur.

— Où voulez-vous en venir, père Cadédis ? demanda Marcel. Pas tant de diplomatie, expliquez-vous tout net.

— Je veux dire, répliqua le barbier en montrant l'arrière-boutique, qu'il y a là, pendue à un clou, une petite robe de soie noire que ces messieurs connaissent sans doute, s'ils connaissent la propriétaire, car elle ne possède pas une garde-robe très-compliquée. Mademoiselle Mimi m'a envoyé cette robe ce matin au petit jour ; et je présume que, si elle n'est pas venue au secours de la petite Rougette, c'est qu'elle-même ne roule pas sur l'or.

— Voilà qui est curieux, dit Marcel se levant et entrant dans l'arrière-boutique, sans égard pour la pauvre femme aux carreaux écossais ; la chanson de Mimi en a donc menti, puisqu'elle met sa robe en gage ? Mais avec quoi diable fera-t-elle ses visites à présent ? Elle ne va donc pas dans le monde aujourd'hui ? »

Eugène avait suivi son ami ; le barbier ne les trompait pas : dans un coin poudreux, au milieu d'autres hardes de toute espèce, était humblement et tristement suspendue l'unique robe de mademoiselle Pinson.

« C'est bien cela, dit Marcel; je reconnais ce vêtement pour l'avoir vu tout neuf il y a dix-huit mois.
C'est la robe de chambre, l'amazone et l'uniforme de
parade de mademoiselle Mimi. Il doit y avoir à la
manche gauche une petite tache grosse comme une
pièce de cinq sous, causée par le vin de Champagne.
Et combien avez-vous prêté là-dessus, père Cadédis?
car je suppose que cette robe n'est pas vendue, et
qu'elle ne se trouve dans ce boudoir qu'en qualité de
nantissement.

— J'ai prêté quatre francs, répondit le barbier; et
je vous assure, monsieur, que c'est pure charité; à
toute autre je n'aurais pas avancé plus de quarante
sous', car la pièce est diablement mûre, on y voit à
travers; c'est une lanterne magique. Mais je sais que
mademoiselle Mimi me payera; elle est bonne pour
quatre francs.

— Pauvre Mimi! reprit Marcel. Je gagerais tout de
suite mon bonnet qu'elle n'a emprunté cette petite
somme que pour l'envoyer à Rougette.

— Ou pour payer quelque dette criarde, dit Eugène.

— Non, dit Marcel, je connais Mimi; je la crois
incapable de se dépouiller pour un créancier.

— Possible encore, dit le barbier. J'ai connu mademoiselle Mimi dans une position meilleure que celle
où elle se trouve actuellement; elle avait alors un
grand nombre de dettes. On se présentait journellement chez elle pour saisir ce qu'elle possédait, et on

avait fini, en effet, par lui prendre tous ses meubles, excepté son lit, car ces messieurs savent sans doute qu'on ne prend pas le lit d'un débiteur. Or, mademoiselle Mimi avait dans ce temps-là quatre robes fort convenables. Elles les mettait toutes les quatre l'une sur l'autre, et elle couchait avec pour qu'on ne les saisît pas; c'est pourquoi je serais surpris si, n'ayant plus qu'une seule robe aujourd'hui, elle l'engageait pour payer quelqu'un.

— Pauvre Mimi, répéta Marcel. Mais, en vérité, comment s'arrange-t-elle? Elle a donc trompé ses amis? elle possède donc un vêtement inconnu? Peut-être se trouve-t-elle malade d'avoir mangé trop de galette, et, en effet, si elle est au lit, elle n'a que faire de s'habiller. N'importe, père Cadédis, cette robe me fait peine, avec ses manches pendantes qui ont l'air de demander grâce; tenez, retranchez quatre francs sur les trente-cinq livres que vous venez de m'avancer, et mettez-moi cette robe dans une serviette, que je la rapporte à cette enfant. Eh bien! Eugène, continua-t-il, que dit à cela ta charité chrétienne?

— Que tu as raison, répondit Eugène, de parler et d'agir comme tu fais, mais je n'ai peut-être pas tort; j'en fais le pari, si tu veux.

— Soit, dit Marcel, parions un cigare, comme les membres du Jockey-Club. Aussi bien, tu n'as plus que faire ici. J'ai trente et un francs, nous sommes riches. Allons de ce pas chez mademoiselle Pinson; je suis curieux de la voir. »

Il mit la robe sous son bras, et tous deux sortirent
de la boutique.

VII

« Mademoiselle Mimi est allée à la messe, répondit
la portière aux étudiants lorsqu'ils furent arrivés chez
mademoiselle Pinson.

— A la messe! dit Eugène surpris.

— A la messe! répéta Marcel. C'est impossible,
elle n'est pas sortie. Laissez-nous entrer; nous sommes de vieux amis.

— Je vous assure, monsieur, répondit la portière,
qu'elle est sortie pour aller à la messe, il y a environ
trois quarts d'heure.

— Et à quelle église est-elle allée?

— A Saint-Sulpice, comme de coutume; elle n'y
manque pas un matin.

— Oui, oui, je sais qu'elle prie le bon Dieu; mais
cela me semble bizarre qu'elle soit dehors aujourd'hui.

— La voici qui rentre, monsieur; elle tourne la
rue; vous la voyez vous-même. »

Mademoiselle Pinson, sortant de l'église, revenait
chez elle, en effet. Marcel ne l'eut pas plus tôt aperçue,
qu'il courut à elle, impatient de voir de près sa toilette. Elle avait, en guise de robe, un jupon d'in-
dienne foncée, à demi caché sous un rideau de serge
verte dont elle s'était fait, tant bien que mal, un châle.
De cet accoutrement singulier, mais qui, du reste,
n'attirait pas les regards, à cause de sa couleur som-

bre, sortaient sa tête gracieusement coiffée de son bonnet blanc et ses petits pieds chaussés de brodequins. Elle s'était enveloppée dans son rideau avec tant d'art et de précaution, qu'il ressemblait vraiment à un vieux châle, et qu'on ne voyait presque pas la bordure. En un mot, elle trouvait moyen de plaire encore dans cette friperie, et de prouver, une fois de plus sur terre, qu'une jolie femme est toujours jolie.

« Comment me trouvez-vous? dit-elle aux deux jeunes gens en écartant un peu son rideau et en laissant voir sa fine taille serrée dans son corset; c'est un déshabillé du matin que Palmyre vient de m'apporter.

— Vous êtes charmante, dit Marcel. Ma foi, je n'aurais jamais cru qu'on pût avoir si bonne mine avec le châle d'une fenêtre.

— En vérité? reprit mademoiselle Pinson; j'ai pourtant l'air un peu paquet.

— Paquet de roses, répondit Marcel. J'ai presque regret maintenant de vous avoir rapporté votre robe.

— Ma robe? Où l'avez-vous trouvée?

— Où elle était, apparemment.

— Et vous l'avez tirée de l'esclavage?

— Eh! mon Dieu, oui, j'ai payé sa rançon. M'en voulez-vous de cette audace?

— Non pas; à charge de revanche. Je suis bien aise de revoir ma robe; car, à vous dire vrai, voilà déjà longtemps que nous vivons toutes les deux ensemble, et je m'y suis attachée insensiblement. »

En parlant ainsi, mademoiselle Pinson, montait lestement les cinq étages qui conduisaient à sa chambrette, où les deux amis entrèrent avec elle.

« Je ne puis pourtant, dit Marcel, vous rendre cette robe qu'à une condition.

— Fi donc ! dit la grisette. Quelque sottise ! Des conditions ? je n'en veux pas.

— J'ai fait un pari, dit Marcel ; il faut que vous nous disiez franchement pourquoi cette robe était en gage.

— Laissez-moi donc d'abord la remettre, répondit mademoiselle Pinson ; je vous dirai ensuite mon pourquoi. Mais je vous préviens que, si vous ne voulez pas faire antichambre dans mon armoire ou sur la gouttière, il faut, pendant que je vais m'habiller, que vous vous voiliez la face comme Agamemnon.

— Qu'à cela ne tienne, dit Marcel ; nous sommes plus honnêtes qu'on ne pense, et je ne hasarderai pas même un œil.

— Attendez, reprit mademoiselle Pinson ; je suis pleine de confiance, mais la sagesse des nations nous dit que deux précautions valent mieux qu'une. »

En même temps, elle se débarrassa de son rideau et l'étendit délicatement sur la tête des deux amis, de manière à les rendre complétement aveugles.

« Ne bougez pas, leur dit-elle ; c'est l'affaire d'un instant.

— Prenez garde à vous, dit Marcel ; s'il y a un trou au rideau, je ne réponds de rien. Vous ne voulez

pas vous contenter de notre parole ; par conséquent
elle est dégagée.

— Heureusement ma robe l'est aussi, dit mademoiselle Pinson ; et ma taille aussi, ajouta-t-elle en
riant et en jetant le rideau par terre. Pauvre petite
robe ! il me semble qu'elle est toute neuve. J'ai un
plaisir à me sentir dedans !

— Et votre secret ? nous le direz-vous maintenant ?
Voyons, soyez sincère, nous ne sommes pas bavards.
Pourquoi et comment une jeune personne comme
vous, sage, rangée, vertueuse et modeste, a-t-elle pu
accrocher ainsi d'un seul coup toute sa garde-robe à
un clou.

— Pourquoi ?... pourquoi ?... répondit mademoiselle Pinson paraissant hésiter ; puis elle prit les deux
jeunes gens chacun par un bras, et leur dit en les
poussant vers la porte :

— Venez avec moi, vous le verrez. »

Comme Marcel s'y attendait, elle les conduisit rue
de l'Éperon.

VIII

Marcel avait gagné son pari. Les quatre francs et
le morceau de galette de mademoiselle Pinson étaient
sur la table de Rougette avec les débris du poulet
d'Eugène. La pauvre malade allait un peu mieux,
mais elle gardait toujours le lit ; et, quelle que fût sa
reconnaissance envers son bienfaiteur inconnu, elle
fit dire à ces messieurs, par son amie, qu'elle les

priait de l'excuser, et qu'elle n'était pas en état de les
recevoir.

« Que je la reconnais bien là ! dit Marcel ; elle
mourrait sur la paille dans sa mansarde, qu'elle ferait
encore la duchesse vis-à-vis de son pot à l'eau. »

Les deux amis, bien qu'à regret, furent donc obli-
gés de s'en retourner chez eux comme ils étaient venus, non sans rire entre eux de cette fierté et de cette
discrétion si étrangement nichées dans une mansarde.
Après avoir été à l'École de médecine suivre les leçons
du jour, ils dînèrent ensemble, et, le soir venu, ils
firent un tour de promenade au boulevard Italien. Là,
tout en fumant le cigare qu'il avait gagné le matin :

« Avec tout cela, disait Marcel, n'es-tu pas forcé
de convenir que j'ai raison d'aimer, au fond, et même
d'estimer ces pauvres créatures ? Considérons saine-
ment les choses sous un point de vue philosophique.
Cette petite Mimi, que tu as tant calomniée, ne fait-
elle pas, en se dépouillant de sa robe, une œuvre
plus louable, plus méritoire, j'ose même dire plus
chrétienne, que le bon roi Robert en laissant un pauvre couper la frange de son manteau ? Le bon roi Robert, d'une part, avait évidemment quantité de man-
teaux ; d'un autre côté, il était à table, dit l'histoire,
lorsqu'un mendiant s'approcha de lui en se traînant à
quatre pattes, et coupa avec des ciseaux la frange
d'or de l'habit de son roi. Madame la reine trouva la
chose mauvaise, et le digne monarque, il est vrai,
pardonna généreusement au coupeur de franges ; mais

peut-être avait-il bien dîné. Vois quelle distance entre
lui et Mimi! Mimi, quand elle a appris l'infortune de
Rougette, assurément était déjà à jeun. Sois convaincu que le morceau de galette qu'elle avait emporté
de chez moi était destiné par avance à composer son
propre repas. Or, que fait-elle? au lieu de déjeuner, elle
va à la messe, et, en ceci, elle se montre encore au
moins l'égale du roi Robert, qui était fort pieux, j'en
conviens, mais qui perdait son temps à chanter au
lutrin pendant que les Normands faisaient le diable à
quatre. Le roi Robert abandonna sa frange, et, en
somme, le manteau lui reste; Mimi envoie sa robe
tout entière au père Cadédis, action incomparable en
ce que Mimi est femme, jeune, jolie, coquette et pauvre; et note bien que cette robe lui est nécessaire
pour qu'elle puisse aller, comme de coutume, à son
magasin, gagner le pain de sa journée. Non-seulement
donc elle se prive du morceau de galette qu'elle allait
avaler, mais elle se met volontairement dans le cas
de ne pas dîner. Observons en outre que le père Cadédis est fort éloigné d'être un mendiant, et de se
traîner à quatre pattes sous la table. Le roi Robert,
renonçant à sa frange, ne fait pas un grand sacrifice,
puisqu'il la trouve toute coupée d'avance, et c'est à
savoir si cette frange était coupée de travers ou
non, et en état d'être recousue; tandis que Mimi, de
son propre mouvement, bien loin d'attendre qu'on lui
vole sa robe, arrache elle-même de dessus son pauvre
corps ce vêtement, plus précieux, plus utile que le

clinquant de tous les passementiers de Paris. Elle
sort vêtu d'un rideau ; mais sois sûr qu'elle n'irait pas
ainsi dans un autre lieu que l'église ; elle se ferait plutôt
couper un bras que de se laisser voir ainsi fagotée au
Luxembourg ou aux Tuileries ; mais elle ose se montrer à Dieu, parce qu'il est l'heure où elle prie tous
les jours. Crois-moi, Eugène, dans ce seul fait de tra-
verser avec son rideau la place Saint-Michel, la rue
de Tournon et la rue du Petit-Lion, où elle connaît
tout le monde, il y eut plus de courage, d'humilité et
de religion véritable que dans toutes les hymnes du
bon roi Robert, dont tout le monde parle pourtant,
depuis le grand Bossuet jusqu'au plat Anquetil, tandis
que Mimi mourra inconnue dans son cinquième étage,
entre un pot de fleurs et un ourlet.

— Tant mieux pour elle, dit Eugène.

— Si je voulais maintenant, dit Marcel, continuer
à comparer, je pourrais te faire un parallèle entre
Mutius Scévola et Rougette. Penses-tu, en effet, qu'il
soit plus difficile à un Romain du temps de Tarquin
de tenir son bras pendant cinq minutes au-dessus
d'un réchaud allumé qu'à une grisette contemporaine
de rester vingt-quatre heures sans manger ? Ni l'un
ni l'autre n'ont crié ; mais examine par quels motifs. Mutius est au milieu d'un camp, en présence
d'un roi étrusque qu'il a voulu assassiner ; il a manqué son coup d'une manière pitoyable, il est entre les
mains des gendarmes. Qu'imagine-t-il ? Une bravade.
Pour qu'on l'admire avant qu'on le pende, il se

roussit le poing sur un tison, car rien ne prouve que
le brasier fût bien chaud ni que le poing soit tombé
en cendres. Là-dessus, le digne Porsenna, stupéfait
de sa fanfaronnade, lui pardonne et le renvoie chez
lui. Il est à parier que ledit Porsenna, capable d'un
tel pardon, avait une bonne figure, et que Scévola
se doutait qu'en sacrifiant son bras il sauvait sa tête.
Rougette, au contraire, endure patiemment le plus
horrible et le plus lent des supplices, celui de la faim;
personne ne la regarde. Elle est seule au fond d'un
grenier, et elle n'a là pour l'admirer ni Porsenna,
c'est-à-dire le baron, ni les Romains, c'est-à-dire les
voisins, ni les Étrusques, c'est-à-dire ses créanciers,
ni même le brasier, car son poêle est éteint. Or, pourquoi souffre-t-elle sans se plaindre? Par vanité d'a-
bord, cela est certain; mais Mutius est dans le même
cas : par grandeur d'âme ensuite, et ici est sa gloire;
car, si elle reste muette derrière son verrou, c'est
précisément pour que ses amis ne sachent pas qu'elle
se meurt, pour qu'on n'ait pas pitié de son courage,
pour que sa camarade Pinson, qu'elle sait bonne et
toute dévouée, ne soit pas obligée, comme elle l'a
fait, de lui donner sa robe et sa galette. Mutius, à la
place de Rougette, eût fait semblant de mourir en
silence, mais c'eût été dans un carrefour ou à la porte
de Flicoteaux. Son taciturne et sublime orgueil eût
été une manière délicate de demander à l'assistance
un verre de vin et un croûton. Rougette, il est vrai,
a demandé un louis au baron, que je persiste à com-

parer à Porsenna ; mais ne vois-tu pas que le baron
doit évidemment être redevable à Rougette de quelques obligations personnelles? Cela saute aux yeux
du moins clairvoyant. Comme tu l'as, d'ailleurs,
sagement remarqué, il se peut que le baron soit à la
campagne, et dès lors Rougette est perdue. Et ne
crois pas pouvoir me répondre ici par cette vaine
objection qu'on oppose à toutes les belles actions des
femmes, à savoir qu'elles ne savent ce qu'elles font,
et qu'elles courent au danger comme les chats sur les
gouttières. Rougette sait ce qu'est la mort ; elle l'a
vue de près au pont d'Iéna, car elle s'est déjà jetée à
l'eau une fois, et je lui ai demandé si elle avait
souffert. Elle m'a dit que non, qu'elle n'avait rien
senti, excepté au moment où on l'avait repêchée,
parce que les bateliers la tiraient par les jambes, et
qu'ils lui avaient, à ce qu'elle disait, *râclé* la tête sur
le bord du bateau.

— Assez, dit Eugène, fais-moi grâce de tes affreuses
plaisanteries. Réponds-moi sérieusement : crois-tu
que de si horribles épreuves, tant de fois répétées,
toujours menaçantes, puissent enfin porter quelque
fruit ? Ces pauvres filles, livrées à elles-mêmes, sans
appui, sans conseil, ont-elles assez de bon sens pour
avoir de l'expérience? Y a-t-il un démon attaché à
elles qui les voue à tout jamais au malheur et à la
folie; ou, malgré tant d'extravagances, peuvent-elles
revenir au bien ? En voilà une qui prie Dieu, dis-tu ;
elle va à l'église, elle remplit ses devoirs; elle vit hon-

nêtement de son travail; ses compagnes paraissent l'estimer, et vous autres, mauvais sujets, vous ne la traitez pas vous-mêmes avec votre légèreté habituelle. En voilà une autre qui passe sans cesse de l'étourderie à la misère, de la prodigalité aux horreurs de la faim ; certes, elle doit se rappeler longtemps les leçons cruelles qu'elle reçoit. Crois-tu qu'avec de sages avis, une conduite réglée, un peu d'aide, on puisse faire de telles femmes des êtres raisonnables ? S'il en est ainsi, dis-le-moi : une occasion s'offre à nous; allons de ce pas chez la pauvre Rougette; elle est sans doute encore bien souffrante, et son amie veille à son chevet. Ne me décourage pas, laisse-moi agir. Je veux essayer de les ramener dans la bonne route, de leur parler un langage sincère; je ne veux leur faire ni sermon ni reproche; je veux m'approcher de ce lit, leur prendre la main, et leur dire... »

En ce moment, les deux amis passaient devant le café Tortoni. La silhouette de deux jeunes femmes qui prenaient des glaces près d'une fenêtre se dessinait à la clarté des lustres. L'une d'elles agita son mouchoir, et l'autre partit d'un éclat de rire.

« Parbleu! dit Marcel, si tu veux leur parler, nous n'avons que faire d'aller si loin, car les voilà, Dieu me pardonne ! Je reconnais Mimi à sa robe, et Rougette à son panache blanc, toujours sur le chemin de la friandise. Il paraît que monsieur le baron a bien fait les choses. »

IX

« Et une pareille folie, dit Eugène, ne t'épouvante pas ?

— Si fait, dit Marcel; mais je t'en prie, quand tu diras du mal des grisettes, fais une exception pour la petite Pinson. Elle nous a conté une histoire à souper, elle a engagé sa robe pour quatre francs, elle s'est fait un châle avec un rideau; et, qui dit ce qu'il sait, qui donne 'ce qu'il a, qui fait ce qu'il peut, n'est pas obligé à davantage. »

ALFRED DE MUSSET.

QUELQUES PHRASES INÉDITES

DE CHARLES NODIER.

Les hommes perdent bien du temps quand ils sont éveillés.

La véritable science consiste à oublier ce que l'on croyait savoir, et la véritable sagesse à ne s'en pas soucier.

Cicéron était *romantique;* il dit quelque part que pour la poésie de l'expression, il préfère beaucoup *voraginem malorum* à *charybdim malorum.* C'est là la question.

On a remarqué que, de tous les animaux, les chats, les mouches et les femmes sont ceux qui perdaient le plus de temps à leur toilette.

La parole est une sotte traduction.

Quand on a cessé de vivre en premier dans le cœur d'un autre, on est très-réellement mort. Il n'y manque plus que la façon.

CHARLES NODIER.

LES MAITRESSES A PARIS.

———

Ce mot n'a pas d'équivalents délicats dans la plupart des langues étrangères, par la raison que l'objet qu'il indique chez les autres peuples n'est pas, comme parmi nous, un être qui aime et qui est aimé. Les étrangers ont emprunté au vocabulaire grossier des sens des dénominations plus ou moins blessantes pour qualifier la femme choisie entre toutes que nous nommons en France *maîtresse*. Leurs langues ingrates déshonorent sans pitié ce que la nôtre élève, elles souillent ce que nous parons de fleurs, elles tachent de boue le front que nous couronnons. Chez eux, la maîtresse est encore l'esclave antique, debout à l'angle du chemin ou accroupie dans l'ombre sur les degrés de marbre du palais ; chez nous, la maîtresse procède de la chevalerie et de la royauté ; elle a suivi Renaud et Tancrède aux croisades et s'est assise sur le trône avec Charles VII, François Ier,

Henri III, Henri IV et Louis XIV. Agnès Sorel,
Diane, Gabrielle, Montespan, nobles femmes, cœurs
tendres, esprits charmants! Sans elles, les princes
sur la volonté desquels elles ont régné n'auraient eu
ni courage, ni délicatesse, ni loyauté, ni distinction.
Ils n'auraient été que rois.

PUISSANCE RENFERMÉE DANS LE MOT MAITRESSE.

La *maîtresse* n'est pas la femelle du *maître*, comme
une définition inexacte semblerait le laisser croire.
Elle s'appelle maîtresse parce qu'elle est tout simplement le maître. Elle est maîtresse ou de la volonté,
ou des actions, ou de la pensée, ou des secrets, ou
de la fortune, ou de l'honneur, ou de la vie de
l'homme, ce qui ne laisserait pas grande autorité au
maître si elle en avait un; et voilà pourquoi elle se
nomme à bon droit maîtresse.

Quand on dit : « M. le comte se promenait aujour-
d'hui au bois avec sa maîtresse, » cela signifie que la
maîtresse de M. le comte a voulu aller se promener
au bois, non pas à cause de l'envie que celui-ci en
avait, mais malgré son envie.

J'ai mené ma maîtresse au bal, je conduirai cette
année ma maîtresse en Italie ou aux eaux, je vais
chez ma maîtresse, cela veut dire, dans les mœurs
parisiennes, ma maîtresse veut que je la mène au bal,
que je la conduise en Italie, et elle consent à me recevoir chez elle.

Ainsi, une maîtresse parisienne vous laisse faire,

non pas tout ce que vous voulez, mais bien tout ce
qu'elle veut. Cela n'a pas toujours été ainsi, on peut
le voir par :

LES MAITRESSES ANTIQUES, QU'IL NE FAUT PAS CONFONDRE AVEC LES VIEILLES MAITRESSES.

Ouvrez le spirituel Horace, le mordant Juvénal,
ou Ovide, et vous vous convaincrez qu'à Rome les
maîtresses ne pouvaient sortir que du rang des esclaves. Aussi étaient-elles loin de représenter, par
l'autorité, la fantaisie, le caprice souverain, la maîtresse parisienne, qui vous choisit avant que vous ne
l'ayez choisie. Au premier pli du front, au plus léger
sillon à l'angle des tempes, au moindre changement
de nuance dans la pureté du teint ou l'émail bleuâtre
des dents, le maître la renvoyait à sa maison des
champs, à ses cuisines ou au service du bain ; et il s'en
occupait ensuite autant que de la louve de Romulus.

Ce qui ôtait chez les Romains toute saveur à ces
liaisons particulières, c'est le mépris qu'affectait la
loi envers les femmes affranchies et les femmes esclaves. Elles étaient si peu considérées, que le mari
qui les fréquentait publiquement ne passait pas pour
adultère. Aucun opprobre, aucune flétrissure ne l'at-
teignait. Or, comme le nombre des femmes esclaves
et des femmes affranchies étrusques, grecques, afri-
caines, juives, formait l'immense majorité des femmes
marchant sur le pavé de Rome, le concubinage y était
aussi étendu que peu remarqué.

On voit que la maîtresse antique n'a rien de commun avec la maîtresse parisienne, si magnifiquement personnifiée dans celle qui osa dire un jour à son amant : « Quand finirez-vous de me compromettre ? Vous ne cessez de vous montrer en public avec votre femme. »

LA FEMME ET LA MAITRESSE.

Le grand Albert, dans son fameux *Traité d'Histoire naturelle*, a écrit un chapitre fort érudit et fort ingénieux où il déroule la vaste série des êtres antipathiques; il les nomme tous, excepté deux qu'il a oubliés : la femme et la maîtresse. Autant vaudrait passer sous silence Adam et Ève en racontant l'histoire de la création du monde.

CE QU'EST LA MAITRESSE AUX YEUX DE LA FEMME PRISE DANS LE SENS D'ÉPOUSE.

Fût-elle belle comme Ninon, elle est sans beauté, sans grâce, surtout sans pudeur.

Fût-elle spirituelle comme Aspasie et madame de Sévigné, elle n'a pas l'ombre d'intelligence ; elle est sotte, ennuyeuse, stupide.

Eût-elle la distinction d'une reine, elle est commune, vulgaire et grisette.

Ce jugement est injuste et faux, quoique la femme, dès qu'elle se croit trahie par son mari, fasse un retour sur elle-même pour savoir en quoi elle est inférieure à sa rivale. Jamais conseil de révision n'a soumis les conscrits à un examen aussi rigide. Il est

rare que la femme ne finisse pas par découvrir la
cause physique ou morale de sa défaite, et plus rare
encore qu'elle ne la jette un jour comme un reproche
à la face de son mari.

Ce fut après s'être convaincue avec raison de sa
supériorité qu'une femme dit à la maîtresse de son
mari, qui avait été autrefois son amie : « Ah! ma
chère, si j'avais pu prévoir que mon mari aimât les
dents gâtées! »

CE QU'EST LA FEMME AUX YEUX DE LA MAITRESSE.

La maîtresse parisienne a une peur instinctive de la
femme de son amant. Elle s'attend toujours à la voir
tomber sur elle. Cette terreur est la cause d'un dédain
sans exemple. La maîtresse se dépeint la femme sous
le jour le plus désavantageux et le plus ridicule. D'a-
bord, elle la voit très-vieille, fût-elle plus jeune qu'elle,
ce qui arrive fréquemment; laide, cela va sans dire;
mal mise, portant le cabas, un parapluie rouge et un
tartan; tenant le milieu, comme distinction, entre la
sage-femme et la marchande de cigares de contre-
bande.

OPINION SUR LA MAITRESSE ET LA FEMME MARIÉE, ÉMISE PAR UN DE MES AMIS QUI N'A PAS ÉTÉ MARIÉ ET QUI N'A JAMAIS EU DE MAITRESSE.

« Je pense de la femme mariée, opposée à la maitresse, qu'elle représente le côté grave, noble et utile
de la vie, le côté architectural, si l'on peut s'exprimer
ainsi, celui sans lequel il n'y aurait pour l'homme ni

11.

repos, ni abri, ni dignité. Elle est encore le beau fruit
qui renferme tous les pepins de la famille et de la société. Otez l'épouse, vous êtes bien près de supprimer
la mère, non pas celle qui est uniquement chargée de
produire des enfants, mais celle qui a mission de les
aimer tendrement, de les élever, d'en faire des hommes
et des citoyens. Ainsi, la femme, selon le mariage,
n'est pas moins que la société même, puisqu'elle est
ce qui en constitue la force, la grandeur, la durée et
la perpétuité.

» Voici maintenant ce que je pense de la maîtresse.
Elle est le côté jeune et riant de la vie, elle en est le
mois de mai, l'esprit, la verte poésie, l'imagination.
Retranchez la maîtresse, vous retranchez nécessairement tout ce que l'imagination, la poésie et l'esprit
enfantent de gracieux et de beau dans la sphère de
l'idéal, c'est-à dire les arts. Aussi, se démontre-t-on
facilement que les plus splendides œuvres (prenez au
hasard) de la peinture, de la statuaire et de la poésie
ont été inspirées par ces femmes indépendantes que
nous appelons aujourd'hui maîtresses. Ne citez pas,
il faudrait tout citer, enfermer le monde des arts tout
entier entre des guillemets. Érudition facile, érudition
blessante pour la femme du mariage. Mais pourquoi
la blesserait-on? Elle est la raison, la maîtresse n'est
que l'esprit; elle est l'ordre, la maîtresse n'est que l'en-
thousiasme; elle est le bon sens, la maîtresse n'est que
le délire; elle est la terre, la maîtresse n'est que le ciel;
non pas, expliquons nous vite, celui où l'on va pour

ses bonnes œuvres, mais celui où l'on voudrait aller
pour ne faire aucune sorte d'œuvre, même une bonne. »

RÉFLEXION INGÉNIEUSE QUI RESSORT DE MON SUJET :
MALHEUREUSEMENT ELLE N'EST PAS DE MOI, MAIS D'UN AUTEUR
ESPAGNOL PEU CÉLÈBRE.

« J'ai connu, dit cet auteur peu célèbre, un jeune
» seigneur portugais qui fut assez heureux pour épou-
» ser la jeune maîtresse qu'il adorait et pour la voir
» mourir dès qu'elle fut sa femme. »

LA MAITRESSE DE CŒUR A PARIS.

Paris, qui passe pour la ville sceptique par excellence, est pourtant celle où se trouvent, avec toutes
les conditions du dévouement le plus éthéré, les maîtresses de cœur. La province les rêve ; Paris les tient
en réserve pour ces milliers de jeunes gens qui y accourent avec des trésors d'espérance, et qui n'y ren-
contrent que des abîmes de déception. On les voit arriver avec une fougueuse suffisance, et frapper aux
portes de la gloire et de la fortune. Ces portes sont
dures à s'ouvrir ! Des années s'écoulent, les ailes de
l'illusion se fatiguent, l'espérance tombe épuisée sur
le seuil. Que deviennent alors ces pauvres exilés ?
Beaucoup s'éteignent dans les brumes du suicide :
il y a tant d'eau et tant de ponts à Paris ! Quelques-uns
retournent à pied dans leurs villages, mais le plus
grand nombre découvre à la fin une main protectrice
sur laquelle il n'avait pas compté. Ce n'est pas celle de
l'homme riche ou puissant auprès duquel une lettre

de recommandation ou de mystification avait introduit
à leur arrivée ces pauvres dupes.

Sur le carré de sa mansarde, le jeune provincial a
vu voler un jour les plis d'une jupe blanche, glisser
une jambe nue. Le lendemain il a aperçu le corsage,
le surlendemain il a entendu chanter. Le chant, la
jupe, le corsage, annoncent la jeune fille aimante et
gaie, pauvre et laborieuse, blanchisseuse ou fleuriste.
Le hasard, ce brave garçon de hasard, fait qu'un beau
soir on se prête de l'eau, un autre beau soir de la lumière, un autre soir infiniment plus beau la romance
en vogue. Bientôt on ne se prête plus rien, on se donne
tout : on n'a plus qu'un loyer à payer, quand on le
paye. Enfin l'artiste a trouvé sa muse, celle qui le soutient, l'encourage, l'inspire, écoute ses vers, admire
ses tableaux, copie ses romans ou ses drames. Quelle
bonne créature, que la maîtresse parisienne, lorsqu'elle s'éprend d'un fol et joyeux amour pour celui
qui n'a rien ! Gai, elle rit avec lui ; découragé, elle rit
pour lui ; malade, elle souffre avec lui ; applaudi, elle
s'exalte plus que lui ; riche... elle a cessé d'être avec
lui. Hélas ! oui, c'est triste à écrire, mais c'est vrai.
Presque tous ces grands talents, toutes ces illustres
renommées, qui deviennent l'orgueil de la science
médicale, du barreau, de la littérature et des arts,
seraient morts de froid et de faim sans la grisette
parisienne, sans la maîtresse de cœur, qu'ils laissent
mourir dans un grenier, à l'hôpital ou dans la rue. A
maîtresses de cœur, maîtres en ingratitude.

Après cette maîtresse, celles qui vont passer sous nos yeux sont sans contredit d'un ordre plus brillant; mais impriment-elles un souvenir aussi doux, aussi tendre, au fond du cœur? Je vous en fais juge, mon lecteur.

LES MAITRESSES D'ARGENT.

Sous ce titre s'ouvre devant nous une vaste galerie de portraits, car il y a :

1° La maîtresse qui vous aime autant pour vous que pour votre argent ;

2° Celle qui vous aime plus pour votre argent que pour vous ;

3° Celle qui ne vous aime que pour votre argent ;

4° Celle qui vous aime plus pour vous que pour votre argent, et cependant qui aime l'argent.

Étudions d'abord :

LA MAITRESSE QUI VOUS AIME AUTANT POUR VOUS QUE POUR VOTRE ARGENT.

Celle-là ne sera pas longtemps, je le crains, dans les mêmes termes avec vous. Elle finira, tombant du côté par où elle penche, par préférer ce qui sonne dans la poche à ce qui brûle au fond du cœur. Un jour, l'équilibre, péniblement maintenu, sera rompu tout à fait. Les très-jeunes maîtresses deviennent à Paris des exemples de ces conversions en faveur de l'argent, dès qu'elles ont acquis avec vous une expérience qu'elles ne peuvent mettre à profit qu'avec d'autres. Après avoir balancé, comme la tombe de

Mahomet, entre l'aimant du cœur et l'aimant de l'argent, elles finissent, plus résolues que le cercueil du prophète, par vous quitter avec une larme et un sourire, heureuses et tristes à la fois.

A dater de ce jour, elles prennent place à côté de :

LA MAITRESSE QUI VOUS AIME PLUS POUR VOTRE ARGENT QUE POUR VOUS.

Les maîtresses de ce genre ont été de tout temps fort nombreuses dans la bonne ville de Paris, et c'est à elles, rien qu'à elles, que la littérature doit, inestimable avantage, ces amusantes, ces délicieuses comédies du dix-huitième siècle, où l'on voit les fermiers à gilets d'or, à culottes de brocart, les financiers à bec de corbin grugés par tant de spirituelles grandes dames dont les servantes, aussi friponnes qu'elles, s'appellent Nérine, Dorine et Marton. Dancourt s'est fait un nom en excellant dans la peinture un peu haute en couleur, mais fort divertissante, de ces femmes, qui dissolvent, plus activement que certains acides, l'or, l'argent et les pierres précieuses. Dans notre siècle, le vaudeville les a traduites avec moins de succès, par la raison qu'elles ont pris, au milieu de notre société moderne, une physionomie plus accusée qu'au dix-huitième siècle. Elles volaient Mondor et M. de la Rapinière, elles ne trompent même plus Arthur devenu banquier. Les ingénieuses roueries à l'aide desquelles elles plumaient tout vivants les financiers et les maltôtiers ont été remplacées par un traité en règle et fidèlement observé des deux parts. Ce qui donne lieu à parler ici, mais très-succinctement, de

LA MAITRESSE QUI NE VOUS AIME QUE POUR VOTRE ARGENT.

Cette glorieuse subdivision se compose des maîtresses qui vous aiment :

Rue de Grammont, pour trois cents francs par mois, les gants et les fleurs ;

Rue du Helder, pour quatre cents francs par mois et un groom ;

Rue Saint-Lazare et du Mont-Blanc, pour cinq cents francs par mois et une voiture à un cheval ;

Faubourg du Roule, deux mille francs par mois, le pavillon d'un hôtel, deux voitures, un cuisinier, un chasseur et deux chevaux.

Enfin, pour borner cette liste et non la clore, il faut encore citer celles qui aiment pour leur argent les princes et les ducs, et qui sont toujours obligées de plaider avec leur intendant quand elles veulent rentrer dans les frais de leur amour.

Ces maîtresses blasonnées ont un profond dédain pour :

LA MAITRESSE QUI VOUS AIME PLUS POUR VOUS QUE POUR VOTRE ARGENT.

Cette maîtresse désintéressée s'expose à votre avarice ou à votre générosité, deux sentiments que les femmes détestent, parce qu'elles n'admettent ni le despotisme ni les concessions. Afin de ne tomber ni dans les concessions ni dans le despotisme, elle creusera un piége innocent auquel vous vous prendrez avec une merveilleuse facilité. Nous allons indiquer ce piége, échantillon de bien d'autres, en rapportant un dialogue sténographié par une victime.

Frédéric dit à sa maîtresse, qui l'aime pour lui plus que pour son argent :

« Chère Herminie, tu me disais l'autre jour que tu devais deux cents francs à madame Rampon, ta couturière. Les voici; paye-la et débarrassons-nous-en.

— Merci, mon ami. »

Herminie court déposer l'argent dans son secrétaire.

Une semaine après, Frédéric, à propos de mille choses, dit à sa chère Herminie :

« Eh bien! as-tu payé le petit mémoire de madame Rampon? »

Herminie, avec un petit air gêné :

« Non, mon ami; mais voici pourquoi. Mon malheureux tapissier s'est présenté juste le jour où je comptais payer madame Rampon, et il m'a obligée, — tu sais comme il est besoigneux? — à lui acquitter son mémoire.

— Qui s'élevait ?

— A cent quarante francs.

— Fort bien. Il te manque donc à présent cent quarante francs pour faire face à la note de la couturière?

— Mais oui...

— Les voici. Tes deux cents francs sont de nouveau complétés. Finis-en avec cette madame Rampon.

— Oh! oui, mon ami, nous n'y penserons plus. »

Dix jours s'écoulent, et Frédéric dit à Herminie, qui lui montre, pour savoir s'il est de son goût, un nouveau bonnet :

« Enfin, as-tu terminé tes comptes avec ta couturière ?

— Pas précisément. Figure-toi que mon bijoutier est venu—on dirait un fait exprès !—le lendemain du jour où tu m'avais complété les deux cents francs de madame Rampon; et il m'a suppliée — d'ailleurs il est déjà venu si souvent ! — de lui régler sa note , qui se monte à cent vingt francs.

— Mais la couturière, la couturière ?

— Ah ! dame ! je n'ai plus assez pour elle maintenant, puisqu'il ne me reste plus que quatre-vingts francs.

— Il s'agit donc, en ce cas, de te remettre une seconde fois le complément des deux cents francs destinés à madame Rampon?

— Si tu voulais... »

Et Frédéric verse le complément, c'est-à-dire cent vingt francs. En sorte que madame Rampon n'est pas encore payée et qu'Herminie a reçu quatre cent soixante francs.

Ce manége dure quelquefois plusieurs semaines, quelquefois plusieurs mois. On cite un de ces ménages de la main gauche où la femme paye depuis dix ans ses milliers de fantaisies personnelles avec deux cent dix francs dus au miroitier de la maison, que l'amant paye et qui est censé n'être jamais payé.

En général, il faut toujours exiger de sa maîtresse, et j'ajoute tout bas de sa femme, qu'elle acquitte immédiatement la dette pour laquelle vous lui donnez de l'argent. J'ai dit pourquoi.

D'UNE ESPÈCE DE MAITRESSE TRÈS-COMMUNE A PARIS ET DANS LES DÉPARTEMENTS.

Corneille a dit, dans un magnifique vers qu'il fait prononcer par Auguste, que, « monté sur le faîte, l'homme aspire à descendre. » Beaucoup de bourgeois parisiens justifient cette maxime, et non-seulement ils aspirent à descendre, mais ils descendent jusqu'à leurs cuisinières. Rien n'est commun à Paris comme ces unions intimes entre les maîtres et celle qui confectionne leur dîner. Elles sont longues, se découvrent tard, transpirent peu au dehors, mais elles ont leur drame et leurs nombreuses péripéties. Pour nous servir d'une expression empruntée à notre sujet, nous appellerons ces intrigues des *amours à l'étouffée*. Il en résulte un bouleversement social dont le proverbe suivant peut donner une idée.

AUGUSTINE ET SON MAITRE,

PROVERBE EN UN ACTE ET EN UNE SCÈNE, REFUSÉ PAR LE THÉATRE-FRANÇAIS.

Personnages.

AUGUSTINE, cuisinière.
SON MAÎTRE, âgé de quarante ans, bel homme.

La scène se passe à Paris, rue Saint-Honoré. — Le théâtre représente une chambre à coucher en désordre.

LE MAÎTRE, *couché, sonnant et appelant.* — Augustine! (*Augustine ne répond pas.*)

LE MAÎTRE, *sonnant et appelant plus fort.* — Augustine! Augustine! (*Augustine continue à ne pas répondre.*)

LE MAÎTRE, *cassant le cordon de la sonnette.* — Augustine! Augustine! Augustine!

AUGUSTINE. — Voilà! m'vlà! Quel affreux sabbat vous faites! Que voulez-vous?

LE MAÎTRE. — Mes journaux!

AUGUSTINE, *étonnée.* — Je les lisais.

LE MAÎTRE. — Il me semble que vous pourriez me les donner d'abord.

AUGUSTINE, *avec dédain.* — Oh! mon Dieu! les voilà, vos journaux. Ils ne sont pas déjà si intéressants. Depuis trois jours nous sommes sans feuilletons...

LE MAÎTRE. — Mon café, Augustine.

AUGUSTINE. — Il n'est pas fait. Voilà tout.

LE MAÎTRE. — A dix heures?

AUGUSTINE. — Vous oubliez que nous sommes en hiver et qu'il n'est jamais jour.

LE MAÎTRE. — Il faut pourtant que je sorte.

AUGUSTINE. — Si vous preniez votre café à votre second déjeuner?

LE MAÎTRE. — Je ne déjeunerai pas ici.

AUGUSTINE. — Deux soucis de moins pour moi, en ce cas. — Et où allez-vous déjeuner?

LE MAÎTRE. — Chez un ami.

AUGUSTINE. — ...e.

LE MAÎTRE. — Chez un ami, vous dis-je.

AUGUSTINE, *appuyant sur la voyelle.* — ...e.

LE MAÎTRE. — ...e! e! e! e!... Voyons que je m'habille.

AUGUSTINE, *s'asseyant dans un fauteuil.* — Ne vous fâchez pas.

LE MAÎTRE. — Mes bottes!

AUGUSTINE, *croisant les jambes.* — Vos bottes ne sont pas prêtes.

LE MAÎTRE. — Et pourquoi?

AUGUSTINE, *fièrement.* — Je vous ai dit que je ne voulais plus les vernir. Cette besogne-là n'est pas d'une femme.

LE MAÎTRE. — Vous n'avez plus voulu frotter mon appartement parce que ce n'était pas, disiez-vous, la besogne d'une femme; vous n'avez plus voulu ensuite battre mes habits, parce que ce n'était pas, avez-vous dit encore, la besogne d'une femme; vous n'avez plus voulu faire mes commissions, toujours parce que ce n'était pas la besogne d'une femme; aujourd'hui, vous refusez de vernir mes bottes, parce que ce n'est pas la besogne d'une femme. Mais quelle est donc, je vous prie, la besogne d'une domestique?

AUGUSTINE, *décroisant les jambes.* — Comme cela vous coûte peu à dire! votre domestique!!! Eh bien! votre domestique vous demande son congé.

LE MAÎTRE, *très-agité.* — Soit! Je suis las de ce despotisme!

AUGUSTINE, *quittant le fauteuil.* — Despo... quoi?

LE MAÎTRE, *jetant son bonnet de nuit.* — ... tisme

AUGUSTINE. — Vous ne savez qu'humilier les gens !
Voilà vos clefs. Voilà celle du caveau ; veillez-y : vos
portiers sont des ivrognes.

LE MAÎTRE. — Tu ne me l'avais jamais dit.

AUGUSTINE. — Voilà la clef de votre argenterie.
Veillez-y aussi. La maison n'est pàs sûre. On y entre
comme dans une halle.

LE MAÎTRE. — C'est vrai.

AUGUSTINE. — Voilà la clef de vos vins fins et de
vos liqueurs. Ne les laissez pas traîner. Les bonnes
aiment le parfait amour.

LE MAÎTRE. — Un calembour.

AUGUSTINE. — Je ne sais pas ce que vous voulez
dire, monsieur.

LE MAÎTRE. — Quel ton superbe !

AUGUSTINE. — Ah ! j'oubliais de vous rendre cette
croix d'or que vous m'avez donnée la dernière fois que
je vous ai soigné de votre gros rhume.

LE MAÎTRE. — Garde-la, Augustine.

AUGUSTINE. — Je ne veux rien de vous.

(*En cherchant la croix d'or pendue à son cou au
bout d'un cordon de soie, Augustine dérange sa
collerette, son fichu, elle s'impatiente.*)

LE MAÎTRE. — Voyons... Augustine ; pas d'enfan-
tillage... Je prendrai un homme de peine pour vernir
mes bottes, tu as raison.

AUGUSTINE. — Laissez-moi m'en aller.

LE MAÎTRE. — Ne suis-je pas un bon maître ?

AUGUSTINE. — Qu'est-ce que cela me fait ?

LE MAÎTRE, *solennellement.*—Augustine, j'élève tes gages à cinq cents francs.

AUGUSTINE, *près de la porte.*— Croyez-vous que ce soit l'intérêt qui me guide?

LE MAÎTRE. — Ne parlons plus de cela.

AUGUSTINE. — Vous allez vous habiller?

LE MAÎTRE. — Oui, mon enfant.

AUGUSTINE. — Vous déjeunerez ici?

LE MAÎTRE. — Je te l'ai dit, on m'attend...

AUGUSTINE, *moins loin de la porte.*—On attendra. Vous aviez promis de me faire voir le drame qu'on joue à la Porte-Saint-Martin. On le joue ce soir.

LE MAÎTRE. — Eh bien ! tu iras ce soir à la Porte-Saint-Martin. Es-tu contente?

AUGUSTINE. —Oui.....

LE MAÎTRE. —A présent, écoute-moi.

AUGUSTINE. — Dites.....

LE MAÎTRE. — Je t'ai donné un domestique pour cirer l'appartement, un domestique pour battre mes habits, un domestique pour faire mes commissions, un domestique pour vernir mes bottes. Laisse-m'en prendre un à mon tour pour qu'il fasse mon lit. Voilà dix ans que je dors dans un lit qui n'est pas fait.

AUGUSTINE, *boudant.* — Il paraît que mes précédentes avaient donc aussi de l'autorité chez vous. Je m'en doutais.

De la cuisine suivez-moi au théâtre, et nous ferons
connaissance avec

LES MAITRESSES DE THÉATRE.

Fuyez les courtisanes et les femmes de théâtre,
disent encore les vieux parents de province en donnant leurs bénédictions aux jeunes fils de famille qui
viennent à Paris.

Chers vieux parents, il n'y a plus de courtisanes
à Paris, et les femmes de théâtre ne sont pas ce que
vous pensez. Les unes, parmi ces dernières, sont
d'honnétes mères de famille qui élèvent plus ou moins
mal leurs enfants; les autres, en très-petit nombre,
sont les plus énigmatiques créatures de la terre, ou
de l'enfer, si vous l'aimez mieux.

De six heures à minuit, elles appartiennent au directeur, au régisseur, au coiffeur, à l'habilleuse et au
public. Après minuit, après s'être débarbouillées, par
conséquent faites comme un pastel estompé, elles
rentrent chez elles pâles, brisées, haletantes. Elles
soupent. Affreux régime! l'estomac bourré de viandes froides, elles se couchent et dorment mal jusqu'à
huit heures du matin. A peine les yeux ouverts, elles
se mettent à répéter leur rôle dans la pièce à l'étude;
puis elles prennent précipitamment une tasse de café
à la crème et s'en vont dare-dare au théâtre, où la ré-
pétition les retient jusqu'à quatre ou cinq heures. De
cinq à six il faut qu'elles dînent. C'est le seul instant
qui leur est laissé pour songer à ce qui constitue

la vie de tout le monde, au ménage, à la famille, aux créanciers. Cherchez maintenant le temps qu'elles ont à prodiguer au plaisir, au champagne frappé et à l'amour.

DÉFINITION UN PEU EXAGÉRÉE DE LA FEMME DE THÉATRE.

C'est une poulie qui gémit et qui crie. Quand elle ne crie pas, elle est de bois.

UN RUSSE ET SON AMANTE.

FABLE.

Un Russe, riche en fourrures, aimait une fois une actrice du Théâtre-Français. Sur ce terrain les nationalités sont sans rancune; elles s'embrassent même. Ce Russe aimait donc cette actrice. On le voyait tous les soirs à l'orchestre applaudir son adorée. On le vit constamment à cette place pendant les trois mois qu'elle joua un rôle d'homme dans je ne sais plus quel drame infiniment spirituel. Qu'il devait être heureux! La jeune actrice était vraiment charmante en culotte de satin, en bas de soie, en justaucorps pincé, avec ses moustaches et ses regards de velours bleu en amande.

Vous croyez qu'il était heureux?

Un jour, il quitte brusquement l'orchestre, la France, et laisse ces mots à son adorée :

« Mademoiselle,

» On m'avait dit en Russie que vous étiez la

» femme de Paris, par conséquent de l'univers, qui
» saviez le mieux et le plus élégamment vous habiller.
» Personne, me disait-on, ne se drape comme vous
» dans un châle, personne ne pose plus adorable-
» ment son pied sur le pavé, aucune femme n'est
» aussi gracieuse dans une robe de satin.

    » J'arrive à Paris, je me présente, vous m'accueil-
» lez. Votre porte m'est toujours ouverte, mais ex-
» cepté le jour. Vos travaux, vos études, commandent
» cette exception. Je ne puis donc vous voir que le
» soir et après le soir. Mais depuis trois mois, tous les
» soirs vous êtes en homme, et après le soir vous n'êtes
» en rien du tout, comme, du reste, tout le monde.

    » Je pars donc, mademoiselle, sans avoir pu vous
» voir dans le costume de votre sexe, sous lequel on
» m'avait dit en Russie que vous étiez si ravissante;
» et c'est pour cela que je pars. »

MORALITÉ DE LA FABLE.

Aucune. Je ne lui en trouve pas.

    Parvenu à ce point de la route que nous nous som-
mes tracée, le découragement nous saisit. Nous avons
déjà marché bien longtemps, et pourtant que ne nous
reste-t-il pas à dire ! Que d'intéressants épisodes, de
portraits originaux, de peintures vraies et railleuses
sont encore dans les limbes, et qu'une main habile aurait pu en tirer ! Nous avions une chasse magnifique
à faire sur la terre la plus féconde en gibier, et nous

12.

rapportons un moineau franc. Cet aveu ne part pas
d'une fausse modestie, et nous le prouvons en nous
accusant de n'avoir pas parlé de :

LA MAITRESSE DONT ON A PEUR.

Celle qui vous écrit :

« Monstre,

» Si vous vous mariez, je me jette à l'eau, je mange
» du vert-de-gris, ou je me précipite du haut des tours
» Notre-Dame. On ne se joue pas ainsi d'une âme
» tendre et crédule.

» ANASTASIE. »

Anastasie a quelquefois quarante ans, et ce qu'il
y a de plus affreux, c'est qu'elle serait capable
d'exécuter ses menaces. A Paris les passions n'ont
pas d'âge.

Nous n'avons pas parlé non plus de :

LA MAITRESSE GRANDE DAME,

Qui vous renvoie, sous enveloppe parfumée, toutes
vos lettres et vous redemande les siennes avec le sang-
froid qu'elle apporte aux actes les plus ordinaires de
la vie, et qui, si elle vous aperçoit, trois mois après,
dans le monde, se penche à l'oreille de sa voisine en
lui disant : Est-ce que ce n'est pas monsieur un tel?
Aidez-moi donc à dire son nom!

J'ai passé sous silence :

LA MAÎTRESSE QU'ON A LA FAIBLESSE DE CHERCHER A REVOIR,
APRÈS L'AVOIR QUITTÉE DEPUIS LONGTEMPS, AFIN DE SE DON-
NER LE PLAISIR DE S'ENTENDRE DIRE : COMME VOUS AVEZ
GROSSI! DIEU! COMME VOUS AVEZ VIEILLI!

Pauvre femme, dont vous avez célébré les yeux qui ont la patte-d'oie, dont vous avez loué le front qui maintenant miroite et tourne, par sa nuance, à la conserve d'ananas, dont vous avez admiré la poitrine, aujourd'hui ravinée comme par un torrent, dont vous avez admiré les beaux cheveux que couvre à cette heure un turban taillé en forme de charlotte russe! Oh! ne revoyez pas vos maîtresses, ne revoyez pas vos anciens portraits, ne revoyez pas... ne revoyez rien.

Ai-je dit un seul mot de :

LA MAITRESSE ANGLAISE?

Démon cousu dans la peau d'un ange, rose du Bengale enragée, aimant quelqu'un plus que son mari, c'est vous; aimant quelqu'un plus que vous, c'est elle (beaucoup de Françaises sont dans ce cas); aimant quelque chose plus qu'elle, c'est sa réputa-tion; aimant quelque chose beaucoup plus que sa ré-putation, c'est le thé vert coupé avec du thé russe.

De combien d'autres maîtresses encore ne faudrait-il pas parler avant d'arriver à la plus dangereuse de toutes, à celle qui n'a son amour ni dans la tête, ni dans le cœur, ni dans les yeux, mais dans son écritoire ; à celle qui vous répond, quand vous lui dites : « Je t'aime ! » par : « Quand ferez-vous passer mon roman dans *la Presse* ou dans *le Siècle ?* » A celle qui vous prend pour corriger ses fautes, et que vous gardez pour vous mortifier des vôtres :

LA MAITRESSE BAS-BLEU!!!

LÉON GOZLAN.

CE QUE C'EST QUE L'AMOUR

ET SI L'ON S'AIME.

(Le 16 février de l'année 1845, vers deux heures de la journée, un homme jeune encore, bien vêtu et de bonne mine, dit-on, passait sur le Pont-Neuf au moment où la foule assemblée regardait avec épouvante les efforts désespérés que faisaient, pour résister à la mort, deux pauvres diables dont le bateau avait chaviré. Jugeant, sans doute, qu'il n'y avait pas de temps à perdre, le jeune homme sauta tout habillé par-dessus le pont, ramena sur la rive un des deux hommes qui étaient en péril, et, sans prendre le temps de respirer, se remit à l'eau pour achever sa tâche.

Déjà il avait saisi avec une adresse merveilleuse celui des deux hommes qui lui restait à sauver, et qui, à bout de résistance, ne luttait plus contre les flots; et déjà, aux acclamations de la multitude rassurée par son premier succès, il le poussait vers une barque de sauvetage qui arrivait enfin à leur secours, lorsque le malheureux qu'il arrachait à une mort cer-

taine s'étant, dans une dernière et subite convulsion
de l'agonie, accroché à lui de façon à paralyser ses
mouvements, l'entraîna sous les flots, où ils disparu-
rent tous les deux.

Les deux cadavres furent retrouvés quelques heures
après. L'un, celui du batelier, fut rendu à sa famille.
L'autre, celui du jeune homme, fut déposé à la Mor-
gue, où il resta exposé pendant les délais d'usage,
sans que personne vînt le réclamer.

Les recherches auxquelles se livre toujours la police
en pareil cas furent infructueuses, et on ne trouva
dans les vêtements de l'infortuné jeune homme qu'un
petit portefeuille de chagrin noir dont on ne put tirer
aucun indice. Dans une des poches de ce portefeuille,
se trouvait une lettre ou plutôt un billet sans adresse
et sans signature, qui ne contenait que ces mots, écrits
évidemment de la main d'une femme : « Demain, à
deux heures. » Ce billet était daté du 15 février, et,
selon toute probabilité, c'est en allant à ce rendez-
vous que ce courageux inconnu avait trouvé la mort.

Dans l'autre poche de ce portefeuille, se trouvaient
quelques pages manuscrites, et ce sont ces pages que
nous donnons aujourd'hui à nos lecteurs.)

CE QUE C'EST QUE L'AMOUR; ET SI L'ON S'AIME.

Cette question ne paraîtra impertinente qu'aux gens
qui n'ont jamais aimé, ou qui ne se sont jamais in-
quiétés de savoir ce qu'aimer voulait dire.

Mais celui qui a senti, ne fût-ce que pendant une heure, battre son cœur tout entier, celui-là, sans pouvoir la résoudre, pourra du moins la comprendre.

Ce que c'est que l'amour?

C'est une question qu'il faudrait faire à Dieu lui-même, parce que Dieu seul pourrait y répondre.

Ce que nous entendons, nous, par ce grand mot — Amour — c'est tout au plus si nous pourrions le dire.

Mais, entre notre vérité humaine et la vérité pure, que d'abîmes, sans doute!

Si je ne me trompe, l'amour n'est rien ou presque rien de ce que nous le faisons, de ce que nous pouvons le faire, nous autres pauvres créatures que la mort n'a pas encore instruites. De l'amour, nous n'avons que le désir, que l'envie, que le besoin, mais non le pouvoir assurément.

Si l'amour était sur la terre, s'il était au milieu de nous, entre nous, la terre et nous nous serions parfaits. C'est sur la terre même que le bien se trouverait sans mal, le soleil sans ombre et sans taches, la vie sans la mort; car, l'amour, c'est la perfection, et la perfection ne saurait être finie.

Non, nous ne savons pas ce que c'est que l'amour, nous ne devons pas le savoir, nous ne le pouvons pas. Il est impossible que ce qui a un commencement et une fin, que ce qui naît et que ce qui meurt, sache ce que pourrait être l'amour, qui de son essence est éternel.

L'amour est au-dessus de nos têtes, — comme les astres. Nous ne voyons de lui qu'un peu de sa lumière, mais nous n'imaginons pas ce que peut être son foyer. Ce peu de chaleur qui nous vient d'en haut et qui suffit parfois à nous grandir, nains que nous sommes, ou à nous consumer, ce n'est encore qu'un souffle attiédi de l'amour divin.

L'amour? C'est à vous tous qui aimez à l'heure même où je parle, ou qui aimiez hier, que je le demande; à vous, quelles que soient vos forces, quel que soit celui que vous aimez, qui que vous soyez vous-même, l'amour, le connaissez-vous? Est-ce là aimer? et, si c'est là aimer, n'est-ce donc que cela? Ce que vous donnez, est-ce tout ce qu'on peut vous demander? et ce qu'on vous rend, est-ce tout ce qu'il vous faut? C'est peu enfin, est-ce tout?

Quoi! vous souffrez, et vous répétez ce mot: J'aime. Quoi! dans le ciel de votre amour, un nuage a passé, et vous croyez aimer?

Où est l'amour il n'y a point de nuages, point de douleurs.

Quoi! la passion vous agite, votre sang bouillonne, votre tête s'égare, votre âme est troublée, et vous dites: — C'est de l'amour!

L'amour est fort, l'amour est tout-puissant, et ce qui est tout-puissant est calme.

Vous n'aimez pas.

Vous êtes aveugle? vous n'aimez pas. Ce n'est

que dans vos fables que l'amour a besoin d'un ban-
deau ; l'amour, c'est l'intelligence, et l'intelligence,
c'est la vue.

Mais, que dis-je ? Vous êtes jaloux ; vous êtes furieux ; le soupçon vous déchire, la défiance est en
vous, et vous criez : — C'est de l'amour !

Non, ce n'est pas de l'amour. L'amour ne crie pas,
l'amour se tait, son silence se comprend et s'entend,
c'est un chant intérieur que rien n'interrompt et qui
ne finit pas. L'amour, c'est la certitude, c'est la foi ;
— et la jalousie, c'est l'incrédulité et la haine, une
haine qui attend, la pire des haines ; vous voyez bien
que vous n'aimez pas. Il faut être aussi petit que l'est
un homme pour qu'il nous soit pardonné d'avoir
associé la haine à l'amour.

Descendons un peu.

Vous vous cachez ? mais l'amour est brave, il est
glorieux, et il n'est, en un mot, que là où est la liberté.

Vous fuyez, vous êtes coupable, que sais-je ? criminel ; mais là où il y a une faute il n'y a pas de véritable amour ; l'amour ne peut être que l'innocence.

Descendons encore.

Vous vous quittez, vous vous dites au revoir ; vous
vivez et vous vous séparez. Non, vous n'aimez pas.

L'amour est une possession absolue, vous n'êtes
pas possédé, vous ne possédez pas, vous n'êtes pas
amoureux. Vous n'êtes tous qu'un troupeau d'amants
et de maitresses, de femmes et de maris trompés tour à

tour, des Orestes et des Hermiones, des héros de théâtre et de roman ; vous avez des passions dont on peut faire des livres, dont on ne peut faire que des livres, dont pas une ne peut remonter jusqu'à Dieu.

L'amour n'est pas une passion, l'amour vient d'en haut, et toute passion est un fruit de la terre.

Vous n'êtes que des hommes et que des femmes, et vous osez parler d'amour !

D'amour, il n'y en a pas entre vous, sachez-le bien, hélas ! et il ne peut pas y en avoir. Pour vous aimer, attendez que vous ayez cessé d'être parjures, perfides, égoïstes, indignes, faibles enfin ; attendez que vous soyez morts, espérez dans une autre vie, car, j'ai peur de le dire, il n'y a peut-être de sage en ce monde qu'un amour, celui de la mort, lequel n'est autre, après tout, que le désir d'une perfection inconnue, que le besoin d'une vie meilleure.

Et, en attendant, soyez humble. L'humilité seule peut vous sauver. L'homme n'est peut-être quelque chose qu'à la condition qu'il s'aperçoive qu'il n'est rien.

N'élevez donc pas si haut vos idoles d'argile. Les dieux que vous faites, vos amours, ne sont que poussière.

Et dites-vous bien ceci : c'est que tant qu'il y aura forcément entre vous, en preuve de votre infirmité, des contrats, des serments, des actes, des précautions, des liens autres que ceux de votre conscience et de votre volonté, au lieu d'être des êtres qui s'aiment, vous ne serez que des fous, que des malades, que des ennemis sans cesse en garde les uns contre les autres.

Hélas! qu'est-ce donc que nous sommes, si nous ne sommes pas même de force à nous aimer?

P.-J. STAHL (Hetzel).

LES MÈRES DE FAMILLE

DANS LE BEAU MONDE.

« Quelle est donc cette grosse femme qui danse? demandai-je au Parisien qui me pilotait pour la première fois à travers le bal.

— C'est ma tante, me dit-il, une personne très-gaie, très-jeune, et, comme vous le voyez à ses diamants, très-riche. »

Très-riche, très-gaie, cela se peut, pensai-je; mais très-jeune, cela ne se peut pas. Je la regardais tout ébahi, et, ne pouvant découvrir nulle trace de sa jeunesse, je me hasardai à demander le compte de ses années.

« Voilà une sotte question, répondit Arthur riant de ma balourdise. J'hérite de ma tante, mon cher, je ne dis point son âge. » Et, voyant que je ne comprenais pas, il ajouta : « Je n'ai pas envie d'être déshérité. Mais venez, que je vous présente à ma mère. Elle a été très-liée autrefois avec la vôtre, et elle aura du plaisir à vous voir. »

Je suivis Arthur, et, auprès d'un buisson de camélias, nous trouvâmes deux jeunes personnes assises au milieu d'un groupe de papillons mâles plus ou moins légers. Arthur me présenta à la plus jeune, du moins à celle qui me parut telle au premier coup d'œil; car elle était la mieux mise, la plus pimpante, la plus avenante et la plus courtisée des deux. J'étais encore étourdi par les lumières et la musique, par mon début dans le monde de la capitale, par la crainte d'y paraître gauche et provincial; et précisément je l'étais à faire plaisir, car je n'entendis pas le compliment de présentation qu'Arthur débita en me poussant par les épaules vers cette dame éblouissante, et il me fallut bien cinq minutes pour me remettre du regard à la fois provoquant et railleur que ses beaux yeux noirs attachèrent sur moi. Elle me parlait, elle me questionnait, et je répondais à tort et à travers, ne pouvant surmonter mon trouble. Enfin, je parvins à comprendre qu'elle me demandait si je ne dansais point; et, comme je m'en défendais : « Il danse tout comme un autre, dit Arthur, mais il n'ose pas encore se lancer.

— Bah! il n'est que le premier pas qui coûte, riposta la dame; il faut vaincre cette timidité. Je gage que vous n'osez engager personne? Eh bien! je veux vous tirer de cet embarras, et vous jeter dans la mêlée. Venez valser avec moi. Donnez-moi le

bras... pas comme cela... passez votre bras ainsi autour de moi... sans roideur, ne chiffonnez pas mes
dentelles; c'est bien ! Vous vous formerez... Attendez la ritournelle, suivez mes mouvements... voici...
partons ! »

Et elle m'emporta dans le tourbillon, légère comme
une sylphide, hardie comme un fantassin, solide au
milieu des heurts de la danse, comme une citadelle
sous le canon.

Je sautillais et tournais d'abord comme dans un
rêve. Toute ma préoccupation était de ne point
tomber avec ma danseuse, de ne pas la chiffonner,
de ne pas manquer la mesure. Peu à peu, voyant
que je m'en tirais aussi bien qu'un autre, c'est-à-dire
que ces Parisiens valsaient tous aussi mal que moi,
je me tranquillisai, je pris de l'aplomb. J'en vins à
regarder celle que je tenais dans mes bras, et à m'a-
percevoir que cette brillante poupée, un peu serrée
dans son corsage, un peu essoufflée, enlaidissait à vue
d'œil, à chaque tour de valse. Son début avait été
brillant, mais elle ne soutenait pas la fatigue; ses
yeux se creusaient, son teint se marbrait, et, puisqu'il faut le dire, elle me paraissait de moins en
moins jeune et légère. J'eus quelque peine à la ramener à sa place, et, quand je voulus lui adresser
des paroles agréables pour la remercier de m'avoir
déniaisé à la danse, je ne trouvai que des épithètes si
gauches et si froidement respectueuses, qu'elle me
parut ne pas les entendre.

« Ah çà ! dis-je à mon ami Arthur, quelle est donc
cette dame que je viens de faire valser ?

— Belle demande ! as-tu perdu l'esprit ? je viens
de te présenter à elle.

— Mais cela ne m'apprend rien.

— Eh ! distrait que vous êtes, c'est ma mère ! ré-
pondit-il, impatienté.

— Ta mère !... répétais-je, consterné de ma sottise. Pardon ! j'ai cru que c'était ta sœur.

— Charmant ! Il a pris alors ma sœur pour ma mère !
Mon cher, n'allez pas, en vous trompant ainsi, dé-
biter aux jeunes personnes le compliment de Thomas
Diafoirus.

— Ta mère ! repris-je sans faire attention à ses
moqueries. Elle danse bien... mais quel âge a-t-elle
donc ?

— Ah ! encore ? c'en est trop, vous vous ferez chas-
ser de partout si vous vous obstinez ainsi à savoir l'âge
des femmes.

— Mais ceci est un compliment naïf dont madame
votre mère ne devrait pas me savoir mauvais gré ; à
sa parure, à sa taille, à son entrain, je l'ai prise pour
une jeune personne, et je ne puis me persuader qu'elle
soit d'âge à être votre mère.

— Allons, dit Arthur en riant, ces provinciaux si
simples ont le don de se faire pardonner. Ne soyez
pourtant pas trop galant avec ma mère, je vous le
conseille. Elle est fort railleuse, et, d'ailleurs, il serait du plus mauvais goût, au fond, de venir s'émer-

veiller de ce qu'une mère danse encore. Tenez, voyez,
est-ce que toutes les mères ne dansent pas? c'est de
leur âge!

— Les femmes se marient donc bien jeunes, ici,
pour avoir de si grands enfants?

— Pas plus qu'ailleurs. Mais abandonne donc
cette idée fixe, mon garçon, et sache qu'après trente
ans, les femmes de Paris n'ont pas d'âge, par la raison qu'elles ne vieillissent plus. C'est la dernière des
grossièretés que de s'enquérir, comme tu fais, du
chiffre de leurs années. Si je te disais que je ne sais
pas l'âge de ma mère?

— Je ne le croirais pas.

— Et pourtant je l'ignore. Je suis un fils trop bien
né, et un garçon trop bien élevé pour lui avoir jamais
fait une pareille question. »

Je marchais de surprise en surprise. Je me rappro-
chai de la sœur d'Arthur, et je persistai à trouver
qu'au premier abord elle paraissait moins jeune que sa
mère. C'était une fille d'environ vingt-cinq ans, qu'on
avait oublié de marier, et qui en était maussade.
Elle était mal mise, soit qu'elle manquât de goût,
soit qu'on ne fît pas pour sa toilette les dépenses nécessaires. Dans les deux cas, sa mère avait un tort
grave envers elle : celui de ne pas chercher à la faire
valoir. Elle n'était pas coquette, peut-être par esprit
de réaction contre l'air évaporé de sa mère. On ne
s'occupait guère d'elle. On la faisait peu danser. Sa
tante, la grosse tante dont Arthur prétendait hériter,

et qui dansait avec une sorte de rage, venait de temps
en temps lui servir de chaperon lorsque la mère dansait, et, impatiente d'en faire autant, lui amenait
quelques recrues auxquelles cette politesse était im-
posée. Je fus bientôt désigné pour remplir cette fonc-
tion; je m'en acquittai avec une résignation plus vo-
lontaire que les autres. Cette fille n'était point laide,
elle n'était que gauche et froide. Cependant elle s'en-
hardit et s'anima un peu avec moi. Elle en vint à me
dire que le monde l'ennuyait, que le bal était son
supplice. Je compris qu'elle y venait malgré elle pour
accompagner sa mère, et que le rôle de mère, c'était
elle qui le remplissait auprès de l'auteur de ses jours.
Elle était condamnée à servir de prétexte. Le père d'Arthur, qui avait les goûts de l'âge que le temps lui avait
fait, se soumettait à courir le monde, ou à rester
seul au coin du feu, lorsque madame lui avait dit :
« Quand on a une fille à marier, il faut bien la conduire au bal. » En attendant, la fille ne se mariait pas.
Le père bâillait, et la mère dansait.

Je fis danser plusieurs fois cette pauvre demoiselle. Dans un bal de province, cela l'aurait compro-
mise, et ses parents m'eussent fait la leçon. Mais à
Paris, bien loin de là, on m'en sut le meilleur gré, et
la demoiselle ne prit pas ce joli air de prude qui commence, dans une petite ville, tout roman sentimental
entre jeunes gens. Cela me donna le droit de m'asseoir ensuite à ses côtés et de causer avec elle, tandis
que ses deux matrones échangeaient de folâtres pro-

13

pos et de charmantes minauderies avec leurs ado-
rateurs.

Notre causerie, à nous, ne fut point légère; mademoiselle Emma avait du jugement, trop de jugement:
cela lui donnait de la malice, bien que son caractère
ne fût point gai. Ma simplicité lui inspirait de la
confiance. Elle en vint donc à m'instruire de ce qui
faisait le sujet de mon étonnement depuis le commencement du bal; et, sans que je hasardasse beaucoup
de questions, elle fut pour moi un cicérone plus complaisant que son frère.

« Vous êtes émerveillé de voir ma grosse tante se
trémousser si joyeusement, me disait-elle; ce n'est
rien: elle n'a que quarante-cinq ans, c'est une jeune
personne. Son embonpoint la désole parce qu'il la
vieillit. Ma mère est bien mieux conservée, n'est-ce
pas? Pourtant j'ai une sœur qui a des enfants, et
maman est grand'mère depuis quelques années. Je
ne sais pas son âge au juste. Mais, en la supposant
mariée très-jeune, je suis assurée qu'elle a tout au
moins cinquante ans.

— C'est merveilleux! m'écriai-je. Ah! mon Dieu!
quand je compare ma pauvre mère, avec ses grands
bonnets, ses grands souliers, ses grandes aiguilles à
tricoter et ses lunettes, à la quantité de dames du
même âge que je vois ici en manches courtes, en souliers de satin, avec des fleurs dans les cheveux et des
jeunes gens au bras, je crois faire un rêve.

— C'est peut-être un cauchemar? reprit la mé-

chante Emma ; ma mère a été si prodigieusement
belle qu'elle semble avoir conservé le droit de le paraître toujours. Mais ma tante est moins excusable
de se décolleter à ce point, et de livrer à tous les regards le douloureux spectacle de son obésité. »

Je me retournai involontairement, et me trouvai
effleurant à mon insu deux omoplates si rebondies,
qu'il me fallut regarder le chignon fleuri de la tante
pour me convaincre que je la voyais de dos. Ce luxe
de santé me causa une épouvante réelle, et mademoiselle Emma s'aperçut de ma pâleur. « Ceci n'est
rien, me dit-elle en souriant (et le plaisir de la mo-
querie donna un instant à son regard le feu que l'a-
mour ne lui avait jamais communiqué). Regardez
devant vous, comptez les jeunes filles et les jolies
femmes. Comptez les femmes sur le retour, les lai-
des, qui n'ont point d'âge, et complétez la série avec
les vieilles, les bossues, ou peu s'en faut, les mères,
les aïeules, les grand'tantes, et vous verrez que la
majorité dans les bals, la prédominance dans le
monde, appartiennent à la décrépitude et à la laideur.

— Oh ! c'est un cauchemar en effet ! m'écriai-je,
et ce qui me scandalise le plus, c'est le luxe effréné
de la toilette sur ces phantasmes échevelés. Jamais
la laideur ne m'avait paru si repoussante qu'aujour-
d'hui. Jusqu'à présent je la plaignais. J'avais même
pour elle une sorte de commisération respectueuse.
Une femme sans jeunesse ou sans beauté, c'est quel-

que chose qu'il faut chercher à estimer afin de lui pouvoir offrir un dédommagement. Mais cette vieillesse parée, cette laideur arrogante, ces rides qui grimacent pour sourire voluptueusement, ces lourdes odalisques surannées qui écrasent leurs frêles cavaliers, ces squelettes couverts de diamants, qui semblent craquer comme s'ils allaient retomber en poussière, ces faux cheveux, ces fausses dents, ces fausses tailles, tous ces faux appas et ces faux airs, c'est horrible à voir, c'est la danse macabre! »

Un vieux ami de la famille d'Arthur s'était approché de nous, il entendit mes dernières paroles. C'était un peintre assez distingué, et un homme d'esprit. « Jeune homme, me dit-il en s'asseyant auprès de moi, votre indignation me plaît, bien qu'elle ne soulage point la mienne propre. Êtes-vous poëte? êtes-vous artiste? Ah! si vous êtes l'un ou l'autre, que venez-vous faire ici? Fuyez! car vous vous habitueriez peut-être à cet abominable renversement des lois de la nature. Et, la première loi de la nature, c'est l'harmonie; l'harmonie, c'est la beauté. Oui, la beauté est partout lorsqu'elle est à sa place et qu'elle ne cherche pas à s'écarter de ses convenances naturelles. La vieillesse est belle aussi lorsqu'elle ne veut pas simuler et grimacer la jeunesse. Quoi de plus auguste que la noble tête chauve d'un vieillard calme et digne? Regardez ces vieux fats en perruque, et sachez bien que, si on me les laissait coiffer et habiller à mon gré, et leur imposer aussi d'autres habitudes de phy-

sionomie, j'en pourrais faire de beaux modèles. Tels
que vous les voyez là, ce sont de hideuses carica-
tures. Hélas! où donc s'est réfugié le goût, la pure
notion des règles premières, et faut-il dire même le
simple bon sens? Je ne parle pas seulement des costumes de notre époque; celui des hommes est ce qu'il
y a de plus triste, de plus ridicule, de plus disgracieux
et de plus incommode au monde. Ce noir, c'est un
signe de deuil qui serre le cœur.

» Le costume des femmes est heureux et pourrait
être beau dans ce moment-ci. Mais peu de femmes ont
le don de savoir ce qui leur sied. Voyez ici, vous en
compterez à peine trois sur quarante qui soient ajus-
tées convenablement, et qui sachent tirer parti de ce
que la mode leur permet. Le goût du riche remplace
le goût du beau chez la plupart. C'est comme dans
tous les arts, comme dans tous les systèmes d'orne-
mentation : ce qui prévaut aujourd'hui, c'est le coû-
teu pour les riches prodigues, le *voyant* pour les
riches avares, le *simple* et le *beau* pour personne.
Eh quoi! nos femmes de Paris n'ont-elles pas sous
les yeux des types monstrueux bien faits pour leur
inspirer l'horreur du laid?...

— Oh! ces vieilles Anglaises, chargées de plumes
et de diamants? m'écriai-je, ces chevaux de l'Apoca-
lypse si fantastiquement enharnachés?

— Vous pouvez en parler, reprit-il, vous en voyez
là quelques-unes peut-être. Pour moi, j'ai le don de
ne les point apercevoir. Quand je présume qu'elles

13.

sont là, par un effort de ma volonté, je me les rends invisibles.

— En vérité? dit mademoiselle Emma en riant; oh! pourtant il est impossible que vous n'aperceviez point la colossale lady ***. La voilà qui vous marche sur les pieds, et si vous ne la voyez pas, vous pouvez sentir du moins le poids de cette gigantesque personne. Cinq pieds et demi de haut, quatre de pourtour, un panache de corbillard, des dentelles qui valent trois mille francs le mètre, et qui ont jauni sur trois générations de douairières, un corsage en forme de guérite, des dents qui descendent jusqu'au menton, un menton hérissé de barbe grise, et pour s'harmoniser avec tout cela, une jolie petite perruque blond clair avec de mignonnes boucles à l'enfant. Regardez donc, c'est la perle des trois royaumes.

— Mon imagination s'égaye à ce portrait, repartit le peintre en détournant la tête, mais l'imagination ne peut rien créer d'aussi laid que certaines réalités; c'est pourquoi, dût cette grande dame me marcher sur le corps, je ne la regarderais pas.

— Vous disiez pourtant, repris-je, que la nature ne faisait rien de laid, ce me semble?

— La nature ne fait rien de si laid que l'art ne puisse l'embellir ou l'enlaidir encore; c'est selon l'artiste. Tout être humain est l'artiste de sa propre personne au moral et au physique. Il en tire bon ou mauvais parti, selon qu'il est dans le vrai ou dans le faux. Pourquoi tant de femmes et même d'hommes maniérés? c'est qu'il y a là une fausse notion de soi-même. J'ai dit que le beau, c'était l'harmonie, et que, comme l'harmonie présidait aux lois de la nature, le beau était dans la nature. Quand nous troublons cette harmonie naturelle, nous produisons le laid, et la nature semble alors nous seconder, tant elle persiste à maintenir ce qui est sa règle et ce qui produit le contraste. Nous l'accusons alors, et c'est nous qui sommes des insensés et des coupables. Comprenez-vous, mademoiselle?

— C'est un peu abstrait pour moi, je l'avoue, répondit Emma.

— Je m'expliquerai par un exemple, dit l'artiste, par l'exemple même de ce qui donne lieu à nos réflexions sur cette matière. Je vous disais en commençant : Il n'y a rien de laid dans la nature. Prenons la nature humaine pour nous renfermer dans un seul fait. On est convenu de dire qu'il est affreux de vieillir, parce que la vieillesse est laide. En conséquence, la femme fait arracher ses cheveux blancs, ou elle les teint; elle se farde pour cacher ses rides, ou, du moins, elle cherche dans le reflet trompeur des étoffes brillantes à répandre de l'éclat sur sa face décolorée. Pour ne pas faire une longue énumération des artifices de la toilette, je me bornerai là, et je dirai qu'en s'efforçant de faire disparaître les signes de la vieillesse, on les rend plus persistants et plus implacables. La nature s'obstine, la vieillesse s'acharne, le front paraît plus ridé, et la face plus anguleuse sous cette cheve-

lure dont le ton emprunté est en désaccord avec l'âge
réel et ineffaçable. Les couleurs fraîches et vives des
étoffes, les fleurs, les diamants sur la peau, tout ce
qui brille et attire le regard, flétrit d'autant plus ce qui
est déjà flétri. Et puis, outre l'effet physique, la pensée ne saurait être étrangère à l'impression perçue par
nos yeux. Notre jugement est choqué de cette ano-
malie. Pourquoi, nous disons-nous instinctivement,
cette lutte contre les lois divines ? Pourquoi parer ce
corps comme s'il pouvait inspirer la volupté ? Que ne
se contente-t-on de la majesté de l'âge et du respect
qu'elle impose ! Des fleurs sur ces têtes chauves ou
blanchies ! quelle ironie ! quelle profanation !

» Eh bien ! cette horreur que la vieillesse fardée ré-
pand autour d'elle ferait place à des sentiments plus
doux et plus flatteurs si elle n'essayait plus de trans-
gresser les lois de la nature. Il y a une toilette, il y a
une parure pour les vieillards des deux sexes. Voyez
certains portraits des anciens maîtres, certains hommes
à barbe blanche de Rembrandt, certaines matrones
de Van-Dyck, avec leur long corsage de soie ou de
velours noir, leurs coiffes blanches, leurs fraises, ou
leurs guimpes austères, leur grand et noble front découvert et imposant, leurs longues mains vénérables.
leurs lourds et riches chapelets, ces bijoux qui rehaus-
sent la robe de cérémonie sans lui ôter son aspect
rigide. Je ne prétends point qu'il faille chercher l'ex-
centricité en copiant servilement ces modes du temps
passé. Toute prétention d'originalité serait messéante

à la vieillesse. Mais des mœurs sages et des habitudes
de logique répandraient dans la société des usages
analogues, et bientôt le bon sens public créerait un
costume pour chaque âge de la vie, au lieu d'en créer
pour distinguer les castes, comme on l'a fait trop longtemps. Que l'on me charge d'inventer celui des vieillards, moi qui suis de cette catégorie, et l'on verra
que je rendrai beaux beaucoup de ces personnages qui
ne peuvent servir aujourd'hui de type qu'à la carica-
ture. Et moi, tout le premier, qui suis forcé, sous
peine de me singulariser et de manquer aux bien-
séances, d'être là avec un habit étriqué, une chaussure
qui me gêne, une cravate qui accuse l'angle aigu de
mon menton, et un col de chemise qui ramasse mes
rides, vous me verriez avec une belle robe noire, ou
un manteau ample et digne, une barbe vénérable, des
pantoufles ou des bottines fourrées, tout un vêtement
qui répondrait à mon air naturel, à la pesanteur de
ma démarche, à mon besoin d'aise et de gravité.
Et alors, ma chère Emma, vous diriez peut-être :
Voilà un beau vieillard ; au lieu que vous êtes forcée
de dire en me voyant dans des habits pareils à ceux
de mon petit-fils : Ah ! le vilain vieux !

— Je vous trouve trop sincère pour vous-même et
pour les autres, dit Emma, après avoir ri de son aimable discours. Jugez donc quelle révolution, quelle
fureur chez les femmes, si on les obligeait d'accuser
leur âge en prenant à cinquante ans le costume qui
conviendrait aux octogénaires.

— Cela les rajeunirait, je vous le jure, reprit-il.
D'ailleurs, on pourrait inventer un costume différent
pour chaque vingt ans de la vie. Laissez-moi vous
dire en passant que les femmes font un sot calcul en
cachant mystérieusement le jour de leur naissance.
Quand il est bien constaté par quelque indiscrétion
(toujours inévitable) que vous avez menti sur ce point,
ne fût-ce que d'une année, voilà que la malignité des
gens vous en donne à pleines mains : Oui-dà, trente
ans ! se dit-on... c'est bien plutôt quarante. Elle a
l'air d'en avoir cinquante, dit un autre. Et un plaisant
ajoutera : Peut-être cent! Que sait-on d'une femme
si habile à tout déguiser en elle? Il me semble que, si
j'étais femme, je serais plus flattée de me paraître
très-bien conservée à quarante ans que très-flétrie à
trente. Je sais très-bien que, quand j'entends dire
d'une femme qu'elle n'avoue plus son âge, je la suppose tout d'abord vieille, et très-vieille.

— En cela, je pense comme vous, dis-je à mon
tour ; mais reparlez-nous de vos costumes. Vous ne
changeriez pas celui que portent aujourd'hui les
jeunes personnes ?

— Je vous demande bien pardon, reprit-il, je le
trouve beaucoup trop simple; en comparaison de
celui de leurs mères qui est si luxueux, il est révoltant
de mesquinerie. Je trouve, par exemple, que la toilette d'Emma est celle d'un enfant, et je voudrais
qu'à partir de quinze ans elle eût été plus parée qu'elle
ne l'est. Est-ce qu'on veut déjà la rajeunir? Elle n'en

a pas besoin. C'est l'usage, dit-on, c'est de bon goût ;
la simplicité sied à la pudeur du jeune âge : je le veux
bien, mais ne sied-elle donc pas aussi à la dignité
maternelle ? Puis, l'on dit aux jeunes personnes pour
les consoler : Nous avons besoin d'art, nous autres,
et vous, vous êtes assez parées par vos grâces naturelles. Étrange exemple, étrange profession de pudeur et de morale ! et quel contre-sens pour les yeux
de l'artiste ! Voici une matrone resplendissante d'a-
tours, et sa fille, belle et charmante, en habit de première communion, presque en costume de nonne ! Et
pour qui donc les fleurs et les diamants, les riches
étoffes et tous les trésors de l'art et de la nature, si
ce n'est pour orner la beauté ? Si vous faites l'éloge
de la chasteté simple et modeste, n'est-elle donc faite
que pour les vierges ? Pourquoi vous dépossédez-vous
si fièrement du seul charme qui pourrait vous embellir encore ? Vous voulez paraître jeunes, et vous vous
faites immodestes ? Calcul bizarre, énigme insoluble !
La femme, pensent certaines effrontées, doit être
comme la fleur qui montre son sein à mesure qu'elle
s'épanouit. Mais elles ne savent donc pas que la femme
ne passe pas, comme la rose, de la beauté à la mort !
Elle a le bonheur de conserver en elle, après la perte
de son éclat, un parfum plus durable que celui des
roses. »

Le bal finissait. La mère et la tante d'Emma restèrent des dernières. Elles allaient s'égayant et s'en-
hardissant à mesure que l'excitation et la fatigue les

enlaidissaient davantage. Emma était de bonne humeur parce qu'elle avait entendu jeter l'anathème sur
leur folie. Le vieux artiste parti, elle s'entretint encore
avec moi, et devint si amère et si vindicative en paroles, que je m'éloignai d'elle attristé profondément.
Mauvaises mères, mauvaises filles ! Est-ce donc là le
monde ? me disais-je.

GEORGE SAND.

OU VA UNE FEMME QUI SORT.

ENIGME.

I

DE LA FRANCHISE DANS SES RAPPORTS AVEC LA FEMME.

De toutes les dissimulations qui composent la sincérité de la femme, les plus naïves sont les plus habiles. Cette vérité, vieille comme Ève, est inutile comme l'expérience. — Mais, après tout, si les vérités servaient à quelque chose, rien ne les distinguerait plus des mensonges.

Quand, gracieusement blottie dans une causeuse, une jeune femme se laisse songeusement bercer par ses rêveries, et, tout en jouant du bout de ses mules mignonnes avec les bronzes de son foyer, cisèle une vengeance ou caresse un espoir, il n'est peut-être pas impossible à un observateur intelligent, et surtout hors d'âge, de suivre sur le joli front qu'il étudie l'ombre des caprices qui le traversent. — Toute eau calme laisse ainsi deviner les cailloux de son lit; mais vienne une faible brise, et tout disparaît. — De même, au plus léger mouvement de tête pour replacer une

11

boucle de cheveux, au plus imperceptible froncement de sourcil, voilà le livre féminin qui se ferme avant que le lecteur ait pu nettement en déchiffrer un mot.

Il peut donc être admis, à la rigueur, que les femmes ne sont pas absolument impénétrables dans la méditation. Quelques savants un peu bourgeois et très-mariés vont même jusqu'à soutenir qu'il est possible de soupçonner parfois la vérité dans leurs paroles. Par respect pour les maris, et dût en sourire la plus candide jeune fille, acceptons encore cette prétention de la vanité masculine. — Mais après, ô profonds physiologistes! que devinez-vous jamais dans le regard de vos propres femmes; dans ce regard perlucide qui reste calme devant le mensonge comme celui de l'aigle devant le soleil? Que découvre votre pénétration au milieu de toutes les angéliques perfidies du geste et de la démarche? Que peut enfin toute votre science en face de ce machiavélisme mimé, qui pousse l'affectation jusqu'au naturel et la duplicité jusqu'à la franchise?

Rien, n'est-ce pas? C'est qu'en effet, où commence l'action, la femme a dit à la physiologie : « Tu n'iras pas plus près. »

Et la physiologie s'est tenue *coite*.

Mais aussi, quelle admirable et constante sollicitude pour arriver là! — Jamais un mot d'abandon qui ne soit réfléchi; jamais un sourire sans cause qui n'ait un but; jamais un mot échappé de l'âme qui ne vienne de la tête. — Être toujours sur le qui-vive de

son cœur, et cela sans relâche, la nuit comme le jour,
et, dans le mariage, plus encore la nuit que le jour,
quelle force et quelle constance ! Et cependant, pas
une femme ne préfère être vraie. Il n'est pas de petite
fille qui ne trouve sur-le-champ dix façons de ne pas
dire la vérité, sans toutefois mentir positivement. Or,
prenez un collégien, le plus fort de sa classe, un prix
d'honneur, si vous voulez, proposez-lui le même
sujet, et, à coup sûr, l'espoir de l'Université ne s'en
tirera que par un gros mensonge bien écarlate ; et
encore, le malheureux se cognera-t-il dix fois à la
vérité en le balbutiant les yeux baissés.

C'est que, dès l'enfance, la femme commande à
son regard et s'en joue déjà, tandis que le plus vieil
usurier est souvent trahi par le sien. Puis, avec quelle
exquise délicatesse de chatte elle étudie son geste,
qu'elle saura rendre oublieux et naïf à force d'art et
de grâce !

Contraint ou brutal, le geste de l'homme est toujours, au contraire, un misérable révélateur. Le plus
grand ennemi d'un diplomate, c'est son avant-bras.
— Aussi, tout grand politique en est-il réduit à se lier
les mains par une habitude, soit en les emprisonnant
dans ses goussets comme Talleyrand, soit en les joignant comme Louis XI, ou enfin, ce qui est plus
prudent encore, en les cachant derrière le dos comme
Napoléon.

Donc, reconnaissons humblement ceci : —*Le geste
et le regard des femmes obéissent ; le geste et le re-*

gard des hommes dénoncent. — Où nous trouvons
des traîtres, elles ont des esclaves. De là leur force
et notre perte.

Eh bien! non; loin de s'humilier devant cette in-
contestable supériorité, la même vanité masculine, se
sentant acculée, prend alors ses grands airs, se rengorge, et nous dit : « Ah çà! mon cher monsieur,
mais nous avons Tartufe! »

En effet, voilà notre grand hypocrite de bataille à
nous autres : Tartufe! — Mais quel piteux hypocrite,
bon Dieu! — Un pauvre hère qui commence par se
cacher deux actes durant, tant il a peur de se trahir!
— un fourbe rampant, honteux, mielleux, dont
l'habit sombre, la voix sombre, l'œil sombre, la démarche sombre, disent de trente pas et à tout venant :
*Défiez-vous de moi, car je suis un bien grand
fourbe!* — un trompeur qui ne trompe ni Elmire, ni
Valère, ni Mariane, ni Dorine, ni personne enfin,
sauf un niais; — un séducteur qui prêche au lieu
d'aimer, et cela près d'une femme de trente ans, et
la femme de son ami encore! — deux circonstances
qui, pour le dire à sa honte, rendaient sa tentative
l'alpha de la séduction; — un plat gredin, qu'au dénoûment chacun bafoue et qu'on jette dehors : ne
voilà-t-il pas vraiment un héros dont nous devons
être bien fiers! Oh! baissons la tête!

Maintenant, voyons Célimène : — toujours sou-
riante, toujours charmante, toujours aimée, elle se
joue de tout le monde, sans sermons, sans maximes,

sans tirades, et presque sans le savoir. Dans ce contraste, Molière a été profond et vrai comme toujours. Il a dit aux hommes en leur montrant Tartufe : *Voilà comme vous êtes vrais quand vous trompez;* et aux femmes en leur montrant Célimène : *Voilà comme vous trompez quand vous êtes vraies.*

Eh quoi! vont s'écrier ici les hommes, en sommes-nous donc tellement réduits à la franchise, que nous ne puissions mentir un peu aussi? — Mais, mon Dieu! maris que vous êtes, il n'est pas question de cela, et vous restez les maîtres de tout dire, excepté cependant de vous dire les maîtres. Il s'agit de savoir si vous êtes chaque jour victimes de la dissimulation féminine, oui ou non; et c'est oui. Or, nier cette royauté est une faute d'autant plus grave, que tout pouvoir contesté en est plus rigoureux.

Mais que faire alors? demandera le côté de la barbe; faut-il nous couvrir la tête de cendres, et gémir dans notre abaissement jusqu'à la consommation des siècles et des femmes? Non, certes; il faut, au contraire, affermir tout notre cœur et rassembler tout notre courage; mais ce cœur, nous devons le remplir d'un impitoyable dédain; mais ce courage, nous devons le dépenser en patience. Ce qu'il faut, enfin, c'est que tous les hommes de sagesse, d'esprit et de science, s'unissent pour étudier lentement et sans relâche le grand mystère de la dissimulation féminine. Toutes les cartes marines et toutes les observations astronomiques n'empêchent pas, il est vrai, un vaisseau de

sombrer; mais le capitaine sait du moins où il est;
et, si la côte est proche, l'équipage peut encore se
sauver. — Voyez là-bas, tout là-bas, au fond de
l'azur, à l'horizon, ce petit point noir qu'on dirait une
mouche que le ciel se serait mise par coquetterie; eh
bien ! après avoir flairé le vent, le plus jeune matelot
vous dira où ce grain tombera, et ce qu'il faut faire
pour l'éviter.—Comment, un enfant peut savoir ainsi
où va un nuage du ciel, et le plus savant homme de
France ne peut pas deviner, au sourire, à la voix, à
la toilette, où va sa femme quand elle lui dit : « JE
SORS ! » C'est moins que triste et plus que bête.

Et cependant, entre tous les hiéroglyphes fémi-
nins, celui-là paraît un des plus simples à étudier.

Et cependant, savoir *où va une femme qui sort* est
une incessante et cruelle inquiétude qui torture tout
homme à dater du jour où il s'entend dire pour la première fois en rentrant chez lui : « Madame est sortie. »

De ce moment s'éveillent en lui toutes les jalousies
qui saisissent un mari au prologue de son malheur.

Jusque-là, en effet, madame était allée voir sa famille, visiter une amie, ou faire des emplettes.

Il y a donc toute une déclaration d'indépendance
parfaitement nette dans ce mot si simple, et pourtant
si terrible : « Madame est sortie. »

II

CE QUE C'EST QU'UNE FEMME QUI SORT (1).

I. — Toute femme qui, sans s'inquiéter du soleil, de l'ombre, du temps et du chemin, va, légère et sérieuse, droit devant elle, et qui, sans avoir l'air de se hâter et sans paraître voir personne, dépasse tout le monde, est à coup sûr — une femme qui sort.

II. — Semblable aux anges qui traversent les tempêtes sans éteindre leur nimbe de feu ni mouiller leurs blanches ailes, une femme qui sort a toujours autour d'elle une auréole de beau temps.

Par le plus triste ciel, la pluie s'écarte de son front, et le pavé s'avance blanc et sec sous son pied, qui l'effleure à peine.

Quelque temps qu'il fasse, une femme qui sort arrive donc toujours où elle va — parfaitement immaculée.

Au retour, il est vrai, l'auréole a disparu ; mais ce n'est plus alors qu'une femme qui revient.

III. — Une femme se promenant avec son mari n'est jamais une femme qui sort.

Toutefois, si, parti dans l'intention d'aller se promener à droite, le mari, croyant changer d'avis, va,

(1) Suivant l'Académie, *sortir* est un verbe neutre qui signifie simplement *passer du dedans au dehors*. Le verbe que nous employons ici nous prie de déclarer qu'il n'a rien de commun avec celui de l'Académie.

au contraire, à gauche, et rencontre un ami de fraîche
date, les casuistes le considèrent comme le mari d'une
femme — qui sort.

IV. — Une femme peut encore sortir avec un enfant lorsque cet enfant ne parle pas encore, ou avec
une amie quand cette amie doit la quitter en chemin.

V. — Une femme qui a sa voiture à elle ne commence à sortir que du moment où elle en descend.

Toute femme qui, partie à pied, prend une voiture
de place, est une femme qui sort du moment où elle
y monte.

VI. — Avant d'arriver où elle ne veut pas être
vue, une femme qui sort va toujours où elle veut
qu'on la voie.

VII. — Rien ne fait distinguer la toilette d'une
femme qui sort à l'instant de son départ. C'est le
chapeau du jour, c'est la robe nouvelle, c'est le châle
qu'on lui connaît. — Mais bientôt le châle s'allonge,
le chapeau s'avance, le voile descend, les dentelles
disparaissent, les bijoux se cachent, et toute la toilette se referme et s'assombrit enfin comme un pa-
pillon qui replie ses splendeurs.

VIII. — Une femme qui sort prend toujours le côté
opposé à celui où elle va.

IX. — Sans jamais retourner la tête, ni lever les
yeux, une femme qui sort est magnétiquement avertie
dès qu'elle est suivie ou seulement reconnue. Elle

retombe alors subitement de poésie en prose, comme
une sylphide de théâtre quand le fil qui la faisait
légère vient à se casser.

X. — Un sot salue une femme qui sort, un fat l'é-
vite en souriant, un galant homme ne la rencontre
jamais.

La simplicité des axiomes de ce décalogue démon-
tre qu'il est aussi facile de reconnaître une femme
qui sort qu'il est difficile de savoir où elle va.

Il est vrai que beaucoup de maris se contentent de
ce qu'on leur dit, au retour, où l'on n'a pas été; mais
cette sagesse-là ne s'acquiert qu'à la longue et de
souffrance lasse.

Il est encore vrai que quelques jaloux s'abaissent
jusqu'à employer l'espionnage, ce qui les couvre toujours de confusion, en leur révélant dans leurs femmes une foule de vertus discrètes, de surprises tou-
chantes, et de prévenances délicates qu'ils étaient loin
de soupçonner.

Sans partager l'indifférence des uns ni les inju-
rieuses défiances des autres, examinons froidement
les ressources de notre position.

De spirituelles et ingénieuses études sur les femmes
ont été faites de notre temps par des auteurs dont on
doit justement admirer le talent merveilleux. Malheureusement, exécutés sans ensemble et souvent sans
but sérieux, ces travaux devaient être sans résultat

14.

pour la science comme pour le repos de l'humanité
mâle. On peut faire ainsi de délicieux portraits, et
bâtir de charmantes théories exceptionnelles, mais rien
d'absolu, rien de complet, rien d'humanitaire enfin.
— C'est que, comme l'a dit superbement l'autre jour
un successeur de Platon : « L'Esprit est un habit,
la Science est un paletot; le premier peut ne servir
qu'à son maître, mais il faut que l'autre aille à tout le
monde. »

C'est donc par la science seulement qu'il nous
sera peut-être donné un jour de deviner quelques-
unes des énigmes actives ou parlées de ce sphinx si
séduisant et si redoutable. Mais, depuis que les
sociétés savantes se sacrifient au bonheur du monde,
jamais une seule, hélas ! n'a osé, comme OEdipe, se
dévouer pour le salut de tous; non, pas même l'université de France, la fille aînée de nos rois! Et pourtant, en sa qualité de vieille fille, cela devait lui aller
comme une médisance. — C'est par une modeste
résignation, disent les défenseurs des académies:
résignation tant que vous voudrez, mais, à ce
compte-là, les huîtres aussi sont modestement rési-
gnées.

Si les hommes d'une seule génération, d'une seule
ville, d'un seul quartier même, voulaient pourtant
s'entendre et se confesser loyalement les uns les autres,
que de soudaines clartés viendraient illuminer le brouillard où nous nous heurtons tous jalousement sans
nous reconnaître! que de câlineries inquiètes, que de

joies fébriles, que de sensibleries boudeuses lues cou-
ramment à cœur ouvert !

PROPOSITION.

« Supposons, par exemple, une mairie, ce qui
n'exige pas une imagination ardente, et, dans cette
mairie, un immense registre tenu en partie double,
moitié par les maris de l'arrondissement, moitié par
leurs amis. Sur le recto, les premiers inscriraient, chaque jour, tous les conseils aigres-doux, toutes les gra-
cieuses sollicitudes, tous les caprices, toutes les toilettes, et surtout les vertus subites de leurs fidèles et
douces compagnes; puis, en regard, les amis viendraient expliquer et commenter à leur tour le texte
primitif. On pourrait être à la fois ami d'un côté et mari
de l'autre. — Il est bien entendu que la plus inviolable
discrétion serait gardée des deux parts, et que ces
précieuses chroniques conjugales paraîtraient sans
nom d'auteurs. »

Simple comme toutes les choses sublimes, ce projet
sera-t-il réalisé un jour ? Hélas! nous l'ignorons ;
mais trois fois bénis et vénérés seraient les grands
cœurs qui poursuivraient une telle œuvre un lustre
seulement. — Comprenez-vous cela, gens de bien ?
un dictionnaire universel de tous les mots, faits et
gestes, de la femme, traduits en franchise et avec les
étymologies ; — un arsenal où chacun de vous pourrait s'armer, suivant le danger et selon la nature de
l'ennemi ; — une encyclopédie maritale enfin, dans

laquelle toutes les questions seraient ainsi traitées par demandes et réponses :

RECTO.	VERSO.
Ma femme a été hier au bal d'une pruderie si ridicule, que ce pauvre B. en a été tout déconcerté.	O bonheur! mais pourquoi donc hier, Marie, m'avez-vous si cruellement brisé le cœur?
Aux reproches que je lui en ait faits, elle m'a répondu sèchement : « Aimeriez-vous mieux souffrir de ma légèreté que de voir sourire de ma — RÉSERVE? » MARI C.	« Mon ami, c'est parce que, comme tous les grands généraux, quand nous prévoyons une défaite, nous faisons toujours avancer la — RÉSERVE.» AMI B.

Ainsi pour tout. — Ah! ah! s'exclamerait alors chaque collaborateur dans les circonstances douteuses, voyons un peu dans notre grand livre l'explication de ceci! Et, en un instant, sans confidence et partant sans honte, notre homme aurait pour se défendre l'esprit ouvert et le cœur fermé.

Certes, il resterait peut-être bien encore, par-ci, par-là, quelques petits écueils inédits sur l'océan du mariage; mais, connaissant ses courants capricieux, ses calmes perfides, et ses brisants à fleur de coquetterie, un jeune mari pourrait éviter du moins les dangers capitaux qui menacent si sournoisement les œuvres vives de son honneur. — Est-ce donc chose possible dans notre ignorance et notre égoïsme? — Arrêtez ce gros monsieur qui passe, le crêpe au front; c'est un triple veuf; un gaillard qui a fait bravement

trois fois le tour du mariage. Eh bien! consultez-le,
et vous le trouverez aussi penaud qu'un voyageur qui
aurait fait trois fois le tour du monde à fond de cale.
— Et cela doit-être; car sa position est exactement la
même. Aller sans voir, souffrir sans apprendre, et se
perdre sans le savoir, tel a été son passé, et tel serait
son avenir s'il osait entreprendre demain une quatrième campagne. Le malheur moins l'expérience,
c'est le malheur plus le malheur. Or, voilà notre lot
jusqu'à ce jour dans tout ceci.

Mais aussi, avec quelle légèreté s'embarque-t-on!
— Le ciel est si pur ce jour-là, la mer est si calme, la
brise est si douce! à quoi bon prévoir l'orage? Et
d'ailleurs, est-ce qu'il peut y avoir ombre de danger
sur une mer si riante? Allons donc! vogue le mariage
et vive le plaisir! Une vague enjôleuse vient amoureu-
sement baiser le sable sous vos pieds et vous soulève;
on part, on est parti. — Adieu. — Avec quelle ardeur
on fait son premier quart, son quart de miel! — Toujours en grande tenue, toujours sur le pont, toujours
au gouvernail, on passe radieux entre les autres voiles,
comme un noble cygne au milieu de vulgaires ca-
nards. Hélas! ces canards-là ont été cygnes comme
vous un jour!...

Cependant, à la longue, le vent fraîchit un peu. On
descend, puis on se dorlote tant et si bien dans le
roulis de son bonheur, que vos yeux se ferment.
« Pour Dieu, ne dormez pas! — Ah bah! la mer est
belle. — Mais, malheureux, le sommeil vous perd!

— Au contraire, répondez-vous, il me gagne... »
Et vous dormez...

Malédiction! Au réveil, le temps menace, l'équipage
boude, votre navire est en pleine dérive.

Seul, sans ancre, sans boussole, que devenir? Par
hasard passe une barque. — Ho! hé! de la barque,
ho! hé! — Elle accoste. Par un hasard plus grand
encore, il se trouve que c'est un de vos amis qui se
promenait par là. Il monte respectueusement à bord,
salue plus respectueusement l'équipage, le blâme un
peu, vous plaint beaucoup, vous conseille respectueusement, et, de plaintes en conseils, vous jette
droit à la côte, toujours respectueusement. — Ne
criez pas, ne tirez pas le canon d'alarme; car des
rires et des huées répondraient seuls à vos signaux
de détresse, et, loin de vous secourir, chaque voile
s'éloignera en disant : « C'est un mari qui sombre,
laissons aller. »

Et penser que les trois quarts de ces misérables
étaient comme vous hier, et que l'autre quart vous
ressemblera demain!

III

DERNIÈRE SUPPLICATION.

Encore une fois, très-précieux, très-illustres et très-
chevalereux gens de bien, comme vous salue Rabelais, au nom de vos pères passés, de vos fils présents,
et de votre esprit à venir, acceptez-vous notre pro-

position, et voulez-vous enfin crocheter le secret des femmes?

— De par Dieu, oui, nous le voulons! répondez-vous; mais nous croyons que ce labeur serait mirifiquement ennuyeux.

— Voyre mais, vous dirait Panurge, qui vous hantait volontiers; — pour des compaignons qui s'ébaudissent matutinalement à faire lecture de politicq, et parachèvent le jour à ouïr musicque ou tragédie par semblant de liesse, ceci m'appert une paovre raison.

— Mais enfin, répliquez-vous, ne pourrions-nous donc pas étudier chacun chez soi?

— Si c'est là votre dernier mot et votre premier courage, nous vous quittons avec le souhait de maître Alcofribas : « Restez en santé désirée, aimez vos femmes, dormez salé, buvez net, bercez vos enfants, et que Dieu vous saulve et vous guarde ! »

— Mais alors on ne saura jamais

OU VA UNE FEMME QUI SORT.

LAURENT JAN.

LES VEUVES DU DIABLE.

En les voyant passer belles et fringantes, ne vous êtes-vous jamais demandé où elles vont et ce qu'elles deviendront un jour?

Ce sont de charmantes femmes qui ne tiennent à la société que par des liens de fleurs. Laissant à d'autres les positions régulières, la félicité domestique, les vertus paisibles et les vices cachés, elles vivent sur l'aile du hasard, sans frein, sans mesure, montrant avec une égale franchise ce qu'elles ont de bien et ce qu'elles font de mal. Leur mission est toute de joie et d'inépuisable tendresse, leur évangile enseigne l'amour du prochain, amour immodéré qu'elles pratiquent avec une dévotion sincère et ardente : — ce sont des sœurs de charité qui se consacrent à la consolation des riches et au soulagement des heureux.

Tant qu'elles restent jeunes, la vie est facile et riante. Elles n'ont qu'à se laisser aller au souffle de la fantaisie, au flot du plaisir, au doux murmure qui les invite et les caresse. Le souci du lendemain ne vient jamais troubler la sérénité de leur esprit. Elles marchent radieuses et légères, jetant au hasard leur regard, leur sourire, leur hameçon. Chaque jour leur amène de nouvelles fêtes et une fortune nouvelle. Chaque page de leur roman est un nouveau chapitre dominé par un personnage imprévu. Le héros d'hier disparaîtra ce soir et sera remplacé demain. Et, dans ces mille révolutions, elles demeurent invariablement fidèles à l'amour, au plaisir, au luxe, à la mode, à toutes les vanités qui remplissent et gouvernent la tête et le cœur d'une femme.

Mais tout passe et tout finit en ce monde. Un beau jour, la jeunesse fait mine de s'en aller ; elle annonce sa retraite par un de ces riens foudroyants qui sèment la désolation sur leur passage : — un cheveu blanc, — une ride, — la piqûre du ver sur la fleur épanouie. A peine a-t-elle dit adieu, qu'elle est déjà bien loin, emportant dans sa fuite les grâces et les attraits qui formaient son bagage.

Et alors, quand la jeunesse et la beauté sont passées, quand les amours et la fortune s'envolent, que deviennent ces femmes qui exploitaient si richement l'art de plaire, et qui dépensaient en même temps les revenus et le capital?...

Deux messieurs d'un certain âge, cinquante à soixante ans, étaient assis sous un marronnier du jardin des Tuileries par une belle matinée du printemps dernier. L'un d'eux adressait à son compagnon ces réflexions philosophiques et cette question assez embarrassante, qu'il répéta avec une remarquable opiniâtreté :

— Que deviennent-elles, je vous prie, ces souveraines détrônées par le temps, et où pourrais-je les retrouver ?

— Je n'en sais rien, répondit l'autre d'un air insouciant et calme ; je n'en sais absolument rien ; mais, que vous importe, mon cher Palémon ?

— Il m'importe beaucoup, comme vous allez le voir, mon cher Benoît. Vous avez toujours été, vous, un homme grave, paisible, étranger aux passions, et je vous retrouve tel que je vous ai laissé il y a vingt ans. Moi, au contraire, j'ai eu une jeunesse très-active et toute remplie de charmantes aventures. Peu de temps après ma sortie du collége, l'héritage d'un oncle m'ayant rendu assez riche pour vivre selon mes goûts, je dis adieu à la province et je revins à Paris, où je retrouvai Robert, notre ancien camarade de Sainte-Barbe. Il y avait entre nous deux ce qui fait les amitiés vraies et solides : nous nous ressemblions par les sentiments et les goûts, nous différions par l'esprit et le caractère. Libres tous deux et pleins d'ardeur, nous avions la ferme résolution d'employer gaiement nos belles années et de profiter de nos avantages. Nous voilà donc lancés sur le champ de bataille parisien. Nos débuts furent signalés par de nombreux succès ; et comment n'aurions-nous pas

réussi avec de la bonne volonté, des loisirs, de la
fortune, de la jeunesse et de la figure? car, je puis le
dire maintenant, et vous vous le rappelez peut-être,
nous étions l'un et l'autre d'assez jolis garçons. Rien
ne nous résistait; il est vrai que nous n'attaquions
guère les citadelles où la vertu tenait garnison. Dans
cette carrière de conquêtes agréables et faciles, Robert, je dois l'avouer, me surpassait de beaucoup. Je
le considérais toujours comme mon maître. C'était
un véritable héros, irrésistible dans l'attaque, superbe
dans le triomphe. On l'avait surnommé *le Diable*, à
cause de ses prouesses; le monde galant et frivole
dans lequel nous vivions ne l'appelait pas autrement
que Robert le Diable; et ce ne fut pas pour mon ami
une médiocre émotion lorsque, plus tard, il vit paraître sous le même titre le célèbre opéra de Scribe
et de Meyerbeer. Nous avons mené notre joyeuse vie
pendant une vingtaine d'années; que ne peut-on la
mener toujours! Mais, par malheur, nous autres
hommes, nous avons une fin, comme les femmes. La
satiété, l'incapacité, les infirmités nous mettent à la
retraite. — Ce dénoûment nous arriva plus tôt que
nous ne l'aurions souhaité. Robert possédait à soixante
lieues de Paris le domaine de Margaillac, charmante
habitation, avec de riants jardins, un beau parc et
de pittoresques environs; c'est là que nous nous reti-
râmes tous deux pour nous reposer de nos fatigues
et terminer doucement notre carrière. Nous avions
de bons livres, de bons vins, de bons souvenirs:

n'est-ce pas là tout ce qui fait le bonheur au déclin de la vie? Combien de douces heures se sont écoulées dans ces entretiens abondants qui nous ressuscitaient le passé! Robert avait un préjugé : il se figurait que les femmes dont il s'était fait aimer jadis lui avaient élevé un autel dans leur cœur. Ce fut sous l'empire de cette idée flatteuse qu'il fit son testament, l'hiver dernier, lorsqu'il sentit l'atteinte mortelle de la maladie qui l'a enlevé. « Mon cher Oscar, me dit-il, c'est toi que je charge d'être l'exécuteur de mes volontés suprêmes. Je te lègue notre manoir de Margaillac. Sur le reste de mes biens, que je laisse à mes neveux, j'ai prélevé une somme de cent mille francs, que je te charge de distribuer à *mes veuves*. » — Il appelait ainsi les tendres objets de ses anciennes passions. — « Parmi les femmes charmantes qui ont embelli mes jours heureux, continua Robert, il en est dix qui occupent le premier rang. Voici leurs noms inscrits sur cet album : Athénaïs, Colombe, Antonia, Rosine, Suzanne, Flora, Olympe, Armide, Arthémise, Rosalba. Tu les as connues, et tu trouveras à la suite de leurs noms tous les détails que ma mémoire a pu recueillir. Je veux léguer à ces femmes d'élite un gage de ma reconnaissance, et les récompenser une dernière fois de l'amour qu'elles ont eu pour moi et du souvenir qu'elles m'auront conservé. A chacune d'elles j'ai donné jadis mon portrait; le legs doit être partagé entre celles qui ont gardé cette image et qui pourront te la présenter. Si, par hasard.

quelques-unes ont disparu de la scène du monde, ou
bien si quelques oublieuses ne possèdent plus le portrait, leur part reviendra aux autres. C'est une ton-
tine. Telle est, mon cher Oscar, la mission que je
confie à ton dévouement éprouvé. Je suis sûr que tu
la rempliras en conscience; mais, comme je ne veux
pas abuser de ton zèle, je ne te demande que trois
mois de recherches, après lesquels tu fermeras le con-
cours. » Deux jours après m'avoir donné ces instruc-
tions, Robert est mort; fidèle à la promesse que je
lui avais faite, et muni des cent mille francs qu'il
m'avait remis, je suis venu à Paris chercher ses légataires. Voici déjà trois semaines que je suis arrivé, et
jusqu'à présent toutes mes démarches ont été infructueuses. Je ne me reconnais plus dans ce Paris, où je
n'avais pas mis le pied depuis vingt ans : c'est pour
moi un pays nouveau; je m'y perds, et je ne savais
vraiment à qui m'adresser pour apprendre où je pourrais retrouver les femmes qui vivaient jadis avec le
Diable.

Au moment où **M.** Oscar Palémon achevait son
discours, une main sèche, rugueuse et noire, se tendit
vers lui. C'était la loueuse de chaises qui réclamait
son salaire.

—Voulez-vous de la monnaie, mon cher Palémon?
dit **M.** Benoît.

— Monsieur Palémon!... répéta la loueuse de
chaises...voilà un nom qui ne m'est pas inconnu.

— Vraiment, bonne femme! reprit avec un dédaigneux sourire l'exécuteur testamentaire du Diable.

— Eh! eh! continua la vieille, il n'y aurait point ·de quoi rougir pour vous, mon beau monsieur; on valait quelque chose dans son temps, et il y avait plus d'un mirliflor qui se trouvait flatté de connaître particulièrement Rosalba Delorme.

— Quoi! vous seriez...? En voilà donc une! s'écria M. Palémon; vous êtes Rosalba Delorme, cette jolie petite blonde?...

— Oui, monsieur, j'étais blonde, malheureusement! car les blondes durent moins longtemps que les brunes; si j'avais été brune, je me serais conservée trois ou quatre ans de plus, et je ne serais pas réduite où vous me voyez. J'allais faire fortune lorsque j'ai perdu ma fraîcheur. La raison me venait, j'étais bien décidée à économiser pour mes vieux jours, et il y avait un Russe qui m'avait promis de me combler de richesses à son retour de Saint-Pétersbourg, où il était allé recueillir un héritage; mais, quand il est revenu, ce n'était plus ça : j'étais fanée, et pourtant je n'avais que vingt-neuf ans. Les brunes se maintiennent jusqu'à trente et quelques. Ah! pourquoi n'étais-je pas brune?

— Ainsi, reprit Palémon, vous vous rappelez mon nom? Moi, je me souviens de vous comme si cela ne datait que d'hier. Nous nous sommes connus indirectement; vous étiez très-liée avec un de mes amis, que vous n'avez sans doute pas oublié : Robert, surnommé le Diable.

— Robert le Diable! c'est une pièce de théâtre.

— Oui, mais ce fut aussi un beau jeune homme, qui vous adorait, et que vous avez payé de retour.

— C'est bien possible... j'en ai une idée confuse... mais il y en a eu tant, que, pour se souvenir de tous, il faudrait une mémoire d'ange.

— Robert vous avait donné son portrait.

— Ah!... j'en ai eu beaucoup aussi des portraits, mais je n'en ai plus un seul. Quand on se trouve dans le malheur, vous concevez, on se défait de ces colifichets. Les portraits ont filé avec les bijoux et les parures... Mais vous me faites causer, et, pendant ce temps, voilà un monsieur là-bas qui s'en va sans avoir payé sa chaise.

La loueuse courut à la poursuite du délinquant, et M. Palémon se leva en disant :

— Allons, le début n'est pas heureux : voilà déjà un nom à rayer de ma liste, et dix mille francs à répartir entre les autres légataires de Robert.

Une heure après cette rencontre, M. Palémon, en rentrant chez lui, trouva une lettre qui contenait l'invitation suivante :

« Madame la baronne de Firbach prie M. Oscar Palémon de lui faire l'honneur de venir passer la soirée chez elle le samedi 30 avril. »

— Quelle est cette baronne? D'où me connaît-elle? A quel titre suis-je invité? Comment se fait-il qu'elle m'envoie seulement ce matin une invitation pour ce soir? Ordinairement on s'y prend plusieurs jours

d'avance. Une baronne devrait mieux savoir les usages; mais, n'importe, je suis venu à Paris pour remplir une mission, et je rencontrerai peut-être chez la
baronne quelque élégant viveur d'autrefois qui pourra
me remettre sur la trace de ce que je cherche.

Tout en faisant ces réflexions, qui l'occupèrent
pendant le reste de la journée, M. Palémon se rendit
à neuf heures chez la baronne, rue de la Michodière.

La maison était de mince apparence, l'escalier peu
éclairé, l'appartement assez vaste, mais enfumé, mal
entretenu : des meubles qui dataient du temps de
l'Empire, des draperies flétries, des dorures écaillées.
Dans l'antichambre, un domestique en livrée bleu de
ciel, tachée d'huile et galonnée d'argent noirci, ouvrit
la porte du salon et annonça d'une voix rauque monsieur de Palémon.

Quatre groupes étaient réunis autour de quatre
tables de jeu. — Une dame d'un âge respectable, d'une
taille élevée et d'une figure qui visait à la majesté,
s'approcha de M. Palémon et le remercia de ce qu'il
avait bien voulu accepter son invitation; puis la baronne le prit par le bras, le conduisit dans une embrasure de fenêtre, le fit asseoir, et lui dit de l'air le
plus gracieux :

— Je reçois chez moi des hommes très comme il
faut et de jolies femmes. J'ai pensé que mon salon
vous serait agréable, si, comme je le suppose, vous
avez conservé vos goûts et vos habitudes d'autrefois.

— Comment donc, madame, reprit M. Palémon

étonné, j'ai donc eu jadis l'honneur d'être connu de vous ?

— Certainement, et j'ai été charmée de trouver votre nom sur la liste des étrangers nouvellement arrivés à Paris.

— Ah !... j'ignorais que l'on publiât cette liste...

— On ne la publie pas ; ce sont des renseignements particuliers.

— Et vous avez eu la bonté de vous souvenir de moi ?

— Oui, vraiment. Vous avez un de ces noms que l'on n'oublie pas et qui vous frappent nécessairement lorsqu'on les retrouve.

— Très-flatté, madame la baronne, reprit M. Palémon, qui se crut obligé de saluer ce compliment ; — mais, ajouta-t-il, je dois vous avouer que ma mémoire est moins heureuse, et j'en suis confus autant que surpris, car, sans parler des agréments de votre personne, vous avez aussi un de ces noms qui commandent le souvenir.

— C'est que peut-être je n'ai pas toujours porté ce nom, dit la baronne en souriant ; ne vous rappelez-vous pas Olympe Dujardin ?

— Ah ! s'écria M. Palémon, voilà une heureuse journée ! Votre nom est écrit sur mes tablettes, madame, et vous êtes une des personnes que je désirais le plus revoir à Paris. Je suis charmé de vous trouver dans une position brillante et aristocratique... Un mariage, sans doute ? Vous méritiez bien cela !

15

Mais comment ne vous ai-je pas reconnue tout de
suite? vous n'êtes pas changée du tout.

— Vous trouvez? reprit la baronne en minaudant...
Oui, on prétend que je suis encore passable. Toutes
les femmes n'ont pas ce privilége; et tenez, vous souvenez-vous de la petite Antonia, qui avait jadis quelque réputation dans le monde, et qui s'entendait si
bien à ruiner les Anglais?

— Antonia!... mais elle est aussi sur mes tablettes!

— La voilà. Cette énorme dame en chapeau bleu,
assise près de la cheminée. On l'appelle maintenant
madame d'Outremer. La jeune personne qui est à
côté d'elle est sa nièce; une débutante. Je vais vous
présenter.

Madame d'Outremer fit à M. Palémon un accueil
empressé. — J'aime les anciens, lui dit-elle, ma nièce
aussi; elle est gentille et bien élevée; elle se plaît
beaucoup dans la société des hommes mûrs. Nous
serons enchantées de vous recevoir. Je demeure rue
de Bréda, un bon quartier : j'en connais le personnel,
et, si vous désirez quelques renseignements, s'il vous
faut une personne sûre, active et discrète, pour
quelque négociation délicate, je suis tout à votre
service.

M. Palémon remercia, puis il mit la conversation
sur le chapitre de Robert. On ne se le rappela pas
d'abord; cependant, à force de moxas, la mémoire
des deux dames finit par se réveiller; mais ni l'une ni
l'autre n'avaient conservé le précieux portrait.

Sur ces entrefaites, la porte du salon s'ouvrit; un commissaire de police, revêtu de son écharpe, entra, suivi de son secrétaire et escorté de deux gardes municipaux, qui se placèrent en sentinelle pour couper la retraite à ceux qui auraient voulu s'esquiver. Les cartes et les enjeux furent saisis au nom de la loi, et chacun des assistants se vit contraint de décliner ses noms et qualités, que l'on inscrivit sur un procès verbal détaillé. Cette scène ne se passa pas sans de vives réclamations; la baronne de Firbach était furieuse.

— Je sais d'où part le coup, dit-elle à M. Palémon consterné; j'ai été dénoncée par une femme qui était ma rivale autrefois, qui est mon ennemie aujourd'hui, et qui est venue se loger dans cette maison pour mieux m'épier. On m'avait bien dit qu'elle était attachée à la police, et j'avais la faiblesse de ne pas le croire! Oh! je la démasquerai maintenant, et tout le monde saura qu'Arthémise Muller est une espionne, une vile moucharde!

— Arthémise Muller!... Encore une de celles que je cherche, dit M. Palémon.

Le procès verbal terminé, les invités de la baronne eurent la permission de se retirer, avec la perspective de comparaître comme témoins dans une séance de la police correctionnelle.

Ému de la scène qui avait terminé une journée pleine de rencontres, M. Palémon ressentit une violente migraine, et, voulant rester chez lui, il envoya chercher au cabinet de lecture un roman nouveau.

C'était un in-octavo crasseux qui avait été feuilleté par des milliers de doigts ; — un de ces livres que les femmes du monde, délicates et distinguées, admettent chez elles après qu'il a passé par la mansarde, l'antichambre, la loge du portier, le corps de garde, et diverses autres localités fâcheuses ; —car, à Paris, on n'achète pas les livres, on les loue ; toutes les classes de la société sont inscrites sur le registre du cabinet de lecture, le même volume va de la grisette à la marquise, du laquais à la merveilleuse, et ainsi de suite. M. Palémon ouvrit le livre, et il se mit à lire le roman nouveau, qui, dès les premières pages, lui parut singulièrement fade et parfaitement filandreux. Après avoir bâillé plusieurs fois, il allait fermer le volume, lorsque tout à coup son nom lui apparut, placé en vedette dans le sommaire du troisième chapitre : — « *Où le lecteur fera connaissance avec un nouveau personnage, M. Oscar Palémon.* » — Était-ce le hasard qui avait fourni ces deux noms à l'auteur ? Voyons ! — Mais non ; c'est un véritable portrait. Le Palémon du roman est bien celui qui menait joyeuse vie à Paris il y a vingt ans ; et, pour que le moindre doute ne soit pas permis, l'auteur a complaisamment décrit la figure, la tournure, le caractère, les habitudes du personnage, et il l'a placé dans une intrigue historique dont les mystérieux détails n'avaient jamais été ébruités. Quel était donc le romancier qui connaissait si bien M. Palémon et ses aven-

tures les plus secrètes?—Cet auteur était une femme,
et se nommait madame Bougival.

M. Palémon consulta son excellente mémoire; il
parcourut les sentiers fleuris de ses souvenirs, cul-
tivés avec tant de soin, mais ce fut vainement qu'il
chercha ce nom parmi les doux fantômes qui lui sou-
riaient dans le paradis du passé.

— Il faut absolument que je remonte à la source
de cette étrange révélation; et j'y parviendrai, dussé-
je porter plainte au procureur du roi; car il n'est pas
permis d'imprimer ainsi tout vif un honnête homme,
et d'en faire un héros de roman sans sa permission.

Disant cela, M. Palémon, dégagé de sa migraine,
s'habilla en toute hâte, prit un cabriolet et courut
chez l'éditeur du roman, qui lui donna l'adresse de
la femme de lettres.

Un quart d'heure après, il grimpait au cinquième
étage d'une maison du faubourg Saint-Denis, et il
tirait à trois reprises un vieux ruban jaune servant de
cordon de sonnette. La station dura cinq minutes,
puis la porte s'ouvrit, et M. Palémon se trouva en
présence d'une femme de cinquante ans, grosse et
courte, au teint bourgeonné, enveloppée d'une vieille
robe de chambre en mérinos écarlate, et coiffée d'un
foulard mal attaché sur ses cheveux en désordre.

— Madame Bougival, s'il vous plaît?

— C'est moi, monsieur.

L'interrogation était de pure forme et la réponse
devait être prévue. Il n'y avait pas moyen de s'y

15.

tromper. La femme de lettres avait le physique de l'emploi, le costume du rôle et ses accessoires. La main droite, qu'elle tenait appuyée sur le bouton de la porte, était tachée d'encre, et, pour répondre, elle ôta de sa bouche une plume qu'elle plaça derrière son oreille.

— Entrez, monsieur, reprit madame Bougival, et excusez-moi si je vous ai fait attendre; mais j'avais commencé d'écrire une phrase, et j'ai voulu la finir avant de me déranger, parce que, sans cela, j'aurais perdu le fil... Et ce satané fil, quand une fois on l'a perdu, il faut se tordre la cervelle pour le retrouver... C'est comme le fil de *Marianne*, vous savez, la femme au labyrinthe, dans la mythologie... Pas par là, monsieur, vous allez à la cuisine... par ici, je vous prie, dans mon cabinet de travail.

Le cabinet de la femme de lettres servait en même temps de salon, de salle à manger et de chambre à coucher. Le lit était à demi caché derrière un paravent déchiré. Le principal meuble de cet appartement complet était une vaste table chargée de toutes sortes d'objets; on y voyait pêle-mêle des livres, du papier, un corset, une écritoire, une bouteille de vin, un peigne, des verres, des plumes, du linge, des assiettes.

— Donnez-vous la peine de vous asseoir, monsieur, dit la romancière en se plongeant dans un vaste fauteuil placé devant le bureau.

M. Palémon ne demandait pas mieux que d'obtempérer à cette invitation, mais les trois chaises

qui garnissaient le local étaient occupées toutes trois,
l'une par un jupon, l'autre par un saladier, la troisième par un chat.

Madame Bougival remarqua l'embarras de la situation, et elle s'écria :

— A bas, Sylvio ! faites place à monsieur.

Sylvio,—c'était le chat,—se dressa sur ses pattes,
prit son élan , sauta sur la table et se coucha sur le
corset de sa maîtresse.

— Maintenant que vous voilà casé, monsieur, continua le bas-bleu, voulez-vous me dire ce qui me pro-
cure l'avantage de vous recevoir ?

— Madame, je viens ici à propos d'un roman.

— Monsieur est libraire ?

— Non, madame.

— Journaliste, peut-être ?

— Pas davantage. Voici le fait : j'ai lu votre
roman.

— Lequel ?

— Celui qui est intitulé *Noces et Festins*.

— C'est un de mes meilleurs.

— Dans ce roman, il y a un personnage...

— Il y en a trente-deux, monsieur, et tous assez
crânement posés, j'ose le dire ; des caractères un peu
ficelés, et une action dans le grand genre, des événements en veux-tu, en voilà, et un dénoûment qui a
dû vous faire verser toutes les larmes de votre corps,
si vous avez pour deux liards de sensibilité.

— Oui... oui!... je rends hommage au mérite de

votre œuvre... Mais le personnage dont je veux parler
est celui que vous avez nommé Oscar Palémon.

— Ah! ah!... un farceur! un coureur!... un aimable vaurien... En usez-vous, monsieur? ajouta la
romancière en présentant à son interlocuteur une
vaste tabatière de corne noire dans laquelle elle avait
puisé une copieuse prise de tabac.

— Volontiers, madame, je vous remercie; mais
revenons, s'il vous plaît, à cet Oscar Palémon.

— Le personnage vous a frappé, n'est-ce pas? c'est
qu'il est d'une vérité!... Je l'ai peint d'après nature.
Oui, monsieur, cet homme a existé.

— Je crois bien! et il existe encore.

— Vous le connaissez?

— Beaucoup, car c'est moi.

— Allons donc! vrai? c'est là, vous, le petit Oscar?
Dieu du ciel! quel déchet! Comme ce scélérat de
temps nous arrange!... Mais, en y regardant bien,
pourtant, on vous retrouve au milieu de tout ça. Et
moi, vous ne me remettez pas?... Dans le temps
que je vous ai connu, on me nommait Athénaïs Babi-
chard.

— Quoi! Athénaïs, la reine de nos bals et de nos
soupers, la fringante danseuse, l'égrillarde convive,
qui avalait si lestement ses trois bouteilles de champagne dans une seule séance!

— Elle est devant vos yeux!... Mais elles sont passées ces nuits de fête! Maintenant, j'ai adopté la tempérance et le pseudonyme; je suis madame Bougival,

écrivant des romans de mœurs et des livres d'éducation pour les jeunes demoiselles.

M. Palémon n'en revenait pas : — Athénaïs Babi-
chard femme de lettres! C'était bizarre en effet, mais
nous en avons quelques-unes de la même espèce. Elles
se font bas-bleus quand nul ne se soucie plus de voir
la couleur de leurs jarretières.

— Mais, objecta M. Palémon, puisque vous avez
daigné me conserver une place dans votre mémoire,
à plus forte raison devez-vous avoir gardé le souvenir
de Robert, et son image.

Robert! reprit la femme de lettres; où prenez-vous
ce Robert?

Là, comme ailleurs, le souvenir s'était effacé et le
portrait était perdu.

Peu de jours après, M. Palémon fit une autre rencontre. Il était allé au spectacle; en se retirant avant
la fin de la dernière pièce, il causa avec l'ouvreuse qui
lui rendait son paletot; — quelle ne fut pas sa surprise lorsqu'il reconnut dans cette pauvre femme une
actrice jadis célèbre par sa beauté!

C'était Suzanne, l'ancienne actrice des Variétés;
Suzanne, qui avait toujours de si belles toilettes, et
qui excellait dans les rôles travestis; Suzanne, l'idole
des avant-scènes et la passion de l'orchestre. Aucune
actrice n'avait contribué plus qu'elle à la fortune du
théâtre. Ses appointements étaient de mille écus,
qu'elle ne recevait pas, mais, au contraire, qu'elle
comptait au directeur pour avoir le droit de se mon-

trer sur la scène. Le chiffre de ses amendes s'élevait
chaque mois à cinq ou six cents francs, que payaient
volontiers ceux qui lui avaient fait manquer la répé-
tition ou le spectacle. Une fois même, un prince russe
paya un dédit de vingt mille francs pour rompre son
engagement et l'emmener aux eaux de Bade. Deux
mois après, elle rentrait au théâtre, où bientôt commença pour elle une rapide décadence. Les attraits
s'en allaient; les rôles travestis perdaient leur charme,
le pantalon collant n'était plus avantageux : Suzanne
fut reléguée au second plan, puis elle tomba parmi
les figurantes, puis enfin elle obtint par protection
une charge d'ouvreuse. — Ainsi finissent les comé-
diennes qui font du théâtre une boutique où elles se
montrent chaque soir à l'étalage, devant quelques
centaines de chalands.

L'ouvreuse ne se rappelait ni Robert ni son portrait. — Il en fut de même chez Arthémise Muller,
où M. Palémon se rendit, malgré la répugnance bien
naturelle que lui inspirait une femme au service de
la police.

Six noms étaient déjà rayés des tablettes; M. Palémon, qui voulait remplir scrupuleusement sa mission, se rappela que, parmi les veuves de Robert, la
plus belle, la plus aimée, la plus opulente, était mademoiselle Colombe, qui, dans le temps de sa splendeur, habitait un magnifique appartement rue de
Provence. La retrouver au même logis n'était guère
probable; mais M. Palémon, qui ne voulait rien né-

gliger, pensa que peut-être on pourrait le mettre sur
sa trace. Il alla donc rue de Provence, et il demanda
résolûment et comme une chose toute simple :

— Avez-vous ici une jeune personne nommée mademoiselle Colombe?... Quand je dis jeune... non ;
il y a vingt-cinq ans de cela ; elle logeait à l'entre-sol.

— A l'entre-sol, répondit le concierge, nous avons
M. Roland, le plus ancien locataire de la maison ; il
habite le même appartement depuis plus de vingt ans.

— Peut-être ce monsieur me donnera-t-il quelque
renseignement.

Prompt à saisir un faible espoir, M. Palémon fran-
chit l'escalier, et, deux minutes après, M. Roland, à
qui il avait expliqué le motif de sa visite, lui répondait :

— Ah ! monsieur, c'est un fort agréable souvenir
que vous me rappelez là !... Oui, vraiment, j'ai remplacé dans ce logis une aimable personne qui avait
fait beaucoup parler d'elle, mais dont la renommée
commençait à décliner. Mademoiselle Colombe était
encore très-avenante à cette époque, mais elle avait
cessé d'être à la mode, ses revenus baissaient de jour
en jour ; ses moyens ne lui permettaient plus de garder
cet appartement ni le riche mobilier qui le décorait :
il fallait changer de train, changer de monde, et se
résigner à des amours plus modestes. C'est ce qu'elle
fit, monsieur, avec un courage qui me toucha. J'a-
chetai à fort bon compte une partie de ses meubles,
et j'allai lui en porter le prix dans son nouveau logement : deux chambres au troisième étage, rue Mont-

martre. J'y retournai plusieurs fois, puis je cessai de
la voir. Vous dites qu'il s'agit pour elle d'un héritage? Je souhaite vivement que vous la retrouviez,
car elle doit en avoir besoin.

M. Palémon prit le numéro de la maison et se
rendit rue Montmartre. Là, par un hasard providen-
tiel, il retrouva, —non pas mademoiselle Colombe,—
mais son souvenir gravé dans la mémoire d'une vieille
portière.

— C'était une bonne fille, monsieur; aimant à
rire, quoiqu'elle n'en eût pas toujours sujet; aimant à
donner, quoique sa bourse fût souvent vide. Elle est
restée ici cinq ans, ni plus ni moins; puis elle est
partie pour cause de débine, partie sans déménager,
vu que le propriétaire a fait saisir ses meubles pour
ne pas tout perdre de six termes qu'elle lui devait.

Guidé par les renseignements de la portière, M. Palémon alla de la rue Montmartre à la rue Traversière-
Saint-Honoré, dans une triste maison où Colombe
s'était arrêtée dans sa chute. —Après avoir passé
trois ans dans ce repaire, elle était allée se percher
dans une mansarde, rue des Vieilles-Étuves, près de
la Halle aux blés. — M. Palémon continua de suivre
l'itinéraire de la pauvre fille.

Au fond d'un sombre et fétide couloir était une
misérable porte, éclairée par une brèche du toit ; sur
cette porte, il y avait un écriteau, et sur cet écriteau :

« Madame Pigoche, nécromancienne. »

M. Palémon frappa; la porte, mal close, céda

sous sa main, et il se trouva face à face avec une vieille petite femme, affublée d'oripeaux bizarres et de haillons prétentieux.

Jamais l'art de mademoiselle Lenormand n'avait été exercé dans un logis si sordide et par une sorcière si déguenillée.

— Monsieur veut-il que je lui fasse le grand jeu? demanda la vieille d'un air grave.

— Non, madame, je ne viens pas consulter les cartes.

— Que me voulez-vous donc, alors?

— Il s'agit d'une affaire importante dont je désire entretenir une personne qui se nommait, il y a vingt-cinq ans, mademoiselle Colombe.

— Colombe! s'écria la sibylle d'une voix profondément émue; vous demandez cette pauvre Colombe?

— Oui, madame; est-ce qu'elle ne loge plus ici?

— Elle loge au cimetière, monsieur.

— Morte!

— Il y a longtemps. Morte ici, dans cette chambre, à la place même où vous êtes. Cela vous étonne, n'est-ce pas, qu'une femme, après avoir été si brillante, vienne finir ses jours dans un pareil taudis?... Oui, c'est là votre pensée; je la vois dans vos yeux... Il n'y a rien de caché pour moi; je lis dans le passé comme dans l'avenir. Vous avez connu Colombe lorsqu'elle était jeune et belle; alors, elle habitait un appartement meublé comme le palais d'une reine; elle avait des diamants, des chevaux, des voitures; elle

jetait l'argent par les fenêtres. Vous avez vu tout
cela, et vous ne comprenez pas qu'elle soit venue finir
ici? C'est pourtant l'histoire de plus d'une. Et moi
aussi, monsieur, telle que vous me voyez, j'ai mené
ce train-là, j'ai été jeune, jolie, riche et brillante
comme Colombe...

— Vous êtes sa sœur, peut-être?

— Non, monsieur, j'étais son amie seulement, sa
meilleure amie. Ah! nous avons fait bien des folies
ensemble! C'était le bon temps, alors, nous avions
vingt ans, comme dit la chanson. Mais, par malheur,
ça ne dure pas toujours. Les mauvaises années arrivent, et alors, avec l'âge, tout change pour les pauvres femmes qui vivent de ce que la nature leur a
prêté. Le commencement est toujours beau, la fin
toujours amère. Au début, les amants nous poursui-
vent; plus tard, on les attend; puis enfin il faut les
aller chercher et les arrêter au passage. Telle est son
histoire à cette pauvre Colombe : quand l'abandon et
la misère l'ont accablée, elle a perdu la tête; elle a
voulu en finir tout de suite, et elle s'est détruite.

— Un suicide! s'écria M. Palémon, frappé d'une
terreur douloureuse.

— Oui, monsieur, avec quatre sous de charbon,
ses derniers quatre sous, dont trois qu'elle m'avait
empruntés sans me dire ce qu'elle voulait en faire, la
malheureuse! Il a fallu enfoncer sa porte en présence
du commissaire. On l'a trouvée là, roide morte. Je
la vois encore! Pour brûler le charbon qui l'a tuée,

elle s'était servie de ce réchaud, que j'ai conservé et
sur lequel je fais mon café, tous les matins, en souvenir d'elle.

— Pauvre Colombe!... Personne ne l'a donc prise
en pitié dans sa détresse?

— Et qui voulez-vous qui la secourût? ses anciens
amants peut-être? Ah! bien oui! Les hommes, voyez-
vous, sont tous des... mais vous en êtes un, je m'arrête. Les hommes, tant qu'ils sont amoureux, sont
des niais stupides qui n'ont rien à eux, des oies que
l'on peut plumer à discrétion; mais, dès qu'on ne leur
inspire plus rien, ce sont des cancres, des cœurs de
pierre; ils oublient tout ce qu'on a fait pour eux, et
ils nous laisseront mourir de faim sans nous donner
une pièce de trente sous. Colombe s'est plus d'une
fois adressée à quelques-uns de ses anciens, qui na-
geaient dans l'opulence et qui lui ont refusé une aumône. Moi, j'étais aussi pauvre qu'elle et je ne pouvais pas l'aider.

— Et sa sœur, que j'ai vue aussi belle et brillante,
qu'est-elle devenue?

— Flora? ne m'en parlez pas! elle a été encore plus
malheureuse... Lorsque le temps lui eut enlevé ses
moyens, elle se fit marchande à la toilette. Ce commerce plaît aux femmes qui ont pratiqué la galanterie:
elles ne se séparent pas des vanités de ce monde; elles
continuent à vivre au milieu des intrigues et des dentelles, au milieu des rubans et des attraits, qui se
fanent si vite. Mais tout n'est pas roses et profits dans

ce métier; on est en rapport avec une clientèle falla-
cieuse qui vous donne plus de belles paroles que
d'argent comptant. Victime de plusieurs faillites,
Flora, pour se rattraper, eut la mauvaise idée d'employer des moyens malhonnêtes. On lui avait confié
un cachemire pour le vendre, elle le vendit et garda
l'argent. Ce n'était peut-être qu'un abus de confiance;
mais la police correctionnelle jugea que c'était un vol,
et condamna la pauvre femme à six mois de prison.
Il n'y avait plus de commerce possible après un pareil
malheur. En sortant de prison, Flora, sans ressource,
perdue, flétrie, retomba plus bas qu'elle n'avait jamais été; elle vécut dans le vagabondage, et finit par
s'associer avec un homme qui n'avait d'autre profession que le crime. Arrêtée en flagrant délit, traduite
à la cour d'assises au milieu d'une bande de malfai-
teurs, elle fut condamnée à sept ans de travaux forcés
et à l'exposition. Oui, j'ai vu cette malheureuse amie
attachée au poteau, elle que j'avais vue si pimpante
dans sa calèche et dans sa loge à l'Opéra, avec de
beaux messieurs qui sont aujourd'hui des pairs de
France!... Le ciel a eu pitié d'elle : au bout d'un an,
elle est morte dans la maison centrale où elle subis-
sait sa peine.

— Tout cela est fort triste, objecta mélancolique-
ment M. Palémon... Mais vous, madame, vous qui
avez été l'amie de ces deux sœurs, comment vous
nommez-vous?

— Maintenant, comme vous avez pu le lire sur

ma porte, je m'appelle madame Pigoche, du nom du
seul homme que j'aie aimé. Autrefois, dans mon beau
temps, je me nommais Rosine Sélicour... c'était plus
poétique.

— Rosine Sélicour ! Vous êtes sur ma liste ! s'écria
Palémon en ouvrant son portefeuille.

— C'est possible, reprit tranquillement la sibylle.

— Vous rappelez-vous?...

— Non, monsieur, je ne vous remets pas du tout,
mais il n'y a pas d'affront; vous ne m'avez pas reconnue non plus, et, si je suis changée, de votre côté
vous n'avez pas, je pense, la prétention d'être resté
tel et quel vous pouviez être dans votre printemps.

— Il ne s'agit pas de moi, mais d'un ami qui se
nommait Robert.

— Je ne me remémore nullement ce nom-là, et ce
n'est guère étonnant : tant de noms m'ont passé par
la tête ! Ah ! oui; et tant de billets de banque m'ont
passé par les mains, qui n'y sont pas restés non plus,
hélas ! Si l'on pouvait garder ce qu'on gagne, Colombe
et Flora vivraient, et nous serions trois grandes
dames aujourd'hui, comme nous avons été trois jolies
pécheresses dans notre beau temps. Si vous nous
avez connues, vous vous en souvenez peut-être, monsieur, nous étions presque tous les jours ensemble;
on nous appelait les trois Grâces... Vous voyez ce
qu'il en reste !

— Il y a quelque chose qui pourrait vous aider à
vous rappeler Robert, reprit M. Palémon.

— Quoi donc, s'il vous plaît ?

— Son portrait, dont il vous fit hommage.

— Il m'avait donné son portrait, le pauvre cher homme? Ah! bien, je n'ai pas plus gardé ça qu'autre chose; tout a filé dans la débâcle. Je ne possède plus d'autres images que les figures peintes sur ces cartes qui me font vivre tant bien que mal dans mon pauvre état... Allons, monsieur, étrennez-moi, faites-vous faire le grand jeu. Nous avons parlé du passé, causons un peu de l'avenir.

— Non, madame, non; vous m'avez dit tout ce que je voulais savoir; mais il est juste que je vous paye la séance comme si vous m'aviez fait les cartes.

M. Palémon tira de sa bourse une pièce de vingt francs, qu'il glissa dans la main de la sibylle; puis il se hâta de sortir pour se dérober à l'expression d'un étonnement trop joyeux et d'une reconnaissance trop vive; — car il y avait longtemps que la pauvre vieille n'avait été l'objet d'une pareille libéralité.

— Cette épreuve sera la dernière, dit M. Palémon en sortant de chez la sorcière; il y a bien encore de par le monde une veuve au portrait, mais j'y renonce...

Les trois mois que lui avait demandés Robert étaient écoulés; il avait fait droit à la requête de l'amitié, son devoir était rempli; sa conscience lui permettait de retourner à Margaillac et lui commandait de restituer aux neveux de son ami les cent mille francs qui n'avaient pas trouvé leur destination.

Pendant qu'il faisait ses préparatifs de départ, un voisin de Margaillac lui écrivit pour le prier de se charger, à son retour, d'un rouleau de papier que lui remettrait M. Rondin, rentier, demeurant aux Batignolles. M. Palémon prit l'omnibus et se rendit à l'adresse indiquée.

— Monsieur est sorti, lui dit la servante du logis, mais vous pouvez parler à madame.

M. Palémon se fit annoncer, et il entra dans le salon où se trouvaient l'épouse du rentier et sa fille, jeune personne de seize ans, fraîche et charmante.— Le vieux garçon exécuta son salut le plus gracieux; puis, s'étant approché de madame Rondin, il jeta un cri de surprise et d'émotion.

—Qu'avez-vous donc, monsieur? demanda l'épouse du rentier, très-intriguée de l'effet qu'elle produisait.

— Rien, rien, madame... Je voudrais vous expliquer.... mais il faudrait que nous fussions seuls.

— Laissez-nous, Caroline, dit madame Rondin.

Et lorsque la jeune personne fut sortie :

— Maintenant, monsieur, parlez... Quel est le sujet de votre étonnement?

— Ce que vous avez là, madame, sur votre poitrine.

— Ce médaillon ?

— Oui, ce portrait, qui est bien celui de mon ami Robert, n'est-ce pas? Jules-Edmond-Florestan Robert, surnommé le Diable.

C'était, en effet, le portrait tant cherché. M. Palé-

mon avait devant lui Armide, la dixième des légataires inscrites sur ses tablettes. — Lorsque madame
Rondin se fut remise de son trouble, elle raconta
comment, après de nombreuses aventures, elle avait
fait une fin honorable en épousant M. Rondin.
— Mon mari ne sait rien de ma vie passée, et je
compte sur votre discrétion, dit la veuve du Diable
en achevant son récit.

Une heure après cette scène, M. Palémon dînait
avec monsieur, madame et mademoiselle Rondin.

— C'est un ancien ami de mes frères, avait dit la
femme du rentier, et Caroline a été témoin de son
émotion lorsqu'il a vu ce médaillon et reconnu les
traits de mon pauvre Charles, mort si jeune!

— Vous en verrez bien d'autres, reprit en riant le
bon M. Rondin; ma femme a la manie des portraits;
elle possède trois oncles, quatre frères et cinq cousins en bracelets et broches, et sur tabatières.

M. Palémon n'était pas à la conversation; — il ne
pouvait se lasser de contempler les grâces naïves et
les attraits ravissant de la jeune fille placée en face
de lui. Mademoiselle Caroline était aussi modeste
que jolie; elle sortait de pension; elle avait reçu une
éducation excellente. Après le dîner, elle se mit au
piano; elle chanta avec un goût exquis et d'une voix
adorablement perlée. Le vieux garçon était dans l'ex-
tase, et lorsqu'il prit congé de la famille Rondin, à
onze heures du soir, il promit de revenir le lendemain.

Cependant l'impression produite sur son cœur ne l'empêcha pas de faire quelques réflexions philosophiques, éveillées en lui par l'événement de la journée.

Voilà donc, se disait-il, ce que deviennent les veuves du Diable! On en trouve une, par hasard, qui finit bourgeoisement dans un honnête mariage; les autres sont loueuses de chaises, ouvreuses de loges, teneuses de brelans, entremetteuses, sorcières, basbleus éraillés, mouches de la police... à moins que, tombées dans le crime, elles meurent en prison, ou bien encore qu'elles aient recours au suicide pour se délivrer du fardeau de la vie !

Mais, n'est-il pas étrange, ajoutait le philosophe, que, de toutes ces femmes, la seule qui ait conservé le souvenir et le portrait de ses anciens amants soit précisément celle qui s'est relevée dans l'estime du monde, celle qui occupe une position honorable et qui se pare du titre d'épouse et de mère!

M. Palémon fut fidèle à sa promesse de revenir aux Batignolles ; il y revint tous les jours, car il ne songeait plus à quitter Paris. Il avait parlé à madame Rondin du legs de Robert. — Les cent mille francs vous reviennent de droit, disait-il.

— Oui, mais comment les prendre? A quel titre les accepter ? Quel motif donner à mon mari?

— Il y a un moyen de tout arranger, répondit M. Palémon. Accordez-moi la main de votre charmante fille, je l'épouse sans dot, et je lui reconnais par contrat de mariage un apport de cent mille francs.

Madame Rondin n'avait rien à refuser à M. Palémon; M. Rondin ne refusait rien à sa femme, et, d'ailleurs, le sans dot et les cent mille francs étaient d'un grand poids dans la balance du rentier.

La jeune fille fut sacrifiée; elle unit ses seize printemps aux soixante hivers de M. Oscar Palémon.

EUGÈNE GUINOT.

CONSEILS A UNE PARISIENNE.

Oui, si j'étais femme aimable et jolie,
    Je voudrais, Julie,
    Faire comme vous;
Sans peur ni pitié, sans choix ni mystère,
    A toute la terre
    Faire les yeux doux.

Je voudrais n'avoir de soucis au monde
    Que ma taille ronde,
    Mes chiffons chéris;
Et, de pied en cap, être la poupée
    La mieux équipée
    De Rome à Paris.

Je voudrais garder pour toute science
    Cette insouciance
    Qui vous va si bien;
Joindre, comme vous, à l'étourderie,
    Cette rêverie
    Qui ne pense à rien.

Je voudrais pour moi qu'il fût toujours fête,
Et tourner la tête
Aux plus orgueilleux;
Être en même temps de glace et de flamme,
La haine dans l'âme,
L'amour dans les yeux.

Je détesterais, avant toute chose,
Ces vieux teints de rose
Qui font peur à voir.
Je rayonnerais, sous ma tresse brune,
Comme un clair de lune
En capuchon noir.

Car c'est si charmant, et c'est si commode,
Ce masque à la mode,
Cet air de langueur!
Ah! que la pâleur est d'un bel usage!
Jamais le visage
N'est trop loin du cœur.

Je voudrais encore avoir vos caprices,
Vos soupirs novices,
Vos regards savants.
Je voudrais enfin, tant mon cœur vous aime,
Être en tout vous-même...
Pour deux ou trois ans.

Il est un seul point, je vous le confesse,
Où votre sagesse
Me semble en défaut.
Vous n'osez pas être assez inhumaine.
Votre orgueil vous gêne;
Pourtant il en faut.

Je ne voudrais pas, à la contredanse,
    Sans quelque prudence
    Livrer mon bras nu ;
Puis, au cotillon, laisser ma main blanche
    Traîner sur la manche
    Du premier venu.

Si mon fin corset, si souple et si juste,
    D'un bras trop robuste
    Se sentait serré,
J'aurais, je l'avoue, une peur mortelle
    Qu'un bout de dentelle
    N'en fût déchiré.

Chacun, en valsant, vient sur votre épaule
    Réciter son rôle
    D'amoureux transi ;
Ma beauté du moins, sinon ma pensée,
    Serait offensée
    D'être aimée ainsi

Je ne voudrais pas, si j'étais Julie,
    N'être que jolie
    Avec ma beauté.
Jusqu'au bout des doigts je serais duchesse.
    Comme ma richesse,
    J'aurais ma fierté.

Voyez-vous, ma chère, au siècle où nous sommes,
    La plupart des hommes
    Sont très-inconstants.
Il faut éviter surtout leurs moustaches
    Cela fait des taches
    Les trois quarts du temps.

Quand on est coquette, il faut être sage.
L'oiseau de passage,
Qui vole à plein cœur,
Ne dort pas en l'air comme une hirondelle,
Et peut, d'un coup d'aile,
Briser une fleur.

ALFRED DE MUSSET.

FIN DES PARISIENNES A PARIS.

TABLE DES MATIÈRES.

FIN DE LA TABLE DES PARISIENNES A PARIS.

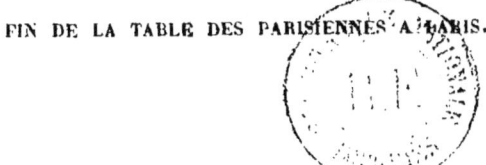

Paris. — Typ. Morris et Comp., rue Amelot, 64.